양철
지붕
위에 사는
새

야윈 지붕 위에 사는 새

김한수 소설집

문학동네

| 차례 |

양철지붕 위에 사는 새

아내는 아랫목에 단잠을 자듯 평온한 모습으로 누워 있었다. 그러나 그건 더이상 아내가 아니라 아내가 벗어놓은 짐에 불과했다. 김씨는 아내의 주검을 내려다보며 삶의 고비마다 가족을 짐으로 여겼던 스스로의 잘못을 뉘우쳤다. 짐을 벗어버리자 자연스레 소멸된 아내의 존재처럼 김씨는 자기가 여기까지 생을 영위해올 수 있었던 근원적 힘이 이제까지 그가 짐이라고 여겨왔던 모든 것들을 모태로 삼아 생성되었음을 비로소 깨우칠 수 있었다.

밤새 양철지붕을 들었다 놨다 맹위를 떨치던 폭풍우는 날이 밝아 오자 뒷산 너머로 슬그머니 자취를 감추었다. 먹장구름이 물러가고 뒷산 꼭대기에 빠끔히 볕이 나자 새들이 숲을 박차며 날아올랐고, 가없이 펼쳐진 미나리꽝 맞은편 젖소 방목장에선 소들이 부산스레 울어댔다. 소들이 허연 입김을 푸우 푸우, 불어대는 방목장 울타리 옆 공터에선 크고 작은 똥개 몇 마리 홀레를 붙어가며 신바람이 났고, 행여 고뿔 들세라 모자와 털장갑 등속으로 단단히 무장을 한 한 떼의 아이들이 아카시아 나무와 갈대가 어우러진 방죽 위를 가로질 렀다.

등교길 행렬이 재잘재잘 멀어져가는 방죽 반대편으로 동싯 솟아 오른 둔덕에는 이십여 채의 농가가 소나무와 함께 옹기종기 들어앉았고, 둔덕 옆으로는 학교 운동장 크기의 빈 논이 펼쳐졌다. 논이 끝나는 곳부터는 경사가 완만한 산비탈이 들쭉날쭉했는데 그곳에는 과수원들이 몰려 있다. 둔덕에서 논으로 뻗은 비포장도로는 산비탈 앞에서 기역자로 꺾어지며 김씨네 집 앞을 거쳐 개울을 가로지르는 물다리로 이어진다. 산비탈에서 김씨네 집까지 이르는 비포장도로 왼편으로는 꽃을 재배하는 비닐하우스들이 늘어서 바닷가 쪽에서 바람이라도 불어오는 날엔 그 향기가 제법 멀찍이 떨어진 김씨네 집에까지 끼쳐왔다. 비포장도로를 따라 김씨네 집 창가를 지나치면 이내 미나리꽝에 물을 대는 개울이 나타나고 개울을 가로지르는 콘크리트 다리를 건너면 햇볕 한줌 내리쬘 변변한 공터 하나 없이 우후죽순으로 들어선 연립건물들이 고만 시야를 가로막는다.

창가에 앉아 웃비가 걷힌 마을 풍경을 찬찬히 둘러보던 김씨는 가벼운 한숨과 함께 담배에 불을 붙였다. 평화로이 펼쳐진 눈앞 풍경이 까닭없이 쓰리다. 반비알진 채마밭 너머로 편한 미나리꽝에 점점이 박혀 모이를 쪼는 백로들도 오늘따라 눈에 차지 않는다. 외려 수확철을 넘겨 휑뎅그렁하게 비어버린 미나리꽝에서 우아한 자태를 뽐내는 백로의 모습이 쌀말이나 팔아 끼니를 이어보겠다고 미나리꽝 밭둑에 쪼그려 앉아서 농부들이 버리고 간 미나리 찌꺼기를 줍는 독거노인들의 처지나 다름없어 보여 딱하고 짠할 따름이었다.

창 밖으로 실뚱머룩한 눈길을 늘이며 담배연기를 빨아들이던 김씨는 허리를 꺾으며 손으로 입을 틀어막았다. 새벽의 숙취가 채 가시지 않기도 했지만 무엇보다 빈속이라 담배에 불을 붙이자마자 우웩,

10

헛구역질이 터져나왔다. 김씨는 내장이 죄 뒤틀리는 듯한 고통에 꾸웩꾸웩 연방 헛구역질을 해대며 눈물을 질금거렸다. 몇 차례의 심호흡으로 겨우 속을 추스린 김씨는 몸이 거부하는 담배를 어거지로 입에 물었다.

한 시간은 좋이 창가에 앉아 월컥거리는 마음을 다스렸으나 한번 어긋난 심사는 좀처럼 누그러들 기미가 없다. 김씨는 전화통을 노려보았다. 당장에라도 S카드회사로 전화를 걸어 한바탕 욕지거리를 퍼부어주고 싶다. 고작 팔십여만원 연체한 걸 가지고 세상에 다시 없을 파렴치범 취급을 해가며 아침 저녁으로 들들 볶아대다니 생각할수록 약이 오른다. 서너 달 연체를 했다면 또 모를까 결제일을 사흘 넘긴 그날 아침부터 전화를 걸어와서 사람을 쪼아대는데 첫마디부터가 협박조였다.

그때부터 시작된 S카드회사의 독촉전화는 아예 김씨를 돈을 떼어먹기로 작정한 사람으로 단정짓고서 당장 돈을 갚지 않을 시에는 뜨거운 맛을 보게 해주겠다고 노골적으로 내씹어댔다. 돈을 빌려 써놓고 제때 갚지 못한 입장을 생각해서 처음에는 미안하게 됐다고, 돈이 마련되는 대로 바로 갚겠다고 굽신거렸으나 뒷골목의 깡패나 다름없이 족대겨대는 S카드회사의 처사에 발끈한 김씨는 자기도 모르게 죽이든지 살리든지 어디 너희들 마음대로 해보라고 버럭 언성을 높이며 전화를 탁, 끊고 말았다. 전화를 끊고 나서도 어찌나 불쾌하던지 카드를 가위로 싹둑싹둑 잘라버리고 싶었다. 김씨는 자기가 굴지의 대기업에게 돈을 빌린 건지 뒷골목 건달에게서 돈을 빌린 건지 도무지 구분을 할 수가 없었다.

특히 오늘 아침에 당한 봉변을 생각하면 이건 숫제 삼류 양아치를 능가했다. 아침 일곱시에 곤히 잠든 사람을 전화로 깨워놓고 대뜸, 사용내역서를 훑어보니 오입깨나 즐긴 모양인데 재미볼 때는 언제고 이제 와서 오리발이냐고 지분거린 뒤 주중으로 돈을 갚지 않으면 아주 얼굴을 못 들고 다니게 매장을 시켜버리겠다고 다조졌댔다. 김씨가 무통장 입금을 시켰으니 확인해보라고 볼멘소리로 대꾸를 하자 S카드회사 직원은 가타부타 말도 없이 전화를 끊어버렸다. 부아가 치민 김씨는 수화기를 부서져라 내려놓았다.

전날 누이에게 돈을 빌려 카드빚을 갚았기에 망정이지 그렇지 않았으면 무슨 험한 꼴을 당했을지 상상만으로도 아찔했다. IMF가 터진 이후로 S카드회사에서 깡패들을 고용해 빚독촉을 한다는 소문을 접하기는 했지만 직접 겪어보니 고개가 절로 주억거려졌다. 고객제일주의를 표방한 굴지의 대기업이 악덕 고리대금업자보다 곱절 덤적스럽게 구는 꼴을 넌덜머리나게 겪은 김씨는 자신이 발 딛고 살아가는 사회의 본질을 새삼 확인한 것만 같아 두고두고 입맛이 썼다.

망할 년, 김씨는 강남에서 따귀 맞고 한강에서 화풀이하는 짝으로 간밤에 외박을 한 딸아이의 얼굴을 떠올려가며 게두덜거렸다. 고생하는 아비의 속을 눈곱만큼도 헤아리지 않는 딸아이에 대한 서운함이 새삼 가슴에 얹힌 김씨는 속을 훑어내리는 담배를 뻑뻑 피워대며 한숨을 내쉬었다.

아득바득 살아보겠다고 칼바람 에이는 노점에서 동동거리던 김씨가 집에 돌아온 건 새벽 두시경이었다. 덜렁거리는 합판 문짝을 밀치며 집 안으로 들어선 김씨는 부엌을 사이에 두고 안방과 마주한 작은 방의 댓돌부터 짯짯이 살폈다. 그러나 딸애의 신발은 코빼기도 보이지 않았다. 방문까지 열어 딸애의 부재를 확인한 김씨는 솟구라지려는 마음을 다스리기 위해 숨을 골랐다. 퍼런 불꽃이 일렁이는 남편의 눈길에 아내는 딸애가 친구 집에서 밤샘 공부를 하고 있노라고 둘러댔지만 거짓말인 줄 빤히 알고 있는 김씨는 냉장고에 있던 소주병의 뚜껑을 따고 말았다. 피로에 찌든 육신은 소주 한 병만으로도 축축 늘어졌으나 노여움에 사로잡힌 김씨는 쏟아지는 빗줄기를 헤치며 물다리 건너 대로변 편의점에서 소주 한 병을 사와서 마저 비우고 말았다.

부스럭거리는 소리에 뒤를 돌아다보니 어느 결에 잠이 깼는지 움푹 꺼진 아내의 두 눈이 미싱대 의자에 걸터앉아 담배를 태우는 김씨의 뒷모습을 감사납게 쏘아보고 있었다. 코를 싸쥐는 폼이 그놈의 담배 좀 나가서 피울 수 없느냐고, 옆사람 생각도 좀 해줘야 되는 거 아니냐고, 냅다 따발총을 갈겨댈 태세다. 그러거나 말거나 김씨는 고개를 꼿꼿이 쳐들고 모르쇠하였다.

집 안에서 담배만 입에 물었다 하면 온 가족이 당장에라도 암에 걸릴 것처럼 질겁을 해대는 아내의 태도가 시덥잖기도 하거니와 범죄자 취급받는 게 싫다고 부엌 바닥이나 마당가에 쪼그리고 앉아서 담배를 뻐끔거려야 하는 짓은 가장의 체면은 둘째치고 차마 구차해서 견딜 수가 없었다. 한 갑을 피우든 두 갑을 피우든 담배 따위로 가족이 사단이 난다면 시난고난 살아온 그의 집안은 진작에 결딴이 나도 골백번은 났어야 옳고, 온종일 밖에서 뼛골 빠지게 시달리다 돌아온 집안에서만큼은 가장으로서의 권위를 누리며 살고 싶었다. 가장의 권위라고 해봐야 담배 뻐끔거리고, 반주 홀짝거리고, 여자들이 즐기는 드라마 시간대에 스포츠나 뉴스를 보면서 적어도 집안에서만큼은 맘 편하게 쉴 수 있게 해달라는 게 고작 아닌가.

그래도 만성 신부전증으로 시난고난 죽을 날만 꼽는 아내의 처지를 아주 무시할 수는 없는 노릇이라 한 뼘 가웃 창문을 열어주었다. 창문을 열기가 무섭게 맵짠 바람이 짓쳐들어왔다. 그러나 살을 저미는 바람이 그다지 차갑게 여겨지지가 않았다. 외려 얼레에서 풀려나가는 실타래처럼 답답한 속내가 풀어지는 느낌이었다. 심상찮은 낌새를 챘는지 아내는 더이상 생기지를 못하고 앵돌아누웠다.

망할 년, 김씨는 다시금 딸애의 얼굴을 떠올려가며 부르짖었다. 고작 열여섯짜리 계집애가 외박 알기를 옆집 마실 다니는 것쯤으로 여기니 장차 무엇이 될는지는 둘째치더라도 도무지 불안해서 살 수가 없다. 작년 봄부터 한 달에 두어 번꼴로 외박을 하기 시작한 딸애는 이제는 주말이면 부모의 허락쯤 안중에도 없이 밖에서 잠을 자고 들어온다. 딸이 외박을 하는 밤마다 김씨는 꼬박 뜬눈으로 날밤을 새우기 일쑤였다. 믿자고, 믿어보자고, 스스로를 타일러가며 억지로 잠을 청하다가도 어느 한순간 딸애가 껄렁패들과 어울려 망측한 짓을 하고 있을지도 모른다는 상상이 발동되기라도 하면 먼동이 터오도록 부엌문 밖 널의자에 앉아서 올랑거리는 가슴을 다독여야만 했다.

14

마음 같아서는 다리 몽둥이를 땡강 분질러서라도 버르장머리를 고쳐놓고 싶다. 머리라도 빡빡 밀어서 방 안에 가둬두고 싶은 마음도 아주 없지는 않았지만 김씨는 그 뒷감당을 해낼 자신이 없었다. 몇 번이고 호되게 야단을 쳐봤지만 딸애는 귓등으로도 듣지 않았을뿐더러 되레 제 애비를 아오지 탄광의 포악한 감시자 취급을 해가며 두 눈을 홉뜨기까지 했다. 아버지가 나한테 해준 게 뭐 있으며 이럴 자격이나 있냐는 날벼락을 맞은 것도 그때가 처음이었다. 한번은 잦은 외박을 보다 못한 김씨가 욱, 하고 치미는 결기를 다스리지 못하고 마악 집 안으로 들어서는 딸애의 머리채를 휘어잡고서 사정없이 귀싸대기를 올려붙여가며 아예 초주검으로 만들어놨는데, 딸애는 그 길로 집을 나가서 보름 동안이나 소식을 끊었다. 그 일이 있은 뒤로 김씨는 여하한 일이 있어도 조근조근 타이르기만 할 뿐 더이상 딸애를 다잡지 않았다.

신문에서 십대들을 들먹여가며 말세 운운할 때마다 김씨는 그 속에서 딸애의 얼굴을 발견이라도 한 양 간을 졸였다. 자식에 대한 믿음이 없어서가 아니었다. 믿음은 전혀 별개의 문제다. 산전수전 다 겪으며 사십대 중반을 맞은 김씨의 깜냥으로는 파도를 헤치는 배에 오르면 누구라도 배와 함께 흔들리듯이 한치 앞을 내다볼 수 없게 미쳐 돌아가는 세상에 내동댕이쳐진 아이들의 일상 또한 위태로울 수밖에 없는 노릇으로 비쳤다.

그렇다고 김씨는 세상 탓만을 하고 싶지도 않았다. 외려 김씨는 스스로가 원망스러울 따름이었다. 어쩌면, 가출이 잦다는 이유로 딸애를 초주검으로 만들었던 이면에는 정글의 법칙이 지배하는 세계로부터 가족을 보호할 그 어떤 방어막도 지니지 못한 무능함에 대한 자책이 또아리를 틀고 있었을 것이다. 딸애가 외박을 하는 밤마다 불길한 상상에 사로잡혀서 안절부절못하는 까닭도 따지고 보면 딸애의 탈선이나 그애에게 닥칠 예기치 못할 불행을 걱정해서라기보다는 자신의 영역을 지킬 변변한 울타리 하나 치지 못하고 고비늙어버린 수컷의 본능적인 위기의식이 크게 작용했음이 분명하다. 먹고사는 일만도 벅차서 허덕이는 판국에 만에 하나 딸애에게 무슨 일이 생긴다면 그건 곧바로 가정의 붕괴를 의미했다.

때때로 김씨는 사랑하는 가족의 불행을 상상하며 마치 상상 속의 일이 실제의 일인 양 음미해볼 때가 있다. 지병이 급속히 악화돼서 아내가 죽고, 딸애가 집단윤간을 당해 정신분열을 일으키고, 집 안에 불이 나고, 떼강도가 들어 끔찍한 일이 벌어지고, 빽치기에게 걸려들어 머리가 터지고, 뺑소니 교통사고를 당하고…… 살면서 얼마든지 벌어질 수 있는 최악의 상황들을 머릿속에 실감나게 그려볼 때마다 김씨는 가족 모두가 용케 여기까지 버텨왔다는 안도감을 느낌과 동시에 어쩐지 세상이 더욱 무섭고 두렵게 느껴져서 어금니를 질끈 깨물어가며 할 수 있다고, 어떠한 난관도 헤쳐나갈 수 있다고 스스로를 다그쳐댔다. 몸이 몹시 안 좋거나 문득 살기가 막막하게 여겨질 때마다 불길한 상상은 밑도 끝도 없이 증폭되어나갔는데 그것은 부여잡을 지푸라기 하나 없이 바다에 내던져진 자의 절박한 위기의식의 또다른 표현이었다.

답답한 속을 달래기 위해 담배를 입에 물었던 김씨는 잘래잘래 고개를 저으며 옅은 한숨을 내쉬었다. 그의 한숨은 물다리 밑으로 소쿠라져 흐르는 개울의 물소리에 뒤섞여 미나리꽝으로 향했다. 삭풍이 휘몰아치는 미나리꽝은 황량하기 그지없었다. 미나리를 수확하고 출하하는 작업장으로 쓰이던 비닐하우스들은 몸을 한껏 웅크린 채 동면에 들어갔고, 갈대들이 누렇게 쓰러진 미나리꽝 밭둑에는 벌거벗은 미루나무 한 그루가 으스스 으스스 몸을 떨며 해바라기를 하고 있었다. 미루나무가 물그림자를 드리운 미나리꽝에는 얼음장 같은 물비늘들이 무수히 반짝였다.

그때, 시린 햇살을 헤치며 백로 한 마리가 미루나무 상공을 황급히 선회했고 까치 서너 마리가 그 뒤를 맹렬히 추격했다. 백로는 부리에 날을 세워 달려드는 까치들의 공격권에서 벗어나기 위해 필사적으로 몸부림을 쳤다. 그러나 까치들의 공격은 집요했다. 광활한 창공에도 막다른 골목이 있는지, 까치들에게 포위된 백로는 상하좌우 그 어느 쪽으로도 달아나지 못하고 그 큰 날개를 퍼덕이며 제발 살려달라고 읍소를 했다. 승리감에 취한 까치들은 공격을 멈추고 하늘 높이 날아올라서 승전무를 추었고, 백로는 그 틈을 타서 죽어라고 내뺐다. 까치들은 상처투성이가 되어 퇴각하는 백로의 뒤를 더이상 쫓지 않았다.

그래 그래, 너희들도 먹고살기 힘들겠다. 영역다툼을 끝내고 멀어져가는 새들을 눈길로 좇으며 김씨는 미싱대 의자에 부려놓았던 엉덩이를 일으켜 세웠다. 하물며 새들도 생존을 위해 저토록 치열한데

명색이 가장이라는 작자가 식전부터 청승이라니, 어울리지 않는 사
치를 즐긴 김씨는 쓰게 입맛을 다셨다. 그는 창문을 닫은 뒤 아침끼
니를 챙기기 위해 부엌으로 나섰다.

밥상을 차려서 안방에 들여놓은 김씨는 수저를 들기 전에 자두 크
기의 주먹밥을 말아 들고서 집 뒤꼍으로 향했다. 변소 앞으로 해서
집 뒤꼍을 돌자마자 아카시아 나무와 상수리 나무를 선두로 우거진
잡목들이 아우 추워, 아우 추워, 서로의 벌거벗은 몸뚱이를 부벼주
느라 소란스러운데 모이를 찾으러 나왔던 장끼 한 마리가 인기척에
놀라 메숲진 숲속으로 후닥닥 달아났다. 김씨는 허리 높이의 석축 위
로 올라섰다. 석축 위에 올라서자 양철지붕 꼭대기가 턱밑에 놓이면
서 저 멀리 미나리꽝 건너편 방죽이 눈높이와 일직선을 이룬다.

김씨는 부엌 벽을 타고 지붕 위로 솟은 굴뚝으로 눈길을 주었다.
지난여름, 대대적인 수리를 거치면서 양철을 새로 올린 지붕은 번쩍
번쩍 광택이 났다. 그러나 부엌 언저리는 돌멩이만 얹혀도 구멍이 숭
숭 뚫리게끔 양철이 낡고 삭아서 마치 남들 학교 갈 때 산에 나무 하
러 가는 의붓자식처럼 몰골이 심란했다. 매사에 끝장을 봐야 직성이
풀리는 김씨 성격에 부엌 지붕이 푸대접을 당한 건 푼돈만 축나도 간
이 오그라들게 애옥한 살림살이 때문이었다. 안방이랑 작은 방은 비
만 오면 물이 줄줄 새는 통에 과부 달러 빚을 변통해서라도 공사를
할 수밖에 없었지만 어차피 남의 집, 돈을 바르느니 참고 사는 게 상
수였다. 뱀이 또아리를 틀어도 할말이 없게 생겨먹은 부엌 지붕은 그

18

나마 굴뚝이 받쳐주고 있어서 참고 봐줄 만했다. 황토에 유약을 발라 구워낸 원형 굴뚝은 윤기 자르르 흐르는 장독처럼 운치가 있었다. 임시창고처럼 생긴 이 집에서 유일하게 사람 사는 태가 나는 건 굴뚝밖에 없다.

그래도 김씨가 이 집에 처음 왔을 때에 비하면 눈부시게 변모한 셈이다. 원래 이 집은 살림집이 아닌, 미나리꽝 인부들이 옷을 갈아입거나 쉴 참에 낮잠을 자기도 하면서 밤에는 몇몇 인부의 기숙사 역할을 했던 곳인데, 땅주인인 김씨의 친구가 주식 투자를 한답시고 설치고 다니다가 미나리꽝을 팔아먹은 뒤로 일 년 넘게 방치됐었다. 그러던 올 초여름, 가족들이 꼼짝없이 길거리에 나앉게 생겼다는 소식을 어떻게 접했는지 그 친구에게서 다 무너져가는 집이 한 채 있는데 고쳐서 살아볼 생각이 없느냐는 연락이 왔고, 다급했던 김씨는 흔쾌히 응했다. 그러나 막상 와서 보니 문짝과 창문은 마당에서 뒹굴고 구들장은 주저앉고 천장에선 물이 줄줄 새는 폐가로 쓰러지기 일보 직전이었다. 그래도 김씨는 낙담하기는커녕 살 집이 생겼다는 안도감에 친구의 두 손을 꼬옥 잡고서 이 은혜 평생 잊지 않겠노라고, 울먹이기까지 했다.

열흘 만에 혼자 힘으로 집수리를 끝냈을 때의 감격을 김씨는 지금도 잊을 수가 없다. 구들을 새로 깔고, 창문과 문짝을 만들어 달고, 별이 보이던 지붕에 새 양철을 얹고, 울타리에 화단까지 만들어놓은 집 앞에 서서 김씨는 이제 마음놓고 가장 노릇을 할 수 있게 됐다는 생각에 하염없이 울었다.

김씨는 굴뚝 윗부분과 양철 처마가 만나는 지점에 지어진 떼까마귀 둥지를 살폈다. 광주리 모양으로 나뭇가지를 층층이 포개어올린 둥지는 비어 있었다. 김씨의 발소리만 들려도 둥지 언저리를 경중경중 뛰어다니며 부산을 떨던 녀석의 모습이 보이질 않았다. 평소보다 시간 반이나 늦게 온 탓에 녀석이 그새를 기다리지 못하고 고만 먹이를 구하러 간 모양이다. 김씨는 손나팔을 만들어 허공에 대고 복돌아, 복돌아, 하고 목청을 돋웠다. 복돌이는 김씨가 떼까마귀에게 붙여준 이름이었다.

떼까마귀가 양철지붕 위에 둥지를 짓고 살기 시작한 것은 지난가을이었다. 길섶에 우북한 코스모스가 첫 꽃망울을 터뜨린 날 아침, 지붕 위에서 이상한 소리가 들리기에 나와 보니 어른 팔뚝 크기의 떼까마귀 한 마리가 둥지를 틀고 있었다. 흉조가 자신의 집 위에 둥지를 트는 모습에 소스라치게 놀란 김씨는 하마터면 발밑에 놓인 큼직한 돌멩이를 던질 뻔했다. 그러나 김씨는 흉조에게 해코지를 하면 재앙이 닥칠지도 모른다는 생각에 팔매질하려던 손을 무춤거려가며 거두고 말았다.

까악까악, 재앙을 몰고 다니면서 기분 나쁘게 울부짖는 새의 등장이 김씨에게는 보통 예사롭지가 않았다. 머나먼 섬이나 깊은 산중이라면 모를까, 인가에서는 거의 멸종되다시피 한 까마귀가 지척에 목재공단을 둔 마을에 홀연히 나타난 것만 해도 범상치 않은데 높은 나무 위가 아닌 산기슭에 납작 엎드린 양철지붕 위에 둥지를 틀다니, 김씨는 아무런 예고도 없이 숨을 거둔 어머니의 죽음을 예견했을 때처럼 가슴이 철렁 내려앉았다. 콧잔등을 서늘하게 핥고 지나가는 바람 한줄기에 뜬금없이 가슴이 철렁 내려앉으면서 명치께가 먹먹하게 미어져오는 느낌, 낮잠을 자러 이부자리에 들었던 어머니가 그대로 숨을 거둔 바로 그날의 느낌을 김씨는 둥지를 트는 떼까마귀 앞에서 고스란히 물려받았다.

　그러나 김씨는 차마 떼까마귀를 쫓아버릴 수가 없었다. 흉조가 기분나쁘고 불길하게 다가올수록 돌을 던지거나 둥지를 허물어서라도 녀석이 다시는 집 근처에 부접치 못하도록 오금을 박고 싶은 충동이 세차게 일었으나 행여라도 화를 자초하는 우를 범하지나 않을까 저어해서 미적미적 엄두를 내지 못했다. 아울러 김씨는 어떤 절박한 사정으로 떼까마귀가 안전한 산속 교목을 버리고 위험이 산재한 양철지붕 위에 둥지를 틀게 되었는지 그 내막을 까맣게 모르면서도 어쩐지 녀석의 처지가 자신의 신세와 비슷해 보여 박정하게 굴 수도 없었다. 딴에는 독은 독으로 풀고 악재는 악재로 막는다고 어쩌면 떼까마귀가 파수꾼 역할을 해낼지도 모른다는 기대감이 아주 없지는 않았다. 그렇게 차일피일 미루는 가운데 김씨는 매일매일 떼까마귀의 동태를 살피면서 자신도 모르게 녀석에게 정을 붙이고 말았다. 하기사 밉고 추하고 더러운 모든 것들에게도 정은 붙게 마련이고, 인간의 삶 또한 세상 모든 만물에 정을 붙이다 붙이다 더이상 붙일 정이 없을 때 표표히 세상을 뜨게 되는 것일지도 모른다. 김씨의 인기척이 날 때마다 한껏 긴장하던 녀석도 차츰차츰 긴장을 늦추고 김씨와 교감을 나누게 되었다. 마침내 김씨는 녀석에게 없는 복이나마 지켜달라는 뜻에서 복돌이라는 이름을 붙여주었고 아침마다 먹이를 던져주기에 이르렀다. 아침마다 주먹밥을 던져주는 외에도 김씨는 틈틈이 집 뒤꼍으로 가서 자잘한 과일과 물고기와 메추리알 따위를 챙겨주곤 했다.

김씨는 마치 마을 어귀에서 놀고 있는 개를 찾듯 허공에 대고 복돌아, 복돌아, 몇 차례 더 목청을 돋웠다. 그러나 허공은 잠잠했다. 김씨는 하는 수 없이 주먹밥을 빈 둥지 위로 던져놓고 돌아섰다.

석축에서 내려서기 직전 김씨는 산비탈을 개간해 배추를 심어놓은 텃밭을 둘러보았다. 인분을 먹어 실하게 물이 오른 배추는 포기마다 속이 꽉꽉 들어차서 여간 달아 보이지 않았다. 오십 평 남짓한 텃밭 한 귀퉁이에 구색을 갖추느라 심어놓은 무도 산삼 부럽잖게 여물어서 보는 눈이 다 흡족했다. 김씨는 김장철이 지기 전에 서둘러 채소를 뽑아 내다팔아야겠다고 날을 꼽아보며 벌써부터 부수입을 손에 쥐기라도 한 양 입가에 미소를 지었다. 배추금이 천정부지로 치솟은 시세도 시세지만 이만한 상품이면 못 챙겨도 십만원쯤 너끈히 수중에 넣을 수 있다. 지난여름 내내 염천의 뙤약볕 아래서 죽살이를 쳐가며 호미로 잡목을 뿌리째 뽑아내고 숫제 돌밭이나 다름없는 산비탈을 뒤집어엎어 개간한 보람이 절로 솟았다. 껑충 키를 넘긴 잡목을 뽑아낼 때는 산림 보호법에 걸릴까 봐 얼마나 마음을 졸였던가. 변소에서 똥을 퍼올려 개간한 밭에 인분을 먹이던 기억도 새삼스러웠다. 밭을 둘러보던 김씨는 모처럼 자신이 대견스러웠다.

아내에게는 미음을 쑤어주고 자신은 김칫국에 밥을 말아 뚝딱 식사를 마친 김씨는 연장통을 챙겼다. 오전중으로 창문 공사를 끝내려면 서둘러야만 했다. 김씨는 약사발을 비우는 아내에게 공사가 끝날 동안만 작은 방으로 건너가 있으라고 일렀다. 그러나 그의 아내는 어림없는 소리 하지도 말라는 표정으로 아예 들은 척을 하지 않았다. 벽을 터서 창을 넓히는 공사를 끝내자면 어림잡아도 서너 시간은 좋이 걸릴 텐데 시베리아 벌판 같은 추위와 먼지구덩이 속에서 도대체 무슨 똥고집인지, 김씨는 부얼부얼 부은 아내의 얼굴을 마뜩찮은 눈길로 눌러보았다. 그러거나 말거나 그의 아내는 꿈쩍도 하지 않았다. 하는 수 없이 김씨는 아내를 두터운 솜이불로 아랫목에 단단히 묻어놓은 뒤 창문 앞에 놓인 공업용 미싱부터 치웠다.

김씨는 창틀에서 창문을 떼어낸 뒤, 줄자로 치수를 재어 벽에 금을 그었다. 가늠선을 다 그린 김씨는 그 위에 칼을 대고서 외풍을 막기 위해 벽에 둘렀던 스티로폼을 도려내었다. 그리곤 망치로 창틀을 툭툭 쳐서 떼어냈다. 허술하게 붙박였던 창틀은 가벼운 망치질 몇 번에 떨어져나갔다. 김씨는 창틀이 떨어져나간 벽을 해머로 조심스럽게 두들겼다. 쌓아올린 블록 안팎으로 시멘트를 얇게 개어 바른 벽은 해머를 툭, 툭, 갖다댈 때마다 바싹 마른 나뭇잎처럼 파삭거리며 맥없이 부서졌다. 삭을 대로 삭은 싸구려 블록은 손으로 쳐도 부서질 지경이라 공사가 생각보다 수월했다. 창틀을 떼어낸 지 삼십 분도 채 지나지 않아서 김씨는 책가방 크기의 창문 자리를 장롱 문짝만큼 넓혔다. 해머를 내려놓으며 뒤를 돌아다보니 아내의 표정이 봄볕처럼 환하다.

김씨는 울퉁불퉁 볼썽사납게 부서진 단면을 흙손으로 평평하게 다진 뒤 부엌에 보관해둔 창틀을 그 위에 올려놓았다. 원목의 결이 매끄럽게 드러난 창틀에서는 향긋한 나무 내음이 짙게 배어나왔다. 김씨가 창틀과 벽면 사이에 돌멩이를 괴어가며 수평을 맞추는 동안 그의 아내는 더할 나위 없이 행복한 눈길로 방 안 가득히 쏟아져들어온 하늘을 부시게 바라보았다. 덩달아 신명이 오른 김씨는 나는 듯이 일손을 놀렸다. 창틀에 창문을 끼워맞춘 뒤 창틀과 벽면의 성긴 틈새로 시멘트 반죽을 채워넣는 김씨의 입꼬리는 제철을 맞은 꽃망울처럼 절로 벙글어졌다.

창문 밖에서 시멘트를 매끈하게 펴바르는 것으로 공사를 마친 김씨는 손바닥을 탁탁 털며 아랫목 벽에 등을 기대고 앉은 아내의 얼굴을 여봐란 듯이 바라보았다. 그토록 갈망하던 소원을 이루었으니 오죽이나 좋을까, 김씨는 착한 일을 한 뒤 칭찬을 기다리는 아이처럼 기대감이 담뿍 담긴 눈길로 아내를 지켜보았으나 정작 아내는 그에게 눈길도 주지 않았다. 공치사는 고사하고 허공 가득히 눈의 초점을 풀어놓은 채 미동도 하지 않는 아내에게 서운함을 느낀 김씨는 돌멩이를 탁 걷어차려다 말고 우뚝 멈춰 섰다. 그는 자신도 모르게 아, 하고 옅은 신음 소리를 토해내었다.

갑작스러운 울음, 벽의 절반을 차지한 넓은 창으로 하늘을 맞아들이던 아내의 두 눈은 밤새 내린 폭풍우로 물바다를 이룬 미나리꽝처럼 눈물로 가득 차서 연신 뺨을 적시고 있었다. 김씨는 고만 숙연해져서 창가에서 물러섰다.

부엌문 옆에 놓인 널빤지 의자에 앉아 담배를 물던 김씨는 가뭄에 졸아드는 냇물 같은 아내의 목숨을 가슴에 새기며 비릿한 슬픔을 느꼈다. 병세가 악화되면서 눈물이 흔해진 아내라지만 김씨는 저토록 처연히 우는 모습을 일찍이 본 적이 없다. 그는 담배연기를 폐부 깊숙이 빨아들이며 소나기 같은 눈물로 앉아 있을 아내의 심정을 헤아려보았다. 그러나 허공에 흩어지는 담배연기처럼 아내의 마음 또한 손에 잡히질 않는다. 외려 서산에 걸린 겨울해나 다름없는 아내의 목숨만이 서늘하게 가슴에 얹힐 따름이다. 김씨는 담배꽁초를 버리며 새로 낸 창을 물끄러미 바라보았다. 그토록 갈망하던 창을 얻은 아내는 무슨 생각을 하고 있을까.

지난여름, 이 집에 이사를 왔을 때부터 틈만 나면 창문을 넓혀달라고 졸라대던 아내였다. 당장 목구멍이 포도청인 판국에 창문을 넓혀달라니, 김씨는 생떼나 다름없는 아내의 요구가 가당찮기만 했다. 딸애의 밀린 등록금은 말할 것도 없고 밑빠진 독에 물 붓기나 다름없는 아내의 병원비와 약값은 그의 진을 뽑아먹었다. 뿐만인가, 이 카드로 저 카드를 메우고 저 카드로 이 카드를 메워야 하는 악순환 속에서 감당할 수 없을 만큼 불어나버린 카드빚만으로도 김씨는 가랑이가 찢어질 지경이었다. 새벽 우유배달과 공공근로사업으로 벌어들이는 백만원 남짓한 수입으로 이런저런 구멍을 메우고 나면 소주 한잔 사먹을 수 없게 빈털터리가 되어버렸고, 월급날에서 열흘만 지나도 원숭이 똥구멍에서 콩나물 대가리를 빼먹을 지경으로 조잡이 들었다. 그런데도 아내는 포기할 줄을 모르고 효자 문안 드리듯 아침저녁으로 창문, 창문, 노래를 불렀다.

그러나 김씨는 벌컥벌컥 치미는 짜증에도 낯색 한번 붉히지 않았다. 그저 아내가 창문 얘기를 입에 올릴 때마다 조금만 참으라고, 셈평이 조금만 펴면 그날로 근사한 창문을 만들어주겠노라고, 스스로에게 다짐이라도 주듯 배찬 소리를 바르집었다. 빈소리가 아니었다. 받아주는 데만 있다면 김씨는 사내의 하나뿐인 밑천을 팔아서라도 아내의 소원을 들어주고 싶었다. 더욱이 언제 저승 명부에 오를지 모를 사람 아닌가.

신혼초부터 아내는 창문에 대해 남다른 집착을 보였다. 단칸 사글세 방에서 성장기를 보낸 아내의 꿈은 언덕 위 하얀 이층집에서 살아보는 거였다. 중학교를 마치기가 무섭게 봉제공장으로 향해야 했던 사춘기 소녀에게 이층집의 넓은 창에서 아침햇살을 맞는 꿈은 얼마나 달콤하고 황홀했을까. 그러나 스무 살을 넘겨 차차 철이 들면서 아내의 이층집은 그저 산동네의 오막살이일망정 내 집이 있었으면 좋겠다는 소박한 꿈으로 탈바꿈했고, 그마저도 몇 년을 넘기지 못하고 방 두 칸짜리 전세면 더이상 바랄 게 없다는 처지로 전락을 했다. 그래도 아내는 낙담하지 않았다. 비록 전세일망정 방 두 칸짜리 집에서 인생을 설계할 수만 있다면 두려울 게 없다고 믿었기 때문이다. 그러나 아내가 신접살림을 꾸린 곳은 전세도 뭣도 아닌 아옹한 굴속 같은 단칸 월세방이었고 변소마저도 공중변소였다. 창문 넓은 집에서 단 하루만이라도 살아봤으면 좋겠다는 아내의 소망은 그때부터 싹을 틔우고 뿌리를 내렸다.

그러나 결혼생활 이십 년을 바라보도록 아내의 소망은 이루어지지 못했다. 물론 맞벌이로 부지런히 저축을 한 결과 일곱 자짜리 방에서 열 자짜리 방으로, 열 자짜리 방에서 열두 자짜리 방으로 옮겨갈 수는 있었다. 그러나 변소와 수도를 공동으로 써야 하는 처지는 한결같았고 창문 크기도 고만고만해서 대낮에도 전등을 켜야만 했다. 물론 주변이 엇비슷한 사람들로 채워지고 그만한 불편쯤 당연시하던 풍토여서 무어라 계정부릴 건더기가 없긴 했다. 그러나 하루속히 더 나은 곳으로 옮겨가야 한다는 욕망은 누구에게나 숙명처럼 떠안겨졌고, 일급 미싱사였던 아내는 마뜩찮은 창문일망정 커튼을 만들어서 다는 것으로 그 욕망을 다스렸다. 손가락만한 인형장식 하나에도 입이 벙글어질 만큼 아기자기하게 꾸미고 사는 걸 좋아하는 아내에게 환절기 때마다 커튼을 바꿔 다는 취미는 일종의 스트레스 해소법이었다.

김씨네가 팔백만원짜리 전세를 장만해서 이사를 한 것은 딸애가 초등학교에 입학하던 그해 가을이었는데 셋방살이 십 년 만의 일이었다. 비록 산동네 머리 꼭대기에 자리잡은 집이라곤 하나 수도와 연탄광 겸 변소까지 딸린 독채여서 김씨네 가족은 만석지기라도 된 양 뿌듯해했다. 그러나 공교롭게도 그 집은 이제까지 거쳐온 집과는 비교도 안 되게 어둡고 답답했다. 전세금 싼 값을 톡톡히 하느라고 작은 방은 숫제 창문이 없었고 가스레인지 크기의 안방 창문은 뒷집 처마에 코를 처박는 바람에 하루 온종일 캄캄한 밤이었다. 어둠이야 전 깃불로 밝히면 된다손 치더라도 환기는 여간 골칫거리가 아니었다. 쥐들이 우글거리는 골목 안에 살면서 부엌문을 열어놓을 수도 없는 노릇이고, 천상 방충망이 쳐진 부엌 창문을 열어놓는 수밖에 없는데 골목 안 깊숙한 곳에 방충망까지 쳐놓았으니 바람이 요동쳐봐야 갓 난애 콧김이나 다름없었다.

아내가 창문에 커튼을 달지 않은 집은 그 집이 유일했다. 목욕을 하기 위해 부엌 창문에는 커튼을 달았으나 계절이 바뀌어도 커튼이 바뀌는 걸 김씨는 한 번도 보지 못했다. 커튼을 만들어 다는 재미를 잃은 아내는 덩달아 표정도 어두워졌는데 우울증의 시초였다. 하루 종일 바람도 안 통하는 어두운 방 안에 갇혀 딸랑 라디오 하나만을 의지가지 삼아 미싱을 타야 하는 아내에게 우울증은 자연스럽게 찾 아왔다.

아내는 눈에 띄게 말수가 줄어들었고 아무런 이유도 없이 쿨쩍쿨 쩍 울어대는가 하면 느닷없이 옷을 북북 찢어발기는 히스테리를 부 렸다. 가내부업으로 미싱을 타도 이웃들을 사귀어가면서 쉬엄쉬엄 하면 좋으련만 하루빨리 돈을 벌어야 한다고 눈에 독기를 품은 아내 는 잠자리에 들기 전까지 미싱을 돌리기 일쑤였다. 우울증이 부쩍 도 진 하루는 홱 눈이 뒤집혀가지고 미싱대 위에 손가락을 올려놓고 발 판을 드르륵, 밟아버린 일이 있었다. 다행히도 뼈가 상하지 않아서 간단한 치료만으로 상처는 쉬 아물었지만 크게 놀란 김씨는 아내를 신경정신과로 데리고 가서 진찰을 받게 했다.

아내는 상담을 하고 약을 타다 먹으면서 눈에 띄게 차도를 보였다. 김씨는 아내의 우울증이 완치가 된 이후에도 자해를 한 연유를 캐묻지 않았다. 사람이 자해를 할 때의 심경이 어떠한지 스스로도 잘 알고 있기 때문이다. 가구공장에서 전기톱을 켜다 말고 문득 자기 자신의 삶이 짐승과 하등 다를 바 없다고 여겨질 때면 그 톱날 밑으로 손가락이나 손목 혹은 팔뚝을 송두리째 집어넣어버리고 싶은 때가 왕왕 있었다. 드물게는 합판을 자르는 절단기에 목을 들이밀어 모든 것을 순식간에 끝내버리고 싶은 강렬한 충동에 사로잡힌 적도 있었다. 그러면 너무도 편안할 것 같았다. 충동에서 벗어나 뒤를 돌아보면 아찔하지만 충동에 사로잡힌 그 순간만큼은 눈물도, 고통도, 한숨도 없는 영원한 안식의 세계로의 귀의만이 유일무이한 행복이었다.

우울증은 치료했지만 해를 넘긴 뒤부터 아내는 잦은 병치레로 고생을 했다. 미싱대에 멀쩡히 앉아 있다가도 어지럼증이 돈다면서 드러눕기 일쑤였고, 하루 종일 미싱을 밟은 날이면 무릎과 허리가 아파서 못 견뎌했다. 물동이를 머리에 이고 십 리 길을 걸어도 까딱없을 만큼 튼실한 사람이 산동네 아래 시장에라도 한번 다녀올라치면 쌕쌕거리며 다리쉼을 해야만 했고, 어떤 날은 만사가 귀찮다면서 온종일 꼼짝도 하지 않았다.

그때마다 김씨는 아내를 세상에 다시 없는 미련퉁이로 닦아세웠다. 그는 아내가 병을 자초한다고 여겼다. 산후조리를 못한 것은 무능한 남편 만난 죄라고 쳐도 아궁이에서 슬금슬금 기어나온 연탄가스가 빠질 길 없는 집 안에 하루 종일 틀어박혀서 바깥바람 한번 쐬지 않는 미련함을 보일 때부터 김씨는 언제고 탈이 날 줄 알았다. 맑은 바람을 쐬가며 쉬엄쉬엄 하라고 입에 쥐가 나도록 타일렀건만 이 미련한 여자는 젊고 건강할 때 한푼이라도 더 벌어놔야 된다고 벅벅 우기기만 했다. 어디 연탄가스뿐만인가. 미싱을 타야 하는 부업거리는 숫제 먼지덩어리나 다름없었다. 퇴근을 하고 집에 들어가면 방 한쪽에 둥덩산처럼 쌓인 천더미에서 피어나는 먼지로 숨쉬기가 곤란할 지경이었다. 그런데도 아내는 돈돈 노래를 해가며 미련을 떨어대니 무쇠인들 성할 리가 없다.

현기증이 핑핑 돈다느니, 허리가 부러진다느니, 기운이 없다느니, 에구에구 엄살을 떠는 꼴이 사골 한 솥하고 알약 몇 알이면 직방이겠는데 가랑비에 옷 젖는 식으로다 허구한 날 골골거리는 폼이 아무래도 마음에 걸린 김씨는 고집 부리는 아내의 손목을 잡아끌고 동네 의원으로 향했다. 진찰을 마친 의사는 아무래도 콩팥의 기능이 떨어진 것 같다면서 큰 병원에서 정밀 검진을 받아보라고 권했지만 김씨는 의사의 권유를 외면했다. 죽을 병도 아니요 큰 사고를 당한 것도 아닌데 가난한 집구석에서 잔병 따위로 종합병원을 찾는다는 짓 자체가 우선 남우세스러웠다. 또한 의사 면전에서야 아이구 선생님, 해가며 굽신거리지만 병원문만 나서면 그 당장에 저런 도적놈의 새끼, 욕설이 튀어나오는 김씨에게 의사의 권유는 그다지 설득력이 없었다.

물론 의사의 엄포에 행여라도 아내가 잘못되지나 않을까, 더럭 겁이 나기는 했다. 그러나 병에 관해서라면 저마다 일가견이 있다는 동료들을 비롯한 이웃들의 중론은 그깟 병치레로 종합병원 신세를 져야 한다면 동네 사람들 태반이 진작에 고꾸라졌어야 옳고, 정말로 아파서 뒈지게 생기지 않은 이상 의사 말은 들을 필요가 없다는 것이었다. 그들은 병원은 없는 병도 만들어내서 멀쩡한 사람의 등을 쳐먹는 날강도나 다름없으며 콩팥 운운하는 수작 자체가 벌써 알조라며 제 일처럼 분개를 했다.

   이웃들의 주장이 아니더라도 김씨는 햇살 환히 비치고 맑은 공기가 자유로이 넘나드는 집으로 이사만 가면 아내의 잔병치레도 씻은 듯이 사라질 것으로 믿어 의심치 않았다. 그러나 그러한 기대는 얼마나 무지한 바람이었던가.

   구십년대 초입, 전국적으로 전셋값 파동이 일어났을 때 김씨네는 그토록 소원하던 내 집을 장만해서 햇볕도 바람도 없는 전셋집에서 벗어났지만 아내의 병은 그때부터 시작이었다. 전셋값 파동만 아니었다면 김씨네는 그후로도 몇 년은 좋이 그 집에 붙박여 살았을 게 분명했고 만성 신부전증 초기 증세에 발목을 잡힌 아내의 목숨은 진작에 명을 달리했을 것이다. 그 집에서 계속해서 살았더라면 김씨는 아내의 병이 중하다는 생각은 추호도 못 하고 엄살을 떤다느니 지겹다느니 구박을 해가며 풀방구리에 쥐 드나들듯 약국 문턱만 밟아댔을 것이다. 피를 토하는 것도 아니요 가벼운 감기몸살이나 앓는 사람처럼 잔잔한 폼이 까탈을 부려봐야 중병하고는 영 거리가 멀었고, 콩팥의 콩자도 모르는 김씨 깜냥으론 발병 즉시 황천행이라는 암만 아니면 밤낮 골골거려봐야 대수로울 게 없었다. 따지고 보면 전셋값 파동이 아내의 생명을 연장시킨 셈이다.

안면몰수하고 전세금 사백만원을 올려달라는 집주인의 요구에 김씨네는 어떤 식으로나마 살 길을 모색해야만 했다. 적금 하나 믿고서 이백만원만 올려받으면 안 되겠냐고 통사정을 해보았으나 집주인은 고개를 외로 꼬고서 들은 척도 하지 않았다. 천정부지로 치솟는 전세금을 감당하지 못해 자살하는 사람들이 속출하던 시절, 김씨는 돈을 구하기 위해 백방으로 뛰어다녔다. 그러나 그 어디에서도 돈을 구할 수가 없었다. 벼는 벼끼리 피는 피끼리 모여 살더라고, 김씨에게는 손을 벌릴 만한 연줄이 없었다. 가방끈 짧고 밑바닥을 벗어나본 적이 없는 사람이 빌릴 수 있는 돈이라곤 군내 나는 잔돈푼이 고작이었다. 집주인이 정한 기한은 바짝바짝 다가오는데 돈은 구해지지가 않고, 김씨는 차라리 방 한복판에 연탄불이라도 피워놓고 싶은 심정이었다.

속 모르는 사람들은 죽긴 왜 죽느냐고, 전세금이 없으면 월세라도 살면서 새로 시작하면 되지 않느냐고 반박할지 모르지만 적어도 김씨에겐 월세로 전락한다는 그 자체가 더이상 세상을 살아갈 필요가 없어졌음을 뜻했다. 억울해서가 아니었다. 선 한 번 잡지 못하고 하냥 잃기만 하는 고스톱은 더이상 칠 필요가 없듯이 죽는 날까지 각다분하게 살아가야만 되는 인생이라면 그만 접는 게 나은 노릇 아닌가. 더욱이 월세로 전락할 처지에 놓인 김씨의 눈에는 세상 전체가 짜고 치는 고스톱판으로 비쳤고 자신의 인생은 한 판이라도 먹어보겠다고 죽자사자 덤벼들었다가 끝내는 고리 몇 푼에 감지덕지해가며 물러가야 하는 호구로밖에 보이지 않았다.

그래도 차마 포기할 수가 없어 손 벌릴 수 있는 데까지 벌려보던 김씨는 퇴직금이라도 보태볼 요량으로 십 년 가까이 다니던 공장에 사직서를 내기로 마음을 먹었다. 그러나 그날 아침 출근길에 받아든 연립 분양 팜플렛은 김씨에게 새로운 희망을 안겨주었다. 입주금 천만원만 있으면 반지하일망정 신축한 열세 평짜리 연립을 살 수 있다니, 참으로 꿈같은 얘기였다. 천오백만원이라는 융자금이 부담스럽긴 했으나 사지 멀쩡한데 그만한 돈쯤 무에 걱정이냐는 자신감에 김씨는 그날 중으로 분양 사무실로 찾아가서 계약서에 도장을 찍었다.

연립에 입주하던 날, 안방과 거실의 넓은 창문 앞에서 기쁨의 눈물을 펑펑 쏟던 아내의 모습을 김씨는 십 년 가까운 세월의 더께를 걷어내고 바로 어제 일처럼 생생하게 기억하고 있다. 반지하인 까닭에 마음대로 창문을 열어놓고 살 수도 없고, 그나마도 반투명 유리라 바깥 풍경과는 단절이 되었지만, 아내는 가슴속에 묻어둔 모든 숙원을 이룬 사람처럼 얼굴이 환했다.

김씨는 밀려드는 회한에 입술을 지그시 깨쳐물었다. 가슴속이 눈앞의 미나리꽝처럼 휑하니 비어버린 느낌이다. 미나리꽝을 쓸고 지나가는 된바람이 김씨의 옅은 한숨을 자취도 없이 뭉개버리고, 밭둑의 빛바랜 갈대들은 그의 마른 가슴처럼 서걱거린다.

연립으로 이사를 오기 전까지만 손을 썼더라도 아내는 원래의 건강을 되찾을 수 있었을지도 모른다. 그러나 연립에 정착한 뒤로도 김씨는 아내의 잔병치레를 대수롭잖게 여겼고, 찜찜한 생각이 들어 병원에 가보라고 권할 때에도 아내가 됐다고, 피곤해서 그러는 모양이니 잠깐 쉬면 괜찮을 거라고, 도리질을 치면 그걸로 그만이었다.

　과거로 돌아갈 수만 있다면, 쓰게 미소지으며 입속말을 중얼거리던 김씨는 이내 고개를 가로저었다. 그는 고개를 잘래잘래 저으며 손바닥으로 얼굴을 감쌌다. 묵지근한 슬픔이 목구멍을 타고 올라왔다. 아내가 죽어가도록 방치했다는 죄책감도 죄책감이지만 십 년 전 그 상황으로 돌아가더라도 자신은 그때와 똑같이 행동할 수밖에 없으리란 자각이 그를 더욱 깊은 슬픔 속으로 밀어넣었다. 김씨는 솟고라지는 슬픔을 어금니로 질끈 깨물어 삼켰다. 여기서 약해지면 걷잡을 자신이 없었다.

　김씨는 치곧아오르는 추위에 오돌오돌 떨면서도 좀처럼 일어날 생각을 하지 않았다. 푸드덕, 머리 위 허공을 가로지르는 소리에 잠시 눈길을 돌렸을 따름이다. 어디를 어떻게 헤매고 돌아다녔는지 복돌이가 퍽 지친 모습으로 안테나 위에 앉아서 김씨를 내려다보고 있었다. 그러나 김씨는 부러 녀석의 눈길을 피했다. 아침 나절에만 해도 녀석의 부재에 서운함을 느꼈는데 이제는 녀석이 부담스럽다. 이름까지 지어주며 지난 몇 달간 녀석과 미운 정 고운 정 다 들었지만 아내의 죽음이 임박했다고 느껴질 때마다 녀석의 존재는 마치 창 밖 살인자의 그림자처럼 전율스러웠다.

　열흘 전 아내가 심장마비로 쓰러졌을 때, 굴뚝 위에 앉아서 멀어져가는 119구급차를 쏘아보던 녀석의 눈동자를 떠올리면 김씨는 지금도 등허리가 선득해진다. 마치 주사기가 물을 빨아들이듯이 아내의 혼을 빼내는 암흑의 눈동자, 녀석은 그렇게 구급차를 겨눠보며 허공에 대고 까악, 까악, 날카롭게 우짖어댔다.

신속한 응급조치로 아내는 달리는 구급차 안에서 의식을 되찾았지만 두려움에 사로잡힌 김씨의 눈에는 파리한 아내의 모습이 영원한 작별을 위해 잠시 되돌아온 것으로 비쳤다. 물론 병원에서 필요한 치료들을 받고 안정을 되찾긴 했지만 사흘 묵은 밥알처럼 퍼석거리는 얼굴에 깃들인 생명의 빛은 금방이라도 꺼져버릴 것처럼 위태로워 보였다.

목숨보다 무서운 호구에 등을 떠밀려 집으로 돌아온 김씨는 다시금 까마귀와 맞닥뜨렸으나 녀석은 검은 깃털에 검은 부리에 검은 발을 지닌 날짐승에 지나지 않았다. 둥지에서 끄덱끄덱 졸고 있는 녀석의 모습이 너무도 심상해 보여 잠시나마 녀석을 저승사자로 오인한 게 미안했다. 미나리꽝과 뒷산과 방죽 너머 갈대 우거진 간척지에서 제각기 다른 빛깔로 살아가는 무수한 새들, 까치며 백로며, 해오라기와 물오리를 비롯해 김씨가 미처 이름을 다 알지 못하는 새들까지, 떼까마귀는 그저 그들 무리의 한 부분일 따름이었다. 복돌이가 다른 새들과 다른 점은 인가 지붕에 둥지를 튼 외톨박이라는 것뿐, 흉조 취급을 받아야 할 하등의 이유가 없었다.

녀석과 무관하게 아내는 언젠가 숨을 거둘 것이다. 일 주일에 두어 번, 혈액투석을 받아야만 생명을 유지할 수 있는 아내의 목숨은 뿌리

잘린 나무나 다름없다. 만성 신부전을 부빌 언덕으로 아내의 육신에 깃들인 병은 당뇨와 고혈압을 선두로 악성빈혈과 골다공과 동맥경화를 비롯해 이루 헤아릴 수 없이 많은데 그 하나하나가 당장에라도 숨통을 옥죌 수 있는 치명적인 것들이었다. 만약에 복돌이가 흥조가 아닌 인디언들의 믿음처럼 영혼을 인도하는 길잡이 새라면 녀석이 지붕 위에 둥지를 튼 것은 아내를 위해 얼마나 다행인가.

아내가 구급차에 실려간 그날 이후로 김씨는 복돌이를 달리 바라보게 되었다. 아니, 가급적이면 좋은 쪽으로 생각하기로 노력했다는 표현이 옳을지도 모르겠다. 가뭄 탄 땅에서 비를 기다리는 농부의 마음처럼 요사이 김씨는 코끝에 감기는 바람도 무심치가 않고 눈앞의 모든 사물이 허투로 봐넘겨지지가 않았다. 사물이 달리 보이기 시작하면서 비감스러운 마음도 마모가 되었다.

방죽 너머, 사십만 평에 달하는 간척지를 온통 황금빛으로 물들인 갈대의 물결이 제각기 다른 모습의 갈대 하나하나로 이루어졌듯이 김씨는 자신의 삶도 수많은 삶 가운데 당당한 일부라고 여기면서 지금까지의 삶이 그다지 나쁠 것은 없다고, 꼭 나쁘기야 하겠냐고 하문, 하문, 허공에 대고 고개를 주억거리기도 했다. 그것은 세상 밖으로 내쳐진 자가 생존을 위해 마지막으로 선택할 수 있는 고독한 투쟁이었다.

널빤지 의자에 부려놓았던 엉덩이를 일으켜세운 김씨는 새로 낸 창문을 통해 방 안을 들여다보았다. 울음기를 말끔히 걷어낸 아내는 장롱 깊숙이 묻어둔 보따리를 꺼내더니 품에 안고서 지그시 눈을 감왔다. 김씨는 아내의 하는 양을 잠자코 지켜보았다. 아내는 소중하게 끌어안았던 보따리를 방바닥에 조심스럽게 내려놓은 뒤 매듭을 가만가만 풀어헤쳤다. 짐작대로 보따리 속 물건은 팔백만원짜리 전세를 살 때 만들어두고서 한 번도 사용한 적이 없는 커튼이었다.

그 집에서 사는 동안 바깥 풍경을 환히 내다볼 수 있는 창이 어찌나 간절했던지 아내는 동대문 시장까지 원정을 가서 최고급 천을 떼왔고, 이 다음에 평수 넓은 아파트나 단독주택을 장만하게 되면 거실에 여봐란 듯이 달 거라면서 이제까지 익힌 기술을 총동원하여 커튼 가게에서도 보기 어려운 화려한 커튼을 만들었다. 아내는 자신의 결심을 증명이라도 하듯이 그 커튼을 소중히 간직했고, 연립을 장만했을 때에도 돼지목에 진주 목걸이가 가당키나 하냐는 태도로 커튼 보따리를 장롱 속에 꼭꼭 감춰두었다.

김씨는 방바닥에 커튼을 펼쳐놓는 아내의 모습을 창 밖에서 물끄러미 눌러보며 다시금 가슴이 미어졌다. 숙연한 얼굴로 커튼을 가만가만 쓸어보는 아내의 모습은 황혼녘의 평화와 닮아 보였다. 아내는 이 집으로 이사온 첫날부터 자신의 죽음을 겸허히 받아들이기로 작정한 눈치였다. 창문을 넓혀달라던 집요한 요구도 실은 죽음을 받아들이기 위한 하나의 과정이요 이승에서의 마지막 원을 풀기 위한 살풀이였을 것이다.

고요히 죽음을 기다리는 아내의 얼굴에서 김씨는 오랜 기다림을 보았다. 오랜 기다림을 통해서 버릴 거 다 버리고 기다림조차 버리고 이제는 돌아갈 몸짓 하나로 남아 있는 아내를 보며 김씨는 차라리 잘

된 일인지도 모른다고 생각했다. 삶이라는 것이 소수에게는 방탕과 쾌락인 반면 다수에게는 짐일 따름이다.

깨끗이 씻은 고구마 한 소쿠리를 사과상자에 담는 것으로 장사 준비를 마친 김씨는 집 뒤꼍으로 향했다. 처마 밑에는 굴뚝 이쪽에서부터 저쪽 모서리까지 팔뚝 굵기의 장작들이 둥덩산처럼 쌓여 있다. 헤실바실 까불려도 겨울을 두 번 날 만큼 장작은 풍족하다. 장독대 부근에는 허벅지 굵기의 통나무들만 따로 골라서 쌓아놓은 나뭇짐이 우비를 뒤집어쓰고 있는데, 우비는 비를 막기 위한 목적보다도 외부의 눈을 피하기 위한 위장용이다. 지난여름 산비탈을 개간했을 때 베어낸 나무들인 만큼 간을 졸일 수밖에 없다. 가까운 이웃들이야 김씨가 이사턱을 톡톡히 낸데다 그렇게 해서라도 먹고살 수밖에 없는 처지를 잘 납득시켜놓았으니 파출소에 신고가 들어갈 염려는 없었지만 구린 몸 사려서 나쁠 건 없다.

앞마당으로 나온 김씨는 한아름 챙긴 장작을 오토바이 짐받이에 고정된 노란 플라스틱 상자에 담았다. 그는 장작을 실은 플라스틱 상자 안에 고구마와 무를 비롯해 이런저런 양념들을 쟁였다. 만반의 채비를 갖춘 김씨는 집 안으로 들어가서 딸애의 핸드폰으로 전화를 걸었다. 몇 번의 신호음이 울리고 딸애가 전화를 받았다.

수업시간인 걸 감안해 음성 사서함에 메시지를 남겨놓을 요량으로 전화를 걸었던 김씨는 치밀어오르는 배신감을 가까스로 삼켰다. 수화기 저쪽에서 음악 소리가 꽝꽝 울리는 폼으로 미루어 유흥가에서 제 또래들과 노닥거리는 게 분명했다. 여보세요, 여보세요, 딸애의 재촉에 김씨는 부글부글 끓는 속을 달래며 나다, 하고 목소리를 깔았다. 무시로 해대는 외박에도 미안한 마음은 남았던지 딸애는 무춤하며 이쪽의 기색부터 살폈다. 노여움을 삭이기 위해 김씨가 숨을 고르는 동안 수화기 저쪽에서 야, 조용히 해봐, 아빠 전화야, 하는 소리가 희미하게 들려왔다.

김씨는 거짓말을 듣게 될 줄 뻔히 알면서도 수업이 벌써 끝났느냐고, 넌지시 물어보았다. 딸애는 일순 당황하는 기색이었다. 그러나 그도 잠깐, 거짓말에 이력이 붙은 딸애는 선생님들이 중요한 회의가 있어 일찍 끝내줬다고 능청스럽게 둘러댔다. 김씨는 고함을 있는 대로 내질러가며 일찍 끝나긴 개뿔이 일찍 끝나냐고, 아빠가 아무리 초등학교도 제대로 못 나왔다지만 그만한 짐작도 없을 줄 아느냐고, 어젯밤엔 대체 어디서 무슨 짓을 하고 돌아다녔길래 학교도 안 가고 이 시간까지 유흥가를 싸돌아다니는 거냐고, 이제까지 꾹꾹 눌러 참아왔던 분을 일거에 터뜨리고 싶었지만 차마 딸애의 반항기를 감당할 자신이 없어 한숨만 푹푹 내쉬었다.

세상 밖으로 뛰쳐나가지 못해 후끈 몸이 달아 있는 애를 섣불리 건드렸다간 무슨 사단이 벌어질지 알 수가 없다. 중학교 3학년이라곤 하지만 녀석은 진작에 제 아비 머리 꼭대기에 올라앉았다. 건들기만 건드려보라는 삐딱한 태도로 울타리를 들고 나는 딸애에게 김씨 내외의 존재는 앞길을 가로막는 장애물인 동시에 절대로 본받아서는 안 될 한심한 표본에 지나지 않으며 낳고 길러준 은공으로 인심을 얻어봐야 '가엾고 불쌍한 늙다리' 대접이 고작이다.

김씨는 치미는 노기를 가까스로 눅자치며 몇시에 올 거냐고, 가급적이면 일찍 와서 엄마 곁을 지키라고 힘없이 이른 뒤 전화를 끊었다. 피차 소통이 안 되는 터에 전화통을 길게 붙들고 늘어져봐야 딱히 할 말도 없거니와 잘 다독거려온 감정만 다치기 십상이다. 낡고 너덜거리는 김씨의 가치관으로 딸애와 부딪쳐봐야 서로간의 불신만 깊어질 따름이다. 사십오 년의 세월 동안 산전수전공중전 다 치러가며 예까지 다다랐건만 딸애에게 제 아비의 세월이란 마음껏 경멸하고 무시해도 거리낄 게 없는, 한낱 도랑의 구정물에 지나지 않는다.

그래도 김씨는 푸념을 할 수가 없다.

화려한 꿈으로 치장을 한 아이에게 가난밖에 물려줄 게 없는 아비란 있어도 그만 없어도 그만인 장식품에 지나지 않았다. 더욱이 적지 않은 돈을 제 손으로 벌기 시작하면서부터 딸애는 이 세상이 어떤 힘의 논리에 의해서 굴러가는지 그 본질을 정확히 꿰뚫었고, 그때부터 어른이란 어른은 일체의 존경이 필요 없는 한낱 속물이자 위선덩어리에 지나지 않으며 제 부모는 그러한 속물 축에도 끼이지 못하는 무능력자로 알았다.

아내는 지나친 자격지심이라며 근심스런 눈길을 보내왔지만 김씨는 단호하게 고개를 가로저었다. 하늘의 순리가 눈곱만큼이라도 남아 있는 세상이라면 모르되 자본이라는 유일무이한 가치를 중심으로 하늘의 질서 자체가 완전히 뒤집힌 세상에서 김씨와 같은 사람들의 삶은 아무런 무게도 부여받지 못한 채 이리저리 부유하다가 종당에는 흔적도 없이 지워질 운명인 것이다. 아무런 자정능력 없이 뒤틀린 욕망을 향해 화살처럼 치달아가는 세상, 그 속에서 소비가 최고의 미덕이란 교육을 받으며 자라난 아이에게 김씨가 해줄 수 있는 것이라곤 범사에 무사하길 비는 기도밖에 없다.

집을 나와 오토바이의 시동을 걸던 김씨는 뭔가 허전한 느낌에 주머니를 주섬주섬 뒤져가며 고개를 갸웃거렸다. 혹시나, 하고 오토바이의 짐상자를 뒤져봐도 장사에 필요한 물품은 다 실렸다. 다시 한번 주머니를 뒤지던 김씨는 아, 핸드폰, 하고 종주먹으로 머리를 가볍게 쥐어박았다.

집 안으로 들어가 미싱대 위에 놓인 핸드폰을 챙긴 김씨는 요물을 보듯 핸드폰을 가만히 들여다보았다. 아무리 들여다봐도 이 세상의 물건이 아닌 양 손때 묻은 핸드폰이 낯설기만 하다. 위중한 아내를 돌보기 위해 반 년 전에 구입한 핸드폰이지만 아직도 김씨는 전선 없이 전화를 걸 수 있는 핸드폰의 기능이 좀처럼 믿기지 않는다. 딸애와의 통화가 벽에 대고 혼잣말을 중얼거린 것만 같다. 김씨는 내남없이 핸드폰을 들고 다니는 거리의 사람들을 보면서 어쩐지 그들 모두가 눈에 보이지 않는 그물망에 갇힌 줄도 모른 채, 꿈속에 사는 몽유병 환자처럼 둥둥 떠다니고 있다는 느낌에 사로잡혔다.

김씨는 방문을 나서면서 아내의 안색을 힐끗 살폈다. 푸석푸석 부은 아내의 얼굴은 창호지에 비치는 달빛처럼 파리했다. 그러나 특별히 나빠 보이지는 않는다. 김씨는 방문을 나서기 직전, 몸에 조그마

한 이상이라도 있으면 즉시 연락하라고 뒷다짐을 주었다. 커튼에 반쯤 가린 창문을 가뭇없이 바라보던 아내는 걱정 말라고, 당신 새장가드는 꼴 보기 싫어서라도 죽지 않을 테니까 걱정 말라고, 옅은 미소를 지으며 달막거렸다. 김씨는 정말로 그래야 한다는 듯이 크게 고개를 끄덕여 보였으나 부엌문을 나서는 그의 눈가엔 어느새 물기가 묻어 있었다.

길어봐야 서너 달을 넘기지 못하리라던 의사의 말이 아니더라도 김씨는 아내를 데려갈 죽음의 사신이 가까운 곳에 도착해 있음을 느낄 수 있었다. 자고 일어날 때마다 아내의 몸에선 가뭄에 냇물 졸아들 듯이 생명의 진기가 조금씩 조금씩 말라붙었다. 다 녹고 심지만 남은 촛불처럼 위태로운 아내의 목숨을 보듬고 잠자리에 들 때마다 김씨는 늘 이 밤이 마지막일지도 모른다고 생각해왔다. 그러나 아침이면 아내는 어김없이 나팔꽃처럼 피어났고, 김씨는 신께 진심으로 감사를 드렸다. 아내가 매일 아침 새로 뜨는 태양을 볼 수 있다는 것은 그가 아내를 위해 무언가 해줄 수 있는 시간이 남아 있다는 뜻으로 받아들여졌다.

헬멧을 머리에 쓴 김씨는 물다리 방향으로 오토바이를 몰았다. 소쿠라져 흐르는 개울을 건너자 연립 건물들에 가려 조각난 하늘이 치렁치렁 늘어진 고압선 위에 위태롭게 걸려 있고, 와와 무리지어 골목을 뛰어다니는 코흘리개들의 천진한 웃음소리는 콘크리트 공간에 갇혀 소음이 되었다. 소방도로변 구멍가게 앞 파라솔 주변엔 늙은 사내들 몇이 새카맣게 탄 얼굴로 막걸리판을 벌였는데 한낮 햇살 아래서 벌겋게 취한 그들은 유적지의 허물어진 담장처럼 무기력해 보였다. 장을 보고 돌아오던 젊은 아낙네 둘은 패악 부리는 거지떼라도 만난 양 쭈뼛쭈뼛 겁먹은 표정으로 그 앞을 지나치고, 폐품 실린 수레를 끌고 구멍가게 앞으로 해서 동네 어귀 고물상으로 향하는 노파의 굽은 등에는 하늘 한귀퉁이가 얹혀져 있었다.

김씨는 익숙한 눈앞 풍경을 가로질러 고물상 앞에서 오토바이의 손잡이를 틀었다. 그는 예닐곱 대의 고속버스가 매연을 풍풍 뿜어대는 삼화고속 종점 사거리에서 직진 신호를 기다렸다. 김씨는 신호가 떨어지기를 기다리는 동안 담배에 불을 붙였다. 담배연기를 길게 내뿜으며 무료한 눈길 둘 곳을 찾던 김씨는 횡단보도 앞에 서 있는 레지를 발견하고 두 눈이 휘둥그레졌다.

말똥말똥해진 김씨의 두 눈은 미니스커트 아래로 미끈하게 빠진 다리에 철썩 붙어서 떨어질 줄을 몰랐다. 자신도 모르게 마른침을 꿀꺽 삼키던 김씨는 침 넘어가는 소리에 놀라서 헛기침을 큼큼거리며 주위를 둘러보았다. 그랬더니 편의점 앞에서 자판기 커피를 뽑아 먹으며 배차 시간을 기다리던 고속버스 기사들은 물론이고 버스를 기다리는 승객들과 도로변에 죽 늘어서서 손님을 기다리는 택시 기사들과 길을 오가는 행인들까지, 인근 사내의 눈길이란 눈길은 죄 레지를 할기족거리고 있었다.

파라솔 아래 삼삼오오 둘러앉은 버스 기사들은 엉덩이가 죽이네, 다리가 죽이네, 엉정벙정하면서 연신 킬킬거리고, 그 가운데 하나는 야, 어느 다방이냐? 하고 큰 소리로 능갈을 쳤다. 기사의 질문에 레지는 아니꼽지만 할 수 없다는 태도로 마로니에 다방이라고 대꾸를 했는데, 껌을 질경질경 씹어대는 얼굴이 열여덟 살이나 제대로 먹었을까 싶게 앳돼 보였다. 그러나 언제 시간 내서 연애나 한번 하자느니, 좋은 오빠들이니까 찾아가면 각별히 신경을 써달라느니, 느물느물 웃어가며 사람을 턱없이 우집으려 드는 기사들의 얼굴을 찾바듬한 눈길로 하나하나 갈마보는 폼이 여간 야무지지 않다. 레지의 당찬 눈길에 머쓱해진 기사들은 비가 오려나, 의뭉을 떨어가며 먼산바라기를 했다. 레지는 꼴같잖다는 표정으로 씹던 껌을 퉤, 뱉으며 노랗게 물들인 앞머리를 쓸어넘겼는데, 헐렁한 옷소매 밖으로 드러난 팔뚝엔 담뱃불로 지진 흉터며 칼자국들이 어지럽게 널려 있었다.

자기도 모르게 마로니에 다방, 마로니에 다방, 구구단 외우듯 해가며 레지를 힐끔거리던 김씨는 매섭기 짝이 없는 레지의 눈길에 언제 흑심을 품었냐는 태도로 시선을 돌렸다. 때마침 직진 신호가 들어왔고, 김씨는 오토바이의 액셀을 힘껏 당겼다. 그는 오토바이를 몰며 아이구 추잡한 인간들, 딸 같은 애를 가운데 두고 무슨 짓이람, 여물지도 않은 어린 것을 어찌 해보겠다고 덤벼드는 꼬락서니라니 나 원, 자기 자식이 어디 가서 그 꼴을 당하면 참 좋기두 하겠다, 하고 구시렁거렸는데 실은 기사들을 탄하기보단 똥인지 된장인지 분간도 못하고 마른침을 꼴깍꼴깍 삼켜가며 딸 같은 애에게 개염을 부린 스스로가 흉물스러워서 다미를 씌워본 것에 지나지 않았다.

그러나 달뜬 마음은 쉽사리 가라앉지 않았다. 이 무슨 남우세스러운 짓이냐고 자책을 해봐도 갈망으로 꿈틀거리는 욕구는 식을 줄을

모른다. 정신을 차리자고 스스로를 재우치는 와중에도 고것 참, 고
것 참, 소리가 입에서 절로 튀어나오고, 달리는 오토바이 뒤로 휙휙
물러가는 여자들까지 욕망의 창에 줄줄이 꿰인다. 사람들로 복대기
치는 백화점 앞을 지날 때는 오토바이의 속도가 절로 줄고, 김씨의
눈동자는 운전에 신경 쓰기보다는 짧은 치마 밑을 좇기에 더 바빠서
하마터면 접촉사고를 낼 뻔했다. 반사신경 덕에 가까스로 사고를 면
한 김씨는 머리도 식힐 겸 눈앞의 주유소로 오토바이를 몰았다. 오토
바이에 기름을 채운 그는 자판기에서 커피를 뽑아 주유소 화단에 걸
터앉았다.

　김씨는 두 손으로 종이컵을 감싸쥐고서 찬찬히 커피의 온기를 음
미했다. 따뜻한 커피가 들어가자 추위에 얼었던 속이 한포국해졌다.
김씨는 커피를 홀짝거리는 와중에도 주유소에서 아르바이트를 하는
여자애들을 흘깃거렸다. 어이구, 미친놈! 김씨는 자신을 호되게 윽
박질렀다. 그러나 가슴속 깊은 곳에서 숯불처럼 뜨겁고 집요하게 타
오르는 욕구는 김씨의 의지를 한줌 재로 만들어버렸다. 김씨는 빈 종
이컵을 와락 구기며 오토바이에 올라탔다.

　그는 침착한 태도를 유지하려고 애썼다. 이제까지의 경험으로 미
루어 분출이 아니고서는 해소될 길이 없는 욕망에 발목을 붙잡히는
날이면 오늘 하루, 장사고 뭐고 실타래처럼 뒤엉켜버릴 게 뻔했다.
오늘 같은 경험은 김씨에겐 이미 익숙한 일이었다. 삶의 기반이 송두
리째 무너지는 소리가 귓전에 울릴 때마다 김씨의 육체는 사소한 자
극에도 풍선처럼 부풀어올랐다.

밀린 빚을 감당하지 못해 연립을 팔아치우던 날, 김씨는 미친 짓이라고 수없이 되뇌면서도 집 판 돈의 일부를 헐어 작부집에서 탕진했고, 살 집을 구하지 못해 꼼짝없이 길거리에 나앉게 생겼을 때도 낮술 몇 잔에 눈이 뒤집혀 안마시술소에서 카드를 긁고 말았었다. 딸애가 가출을 했을 때도 김씨는 성적인 충동에 사로잡혀서 몇 날 며칠을 끙끙거렸고, 아내가 병원에서 사형선고를 받던 날에는 들끓는 욕망을 이기지 못하고 사창가로 달려갔었다. 뿐만인가, 아내가 구급차에 실려간 날에도 김씨는 도색잡지를 펼쳐들고 용두질을 쳤으며, 인문계에 진학하고 싶다는 딸애의 등을 반강제로 떠밀어 여상 원서를 쓰게 한 월초에는 이혼녀들이 드나드는 술집에서 사흘치 장사 밑천을 날린 것으로도 부족해서 카드까지 긁었다.

그때마다 김씨는 미친놈이라고, 천하에 다시 없을 미친놈이라고, 스스로를 윽박질러가며 눈물까지 훔척거렸지만 소용없는 노릇이었다. 천원짜리 한 장이라도 목숨줄처럼 단단히 부여잡고서 놓지 말아야 한다는 억척스러움도 열심히 살고픈 의욕이 있을 때나 필요할 뿐, 일단 위기의식의 도화선에 불이 붙으면 술을 마시지 않을 도리가 없었고, 술기운이 얼근해지면 차라리 이 자리에서 종말을 맞고 말겠노라는 자포자기의 심정으로 갈 때까지 가버리고 말았다. 인생을 포기해버린 사람처럼 방탕하게 굴다가 온전한 정신으로 돌아온 이튿날 아침이면 김씨는 아무도 없는 구석진 공간에서 하늘을 우러르며 눈물을 흘렸다. 살아보자고, 결말이야 어떻든 나든 끝까지 살아남아보자고, 이를 악물어봐도 그의 눈앞에 놓인 세상은 가슴이 미어지도록 막막하고 암담할 따름이었다. 가까스로 죽지 않고 살아남을 수 있을 만큼만 주어진 조건 속에서 한결같은 삶을 영위해가야 한다는 자각은 그 자체로 형벌이었다.

그래도 김씨가 가망 없는 생의 마지막 꼬리를 움켜쥐고 모질게 버티는 까닭은 그의 본능이, 영혼이나 정신의 세계가 아닌 육신의 본능이 생을 간절히 원하기 때문이고 충동적으로 솟구치는 성욕은 그 방증이다. 수억 년 동안 진화에 진화를 거듭하면서 이어져내려온 유전인자는 그의 넋과 상관 없이 오감을 자극하고 부추기면서 그의 육체가 본연의 의무를 다하도록 일깨움과 동시에 죽음을 거부케 만드는 것이다.

그러나 김씨는 자신의 들뜬 욕망이 외부의 힘에 의해서 일정 부분 왜곡되고 부풀려진 측면이 있다는 사실을 간과하지 않았다. 외부의 힘이 구체적으로 어떤 것인지 딱히 꼬집어 말할 수는 없지만 김씨는 그 힘이 일상 속에 광범위하게 퍼져 있으며 결코 어느 누구도 그 힘으로부터 자유로울 수 없음을 알고 있었다. 그렇지 않고서야 어찌 딸 같은 애들을 비롯해서 이웃의 아낙네들과 거리를 오가는 여인들과 하다못해 가까운 친인척을 비롯해서 집에 놀러 온 딸애의 친구들까지, 일상에서 부딪칠 수 있는 모든 인연에게 욕망의 눈길을 보낼 수 있을까.

그러나 김씨는 자신의 뒤틀린 욕망을 밥을 먹고 배설을 하고 잠을 자는 생활의 일부인 양 지극히 자연스럽게 받아들였다. 언젠가 김씨는 친구들과의 술자리에서 자신도 모르게 뒤틀린 욕망을 내비치고 말았는데, 친구들은 그런 김씨를 탓하기는커녕 기다렸다는 듯이 맞장구를 치면서 세상 사람들 모두가 즐기는 걸 자기만 해보지 못했다는 투로 억울한 표정을 지었고 더러는 시시하다고, 세상물정을 몰라도 그렇게 모르냐고, 그 정도는 진작에 물 건너간 촌스러움의 표상이라고 빈정거렸다. 그러나 말들은 그렇게 하면서도 정작 얼굴에 드러난 표정은 한결같이 쓸쓸했다.

　이런저런 옥생각에 사로잡혀 있던 김씨는 골목 안에서 대로변으로 갑작스레 튀어나온 타이탄 트럭을 발견하고 급브레이크를 잡았다. 핸들이 좌우로 요동을 치면서 오토바이는 금방이라도 아스팔트 위로 나동그라질 태세였으나 김씨는 브레이크를 풀지 않았다. 브레이크를 풀면 골목을 빠져나온 트럭 모서리에 그대로 처박힐 판이다. 김씨는 젖먹던 힘을 다해 핸들을 움켜쥐면서 중심을 잡는 데 도움이 되도록 엉덩이를 안장 위로 바짝 치켜들었다. 온몸의 근육이 팽팽히 일어서면서 김씨는 가까스로 오토바이의 균형을 잡았다.

　대로변으로 완전히 빠져나온 트럭은 달려오던 차들이 경적을 울리거나 말거나 그대로 내뺐다. 오토바이를 세운 김씨의 등에서는 식은땀이 쭉 흘렀다. 안도의 한숨을 푸욱, 내쉰 김씨는 눈에 핏발을 곤두세운 채 트럭의 뒤를 쫓았다. 삽시간에 트럭을 따라잡은 김씨는 운전석 옆으로 바짝 다가서며 욕설을 퍼부었다. 그러나 트럭 기사는 내가 도대체 뭘 잘못했냐는 듯 뻔뻔한 낯짝을 차창 밖으로 힐끔 내밀고서 되레 성깔을 부렸다. 할말을 잃은 김씨가 어처구니없어하며 머뭇거리는 사이에 트럭 기사는 별 웃기는 놈 다 보겠다는 눈초리로 김씨를 쏘아본 뒤 휑, 하니 속력을 높였다.

　마음 같아서는 끝까지 쫓아가서 요절을 내고 싶었지만 사고가 나지 않은 이상 핏대 올리는 사람만 손해보기 십상이라 김씨는 트럭을 고이 보내주고 말았다. 할 수 없이 보내주긴 했지만 김씨는 잘못을 해놓고서도 얼마든지 당당할 수 있는 세상에 적응을 하지 못하는 스스로가 딱해 내내 입맛이 썼다. 하긴 당사자가 인정을 하기 전에는 여하한 경우에도 잘잘못을 따지는 자체가 무의미한 시절이다.

　김씨는 유흥업소들이 밀집한 국일관 사거리에서 우회전을 하며 오토바이의 속력을 늦췄다. 그는 목재공단에서 풍겨오는 나무 냄새를 코끝에 느끼며 국일관의 주차장으로 오토바이를 몰았다.

　김씨는 주차장 매표소 안에서 감자탕집 주인과 바둑을 두고 있는 관리인 장씨에게 눈인사를 보냈다. 평소 같으면 언 몸을 녹이라며 매표소 안으로 불러들여 커피라도 권할 텐데 바둑 삼매경에 빠진 장씨는 대마사활을 놓고 접전을 벌이느라 김씨에게 말 붙일 겨를이 없다. 둘 다 7급을 두면서도 표정은 프로기사 못지않게 진지하다. 김씨는 피식, 웃으며 그 앞을 지나쳤다.

　김씨는 두 대의 리어카가 나란히 서 있는 옆자리에 오토바이를 주차시킨 뒤 리어카 바퀴에 자물쇠와 함께 감긴 쇠사슬을 풀었다. 그는 연통 달린 드럼통이 붙박인 리어카에 장작과 군고구마를 옮겨 실은 뒤, 스텐으로 외장을 두른 리어카의 조립식 차양을 활짝 폈다. 두 대의 리어카를 차례차례 주차장 밖으로 끌고 나온 김씨는 국일관 옆에 자리를 잡았다. 그가 노점을 벌인 자리는 국일관과 횡단보도를 동시에 끼고 있어서 인근에서 가장 목이 좋다.

김씨는 드럼통 상단에 서랍처럼 여닫게 설치된 다섯 개의 원통에 고구마를 빼곡이 채워놓은 뒤 밑단에 장작을 들이밀어 불을 지폈다. 불땀이 알맞게 오른 것을 확인한 김씨는 옆 리어카의 장사 준비를 서둘렀다. 오뎅통에 집에서 만들어온 꼬치오뎅과 함께 무와 대파를 집어넣은 김씨는 약수터에서 길어온 물을 붓고 가스불을 켰다. 오뎅 육수에 물엿과 조미료와 고추장을 풀어 떡볶이를 떼어넣고, 배달시킨 김밥을 삶은 계란과 함께 진열해놓으면서 장사 준비는 끝났다.

김씨는 두 대의 리어카 사이에 놓은 간이의자에 걸터앉아 손님을 기다리며 거리 이쪽저쪽을 갈마보았다. 무심한 눈길로 거리를 살피던 김씨는 옅은 한숨을 내쉰 뒤 부러 의자에서 일어나 익지도 않은 고구마를 살폈다. 그는 딱히 눈길 둘 곳을 찾지 못해 새 한 마리 외로이 날아가는 허공을 망연히 바라보았다.

국일관 사거리에 노점을 벌인 김씨의 심기는 남의 집 안방에 누운 것처럼 불편할 수밖에 없다. 도로 맞은편, 자잘한 상가건물들 너머로 자둣빛 머리를 삐죽 내민 연립을 바라볼 때마다 김씨의 가슴엔 헛헛한 바람이 불었다.

담벼락과 마주한 탓에 볼일 급한 사람들이 무시로 오줌을 누고, 이따금씩 변태 성욕자가 창문을 통해 집 안을 엿보고, 장마때마다 하수구가 역류해 물바다를 이룰망정 18동 B02호는 지난봄까지 김씨의 집이었다. 철마다 커튼이 바뀌던 안방 창문을 열면 담벼락 밑 화단에는 채송화와 봉숭아부터 시작해서 목련, 철쭉, 맨드라미, 접시꽃, 장미, 해바라기, 나팔꽃, 무궁화, 코스모스까지 꽃이 질 날이 없었다. 아내가 정성들여 가꾼 화단을 보면서 맞던 아침은 얼마나 행복했던가. 그러나 그 집은 이식수술이 아니고서는 도저히 가망이 없는 아내의 병 앞에서 신기루처럼 사라지고 말았다.

집을 잃은 빈자리는 생각보다 커서 반 년이 지난 지금까지 가슴이 아리고, 내게 정말 집이 있었을까, 혹시 꿈을 꾸고서 생시로 여기는 건 아닐까, 하는 의구심에 왕왕 사로잡히기도 한다. 그러나 연립단지를 물끄러미 건너다봐야 하는 마음쯤 목재단지를 바라보는 심정에 비하면 생채기라고 할 수도 없다.

앉은자리에서도 환히 건너다보이는 목재공단의 뿌연 하늘, 김씨는 그 하늘 밑에서 이십 년간 밥을 벌어먹었다. 그러나 지금 그는 동료들의 출퇴근 길목에서 간이의자와 같은 모습으로 담배를 태우고 있다. 전기톱과 대패로 원목가구를 빚던 나날들, 그때의 담배는 얼마나 맛있었던가. 그러나 지금의 담배맛은 소태를 씹는 것이나 다름없다. 필터까지 타들어가도록 알뜰히 태우던 습관도 덩달아 바뀌어서 서너 모금 빨다 만 장초를 아무렇게나 내버리기 일쑤다. 어디 담배뿐인가, 입에 쩍쩍 달라붙던 술도 이제는 억지로 위안 삼아 마실 따름이다.

그렇다고 김씨가 목재공단에서 기술자로 행세하던 시절을 그리워하는 것은 아니다. 외려 김씨는 목재공단을 바라볼 때마다 숨이 턱, 턱, 막히면서 자신이 그곳에서 어떻게 이십 년이란 세월을 버틸 수 있었는지 도무지 이해가 되지 않았다. 올봄, IMF 여파로 회사에 한 바탕 정리해고 바람이 불었을 때, 해고 일순위였던 김씨는 자진해서 사표를 냈다. 십여 년 동안 몸담아온 직장에서 강제로 쫓겨나느니 제 발로 걸어나가는 게 덜 비참하리라는 판단에서였다. 사표를 던지고 나온 김씨는 알음알음 연줄을 통하면 소규모 가구공장에라도 자리를 만들 수 있었으나 부러 직장을 구하지 않았다.

목재공단을 가만히 보고 있노라면 김씨는 자기 자신이 무기징역을 선고받고 이십 년의 형을 살다가 운 좋게 집행정지로 풀려난 느낌에 사로잡히곤 했다. 퇴근시간에 목재공단에서 쏟아져나오는 노동자들도 그의 눈에는 농장에서 죽살이를 치다가 집단 수용소로 등 떠밀려가는 노예의 행렬로 비쳤다.

비록, 최소한의 의식주를 해결해주는 울타리 밖으로 밀려나서 하루살이를 걱정해야 하는 처지로 전락했지만 김씨는 그에 상응하는 대가로 사막에서의 자유를 얻었다. 오아시스를 찾아서 목숨을 걸고 길을 걷든가 아니면 제자리에 누워 염천에 타죽든가, 양자택일을 할 수 있는 자유. 뫼비우스 띠 안에서 생성과 소멸을 맞이해야 하는 운명의 굴레로부터 벗어날 수 있는 유일한 길은 사막에서의 자유밖에 없다. 하물며 거대한 배를 움직이는 힘이 제복을 입은 선장의 빛나는 상아 파이프에서 나온다고 믿는 세상에서야 더 말할 나위가 없다.

그래도 목재공단에 몸을 팔면서 행복하던 시절은 있었다. 민중이 주인 되는 세상을 꿈꾸며 반역의 깃발을 하늘 높이 치켜들었던 시절, 김씨는 환희에 차서 노도처럼 내달렸었다. 하층민이라는 멸시와 푸

대접을 당연한 것으로 받아들이며 살아온 김씨에게 스스로가 한 사람의 당당한 인간일뿐더러 이 사회의 주역이라는 자각은 그 자체가 이미 혁명이었다. 김씨는 지금도 그 시절만 떠올리면 가슴이 뛴다. 한반도 역사상 그 시대만큼 만인이 평등했던 적이 다시 있었을까. 정의와 자유와 평등을 위해서라면 죽음도 불사하던 정신이 도저한 강물로 흐르고, 그러한 삶이 최고의 가치로 추앙받던 시대. 그러나 불과 십 년 만에 그 시대는 용도폐기되어 박물관에서마저 사라졌을뿐더러 인간의 순수하고 자유로운 삶을 집단 이기주의로 짓밟아 말살시킨, 다시 없는 야만의 시대로 매도되어 권력에 빌붙으려는 자들의 아첨용으로나 존재할 따름이다.

가난함을 걱정하는 게 아니라 고루 나누지 못함을 걱정한다는 뜻의 불환빈 환불균(不患貧 患不均)을 좌우명으로 섬기며 김씨에게 길잡이가 되어주었던, 너무 커서 우러러보이던 친구도 지금은 사채놀이와 부동산 투기로 자신의 안위만을 위해 살아간다. 그 친구가 길거리에 나앉게 생긴 김씨 가족에게 폐가를 내주었을 때, 김씨는 그 친구를 생명의 은인이나 다름없이 여기며 눈물까지 글썽거렸다. 그러나 밀렵으로 몸보신을 하고, 정화조가 없는 가건물을 지어 공중 화장실의 오물을 하수구로 방류하고, 십대 소녀들과 원조교제를 하면서 그걸 자랑으로 여기는 친구의 사생활을 곁에서 지켜보노라면 배신감도 배신감이지만 악화일로로 치닫는 세상에 대한 환멸로 살 맛이 뚝 떨어졌다.

목재공단에서의 생활을 청산한 김씨가 공장장 대우를 해주겠다는 소규모 가구공장의 스카우트 제의를 거절하고 노점으로 나선 이면에는 쇠사슬에 발이 묶인 노예의 신분으로 생을 마감하지만은 않겠다는 오기가 단단히 또아리를 틀고 있었다.

동료들은 노점상으로 나앉은 김씨를 대할 때마다 사람 참 불쌍하게 되었다는 표정으로 고구마니 떡볶이니 오뎅 따위를 적선 삼아 팔아줘가며 혀를 차댔지만 정작 김씨는 그런 동료들을 연민의 눈길로 바라보았다. 그러나 광야에 홀로 버려진 듯한 두려움이 엄습해올 때면 아, 이제 나는 죽은 목숨이구나, 하는 탄식과 함께 목재공단에서의 생활을 청산한 자신의 결단이 어리석은 광대의 만용으로 여겨졌고, 공장에서 우르르 쏟아져나와 웃음소리에 묻혀 술집으로 몰려가는 동료들이 미치도록 부러웠다.

죽는 날까지 쇠사슬에 발이 묶인 채로 노를 저어야 하는 신세일망정 노예들은 범선이 침몰하기 전에는 죽을 염려 따위 없지 않은가. 김씨는 하루에도 몇 번씩, 널빤지에 매달린 조난자가 멀리 범선을 바라보는 심정으로 목재공단에 눈길을 주는 자신과 싸워야만 했고, 단전에 똘똘 뭉친 오기는 그때마다 적잖은 힘이 되어주었다. 김씨는 호랑이한테 물려가도 정신만 차리면 산다는 생각으로 마음이 낭창낭창 흔들릴 때마다 오기의 날을 바짝 세웠다.

노점을 시작한 첫날, 건장한 체구의 청년들이 험악한 인상을 들이밀며 자릿세를 요구해왔을 때도 김씨는 오기 하나만으로 그들을 물리쳤다. 여기서 물러서면 그대로 끝장이라고 판단한 김씨는 침을 찍찍 내갈기며 가슴을 쿡쿡 찌르고 뺨을 툭툭 치는 깡패들 앞에서 고구마를 다듬는 과도를 빼어들고 도마 위에 올려놓은 자신의 손등을 찍어버렸다. 손을 관통한 과도는 그대로 도마에 박혔고, 과도를 빼낸 김씨는 당황하는 깡패들에게 피칠갑을 한 칼을 휘둘러 보이며 아주 사생결단을 내자고 부르짖었다. 그 소동에 행인들은 물론이고 국일관의 기도들까지 우 몰려들었고, 깡패들은 난감한 표정으로 서로의 눈치만 살폈다. 구경꾼들은 김씨의 손에서 철철 흐르는 피를 보며 아이구, 저를 어째, 하나같이 낯색들이 질려가지고 뒤떠들어댔다.

나이트클럽에 한창 손님들이 몰릴 시간에 그 소동이 벌어지자 국일관 지배인에게 보고가 들어갔고, 구경꾼들을 헤치며 앞으로 나선 지배인은 다짜고짜 깡패의 귀싸대기를 올려붙였다. 평소에 안면이 있던 모양으로 따귀를 얻어맞은 깡패들은 두 눈을 부라려가며 너희들이 감히 내 눈앞에서 싸움판을 벌이다니 아주 뒈질려고 작정을 했구나, 하고 족치는 지배인에게 형님은 사정 모르는 소리 하지도 말고, 저 새끼가 허락도 없이 남의 구역에 들어와서 장사를 하길래 자기들은 자릿세를 받으려 했을 뿐이라고 볼멘소리를 늘어놓았다.

깡패들이 억울해 죽겠다는 표정으로 항변을 하자 지배인은 고개를 돌려 두 눈에 핏발을 곤두세우고 과도를 단단히 움켜쥔 김씨를 찬찬히 뜯어보았다. 지배인은 무슨 생각에선지 피식, 웃은 뒤 김씨의 노점은 자기가 허가를 내준 것이니 그리 알고서 자릿세 따윈 잊어버리라고 깡패들을 타일러서 돌려보냈다. 더이상 생길 명분을 잃어버린 깡패들은 할 수 없다는 듯이 쩝쩝 입맛을 다셔가며 돌아섰는데 그들은 살다살다 저런 독종은 처음 본다는 낯빛으로 고개를 절레절레 흔들어댔다.

온몸의 신경을 팽팽히 곤두세웠던 김씨는 깡패들이 돌아서자 고만 긴장이 풀려 풀썩, 주저앉고 말았다. 싸움이라곤 초등학교 시절 코피를 쏟고 으앙, 울음을 터뜨린 게 고작인 김씨로서는 제아무리 다급한 쥐 고양이를 문다지만 자신이 어떻게 조직깡패들 앞에서 독장을 칠 수 있었는지 어리둥절하기만 했다.

김씨는 깡패들이 물러간 뒤로도 두 다리가 후들거리고 가슴이 벌벌 떨려서 한동안 움직이지를 못했다. 어찌나 긴장을 했던지 깡패들이 물러간 기억조차 가물가물했다. 그러나 깡패들과 맞서던 내내 이 자리에서 뼈를 묻게 될지도 모른다는 두려움과 죽어도 할 수 없다고, 까짓 미련도 없는 세상 용트림이나 한번 해보고서 죽자는 결기가 충돌하던 기억만큼은 생생했다.

자신을 에워싸고 수군거리는 구경꾼들 속에 망연히 넋을 빼고 앉은 김씨는 천지간에 아무도 없는 세상과 독대하고 있다는 느낌에 사로잡혔다. 살아도 그만 죽어도 그만이라는 생각이 전신에 피처럼 흐르면서 아내와 딸애의 얼굴이 눈가에 스쳤고, 김씨는 이제껏 자신을 세상과 비끄러매줬던 질기디질긴 인연의 끈들이 툭, 툭, 힘없이 풀려나가는 것을 느꼈다.

모든 인연의 끈들이 다 끊어지고 마지막 한가닥의 줄만 남았을 때, 김씨는 이제껏 맛보지 못한 두려움에 진저리를 쳤다. 세상과 자신을 연결해주는 마지막 끈, 그 끈은 김씨 자신의 몸이자 넋이며 업이었

56

다. 세상을 등지고 세상 밖에서 바람처럼 살아갈지라도 김씨는 자기 자신만큼은 버릴 수 없음을 뼈저리게 깨달았다. 그건 단순한 이기심이 아니었다. 가족을 버리고 이웃을 버리고 세상까지 버릴지라도 자기 자신만큼은 버릴 수가 없는 까닭은 탄생과 소멸 사이에 넋과 무관한 생명체 본연의 의무가 피와 함께 혈류 속을 흐르고 있기 때문이었다.

김씨는 자기도 모르게 주르륵 눈물을 쏟았다. 아무런 감정도 없는 마음의 샘에서 눈물은 저 홀로 솟아나서 고요히 흘렀다. 김씨는 눈물을 가로막지 않았다. 그 눈물은 김씨의 넋이 흘리는 눈물이 아니라 대지의 이슬처럼 자연으로서의 생명체가 저 홀로 젖는 것이기에 김씨로서는 창공의 바람이 그의 눈물을 어루만질 수 있게 내버려두는 수밖에 없었다.

지배인이 그런 김씨에게 다가와 아직도 피가 철철 흐르는 손등의 상처를 담뱃가루로 틀어막으며 기도들에게 응급약을 가져오라고 소리쳤다. 기도들이 약통을 내오자 지배인은 김씨의 손에 손수 붕대까지 감아주었다. 능숙한 솜씨로 응급치료를 끝낸 지배인은 김씨를 부축해서 일으켜세웠다. 그는 기도들에게 김씨의 리어카를 국일관 주차장에 보관해두라고 이른 뒤 인근 막창구이집으로 김씨를 데리고 갔다. 김씨는 지배인이 이끄는 대로 묵묵히 따랐다.

서로 말이 없는 가운데 몇 순배의 술잔이 돌았다. 이윽고 기분좋게 취기가 오른 지배인은 잘 아는 사람에게 인심을 쓰는 투로 아무도 추근대지 못하게끔 자기가 뒷배를 봐줄 테니 앞으로는 마음놓고 장사를 하라고, 리어카도 보관할 곳이 마땅찮으면 국일관 주차장에 보관해놓으라고 노적을 부린 뒤 뭔가 할말이 남은 표정으로 뜸을 들였다. 김씨는 생판 낯선 사람이 불쑥 다가와서 원하지도 않는 호의를 베푸는 태도가 아무래도 수상쩍어 지배인의 얼굴을 뚫어져라 쳐다보았다. 그제서야 지배인은 자기를 모르겠냐고 정색을 하고 물었다. 그러나 아무리 뜯어봐도 낯익은 구석을 찾아볼 수가 없다.

지배인은 그럴 줄 알았다는 표정으로 빙그레 미소지으며 팔십칠년도에 아무개 회사에서 파업을 하지 않았었냐고 물어왔다. 김씨가 그랬노라고 대꾸를 하자 지배인은 자기가 그때 회사에 고용되어 구사대로 투입된 깡패들의 행동대장이었노라고 담담히 털어놓았다.

비로소 김씨는 아, 하고 감탄을 하며 지배인의 얼굴을 찬찬히 뜯어보았다. 호남형의 얼굴에 부리부리한 눈매하며 턱 옆으로 콩처럼 붙은 점이 과연 어렴풋이나마 눈에 익었다. 김씨가 자기를 알아보는 눈치를 보이자 지배인은 걱실걱실 웃으며 관공서고 뭐고 자기가 다 막아줄 테니 마음놓고 한번 열심히 살아보라고 거들먹거렸다.

잘해야 삼십대 중반을 넘겼을까, 김씨는 깡패가 무슨 벼슬이라고 머리 허연 사람을 앞에 앉혀놓고 김형, 김형, 해가며 네뚜리하려 드는 지배인의 태도가 차마 눈뜨고 봐줄 수 없을 지경으로 거슬렸지만 발등의 불을 생각해서 용춤 추는 시늉을 했다. 거푸 술이 들어가면서 해낙낙해진 지배인은 주먹으로 먹고사는 제 처지도 잊고 고진감래 운운해가며 부디 낙담하지 말고 열심히 살라고, 정직한 사람은 노력만 하면 언젠가 빛을 보게 마련이라고, 손아래 사람에게 훈계하

듯 우집고 나섰다. 용천하리만큼 주제넘은 지배인의 태도에 김씨는 눈꼴이 시어서 가만히 앉아 있을 수가 없었으나 그렇다고 쪽박을 깰 수도 없는 노릇이라 부으라면 붓고 마시라면 마셔가면서 지배인의 비위를 맞춰주었다. 그러나 김씨가 노꼴스러운 심사에도 끝까지 자리를 지키고 앉아 있을 수 있었던 것은 지배인을 벗바리로 삼아놓으면 이래저래 이익이 많으리라는 계산을 진작에 끝내놓았기 때문이다.

그러나 지배인과 헤어져 집으로 돌아오는 길에 김씨는 딱히 무어라 꼬집어 말할 수 없는 찜찜함에 자꾸만 뒤꼭지가 켕겼다. 집이 가까워올수록 뭔가 중요한 것을 잃어버렸다는 허탈감이 슬며시 고개를 내밀었고 결국 김씨는 동네 어귀 포장마차에 들러 자작술을 기울였다.

설사 굶어 죽는 한이 있더라도 절대로 무릎만큼은 굽히지 않겠다던 자존심을 스스로 짓밟아버린 자괴감에 사로잡힌 김씨는 차라리 혀라도 깨물고 싶은 심정이었다. 아무리 목구멍이 포도청이라지만 한낱 깡패에게 간이라도 썰어서 내어바칠 것처럼 굽실거렸던 처사는 용납이 되지 않았다. 그처럼 쉽게 무너질 바에야 손등에 칼은 뭣하러 박았던가. 깡패가 쳐주는 장단에 착착 부닐었던 태도만으로도 가슴을 쥐어뜯게 생긴 판에 이게 웬 떡이냐는 식으로 깡패와의 인연을 반기기까지 했으니 자존심 하나로 버티며 살아온 김씨는 아무도 모르는 곳으로 가서 똑 죽고 싶은 마음뿐이었다.

첫경험이라면 나름대로 변명할 여지가 있겠지만 천하기 짝이 없는 욕망의 제단에 신념을 헌납한 경험은 슬프게도 처음이 아니었다. 물론 변명을 하자고 작정하면 변명거리가 아주 없는 것도 아니었고, 사회 전체가 애오라지 욕망 하나만을 바라보고 치달아가는 작금의 세태 속에서 그쯤 부끄러울 게 무어냐고 욱대겨도 손가락질은커녕 순진한 건지 멍청한 건지 모르겠다는 비웃음이나 사기 십상이었다. 길 가는 사람 열을 붙잡고 물어봐도 그중 아홉은 제 발로 찾아온 호기를 뭣하러 차버리냐고 힐난하면서 양심이 밥 먹여주냐는 둥 배가 덜 고팠다는 둥 신소리나 늘어놓을 게 뻔했다.

노래방을 운영하는 손아래 처남이 단란주점을 차리겠다고 나섰을 때만 해도 그랬다. 지난 추석, 가족들이 모두 모인 자리에서 처남은 뜬금없이 단란주점을 차리겠다는 사업계획을 공표했다. 가족들이 영문을 몰라 어리둥절해하자 처남은 의기양양한 태도로 좌중을 둘러보며 단란주점을 차리기만 하면 깡패조직의 중간보스로 있는 동창생이 관공서는 물론이고 여자들까지 책임져주겠다는 약속을 했다면서 머지않아 자기는 외제차 몰면서 떵떵거리게 될 거라고 호언장담을 했다.

지나치게 들떠 있는 처남을 불안하게 여긴 가족들이 한마디씩 뒤떠들어가며 패장부치려 들자 처남은 아무것도 모르면 국으로 가만히들 있으라는 표정으로 손사래를 쳐가며 좌중의 입부터 틀어막았다. 가족들이 수긋하게 경청할 자세를 취하자 처남은 단란주점을 인수하기 위해 노래방을 팔아치운 것은 물론이고 은행에도 이미 융자금을 신청해놓은 상태라고 못을 박은 뒤 단란주점 하루 매상이 얼마나 되는 줄 아느냐고 물었다. 가족들이 서로 눈치를 보다가 그중 하나가 백만원 안팎 아니냐고 우물거리자 처남은 그럴 줄 알았다는 듯이 코웃음을 치며 평균 육, 칠백을 상회한다고 탕탕거렸다. 그러면서 이런저런 상납금과 운영비를 제해도 한 달 평균 순수익이 이천만원은 너끈히 떨어지고도 남는다고 덧붙이면서 느긋하게 가족들의 표정을 살폈다.

순수익 이천만원이라는 소리가 떨어지기가 무섭게 가족들은 긴가민가 고개를 갸웃거려가면서도 입들이 쩍쩍 벌어지고 부러운 표정을 감추지 못했다. 처남이 다음주쯤이면 인수인계를 끝내고 실내장식에 들어가게 될 거라고 새실거리자 가족들은 벌써부터 그가 부자가 되기라도 한 양 추어올려가며 아주 업고 다닐 태세였다. 거기에 찬물을 끼얹고 나선 이가 바로 김씨였다.

김씨는 돈냄새에 정신을 못 차리는 가족들을 헤치고 앞으로 나서며 제아무리 돈이 좋다지만 여자 장사가 다 뭐냐고 초를 쳤다. 그는 뜨악해하는 얼굴들을 향해 단란주점이 뭐하는 데냐, 어린 여자애들 발가벗겨서 강제로 몸을 팔게 하고 그 돈을 갈취하는 곳 아니냐, 결국 터럭만큼의 가책도 없이 포주로 나서겠다는 얘긴데 그게 과연 떳떳한 짓이며 꼭 그렇게 해서까지 부귀영화를 누려야 옳겠냐고 일침을 놓았다. 그러자 처남은 성인군자 났다고 비아냥거려가며 자기는 부자만 될 수 있다면 포주가 아니라 그보다 더한 악역이라도 서슴지 않고 도맡겠노라고 내퍼부어댔다. 내친김에 처남은 세상을 보라고, 방귀 뀌는 놈치고 구리지 않은 놈이 어디 하나라도 있냐고, 남들이야

피를 토하고 죽든 말든 크게 해먹을수록 존경받는 세상에 포주든 뭐든 마다할 이유가 무에 있으며, 우리 가족이 잘살 수만 있다면 자기는 감방에서 몇 년을 썩든지 간에 능력만 있다면 은행뿐만 아니라 청와대까지 털 용의가 있노라고 왜장을 쳤다. 드러내놓고 동조를 하지는 않았지만 가족들 모두 처남의 말이 옳다는 표정으로 판을 주며 김씨를 곱지 않은 시선으로 흘겨보았다.

김씨는 더이상 생기지를 못하고 고만 꼬리를 내리고 말았다. 더이상 떠죽거렸다간 조리돌림 당하기 딱 좋게 판이 돌아가기도 했지만 그보다는 뭐라고 운을 뗄 수 없게 스스로가 궁벽스러워지면서 처남의 주장을 반박할 자신이 없어졌기 때문이다. 외려 김씨는 처남의 주장에 통을 짜고 나서는 가족들 틈에 은근슬쩍 말을 담고 싶어하는 자신의 모습을 발견하고 소스라치게 놀라야 했다. 뿐만인가, 베뚤어진 눈으로 세상을 바라보는 처남을 추악한 욕망의 소유자로 몰아세웠던 그의 신념이 슬그머니 뒷걸음질을 치면서 돈, 돈, 당당하게 노래하는 처남의 처세를 부러워하는 꼴이라니, 이건 자기에게 애초부터 신념이 있기나 했었는지 의심스러울 지경이었다.

깡패의 주먹도 권력이라고 그에 빌붙고자 처분만 기다린다는 태도로 용춤을 추었던 일이나 포주로 나서서 돈을 벌겠다는 처남을 시새워하는 짓 모두 스스로의 속물근성을 고스란히 드러내 보인 꼴이니 신념 하나만큼은 올곧게 지키면서 살아왔다고 자부하는 김씨로서는 자존심에 치명적인 상처를 입지 않을 수 없었다. 그러나 설사 자기가 신념도 뭣도 없는 인간일지라도 김씨는 신념을 지키기 위한 노력만큼은 포기할 수가 없었다. 열 번 싸워 열 번 모두 깨지더라도 신념을 지키기 위한 투쟁은 계속되어야만 했다. 더이상 물리칠 것도 버릴 것도 없는 그가 신념을 지키기 위한 투쟁마저 멈춘다면 육체에 깃들여 있던 영혼은 자연스레 소멸의 길을 걸으면서 그에게 동물적인 기능만 남겨놓을 것이 분명하며 그건 한 세계의 종말을 의미했다.

아저씨. 이봐요, 아저씨! 옥생각에 사로잡혀 있던 김씨는 새된 소리에 퍼뜩 정신을 차렸다. 떡볶이 좌판 앞에 장바구니 차림으로 서 있던 아낙네 둘이 무슨 장사꾼이 손님 온 줄도 모르냐면서 허물을 했다. 김씨는 겸연쩍게 웃으며 떡볶이를 담고 김밥을 썰어서 아낙들에게 내밀었다. 아낙네들은 몹시 출출했던 모양으로 눈앞에 놓인 음식을 게걸스럽게 먹어치웠다. 접시를 말끔히 비워낸 아낙네들은 더할 나위 없이 행복한 표정으로 장바구니를 챙겨들고 총총히 멀어져갔다.

짧은 겨울해가 서산에 등처럼 걸리면서 거리는 한산해졌다. 두어 시간가량 분주하게 손님을 맞았던 김씨는 허리를 쭉 펴며 기지개를 켰다. 삼만원 남짓한 돈을 벌어들인 김씨는 출발이 좋다고 내심 만족하며 아내의 건강상태를 확인하기 위해 집으로 전화를 걸었다.

여느 때의 침울한 분위기와 달리 아내의 목소리는 웃비가 걷힌 하늘처럼 맑았다. 창문을 새로 냈기 때문이라고 지레짐작하며 김씨는 딸애의 귀가부터 확인했다. 아내는 주유소에서 아르바이트를 하는 애가 벌써 돌아올 리가 있느냐고 반문하면서 끼니 때가 지났는데 식사는 했느냐, 장사는 잘 되냐, 공연히 이것저것 물어가며 말꼬리를 돌렸다. 김씨는 걱정하지 말라고 짤막하게 대꾸를 한 뒤 전화를 끊었다.

아내와의 통화를 끝낸 김씨는 딸애의 핸드폰 번호를 눌렀다. 그러나 딸애 대신 음성 사서함이 전화를 받았다. 김씨는 메시지를 남길까 말까 망설이던 끝에 종료버튼을 누르고 말았다.

도대체 딸애는 뭘 하고 돌아다니는 걸까. 주유소에서 아르바이트를 한다는 소리가 새빨간 거짓말인 줄은 진작에 간파했다. 자식을 맡겨놓은 부모 입장에서 가만히 있을 수가 없어 음료수라도 사들고 주유소를 방문하려던 김씨는 딸애의 완강한 반대에 부딪혔고, 누구 쪽 팔리게 만들 일 있느냐면서 펄쩍펄쩍 뛰는 녀석의 태도에서 아비를 엎어삶으려 드는 기색을 읽을 수 있었다. 흔전만전한 씀씀이만 보더라도 주유소에서 아르바이트를 한다는 소리는 말짱 거짓말이다.

용돈도 없는 애가 옷은 물론이고 신발에 선글라스에 장신구까지 부잣집 외동딸 부럽지 않게 사댈 뿐만 아니라 한 달에 이, 삼십만원을 웃도는 핸드폰 요금도 밀리는 법이 없다. 녀석이 화장실에라도 다녀오는 틈을 이용해서 지갑을 뒤져보면 만원권 지폐 서너 장쯤 예사로 나오고 책상 위로 늘어놓은 향수만 하더라도 푼돈으로는 구경도 할 수 없는 것들뿐이었다.

그러나 김씨는 짐짓 모른 척 넘어가주었다. 붙들어 앉혀놓고 추궁을 할 수도 있겠으나 김씨는 딸애의 입에서 무슨 얘기가 쏟아져나올지 차마 겁이 나서 내 아이만큼은 하는 심정으로 문제를 덮어버리고 말았다. 김씨의 추측으로는 딸애가 어른 못지않은 돈벌이를 할 수 있는 방법은 애오라지 한 가지밖에 없었다.

　뉴스를 통해 원조교제 문제가 범사회적인 문제로 불거져나왔을 때, 김씨는 눈앞을 가렸던 안개가 비로소 환하게 걷히는 느낌이었다. 한 달에 네댓 번 외박을 한다 뿐, 딸애의 귀가는 열시를 넘기는 법이 없었는데 만약에 룸살롱이나 단란주점 같은 곳에 발을 들였다면 어림도 없는 얘기다. 더욱이 딸애의 눈빛은 세상과 남자를 모두 알아버린 퇴물 마담의 눈빛처럼 깊고 어두우며 피식피식 베어무는 미소에는 세상에 대한 경멸이 자란자란했다.

　그래도 김씨는 터무니없는 짐작이라고 스스로를 타이르며 눈앞에 어른거리는 불길한 상상들을 잡도리했다. 그가 빗나가도 한참 빗나가 있을 딸애의 잘못을 달아매지 않고 애써 해가림하고 나선 까닭은 두려움 때문이었다. 하루에도 수십 번씩 딸애의 비밀을 캐내어 부집고 싶은 마음 간절하나 그럴 경우 딸애가 집을 나가 영원히 돌아오지 않을 것만 같았다. 등교하기 위해 집을 나서는 딸애를 배웅할 때마다 김씨는 요단강을 앞에 둔 사람처럼 겁에 질리곤 했는데 그럴 때 보면 가방을 메고 멀어져가는 딸애의 뒷모습이 여차직하면 아버지도 버릴 수 있다고 말을 하는 것만 같았다.

　핸드폰을 손에 들고 리어카 주변을 왔다갔다 서성이던 김씨는 다시금 딸애의 핸드폰 번호를 눌렀다. 그는 음성 사서함의 지시에 따라 꼭 좀 전화를 해달라는 요지의 메시지를 남겼다. 종료버튼을 누른 김씨는 한숨을 포옥 내쉬며 넋을 빼고 있다가 외국인 노동자들이 김밥을 사먹으러 오는 바람에 겨우 기운을 차릴 수 있었다.

국내에 들어온 지 얼마 되지 않은 듯 외국인 노동자들은 좌판 위의 음식을 일일이 손가락으로 가리켜가며 주문을 했다. 김씨는 돈을 따지지 않고 김밥 등속을 푸짐하게 내놓았다. 외국인 노동자들은 몹시 허기가 졌던 모양으로 음식을 내놓기가 무섭게 정신없이 먹기 시작했다.

김씨는 그런 그들을 지켜보면서 웨얼 아유 프럼, 하고 말을 붙였다. 김씨가 영어로 말을 붙이자 그들은 뜻밖이라는 표정으로 인도네시아에서 왔노라고 대꾸했다. 김씨는 삶은 계란과 고구마를 공짜로 내놓으며 외국인 노동자들에게 자기가 지금은 노점을 하고 있지만 지난봄만 하더라도 목재공단에서 가구를 만들던 기술자였다고 영어로 소개를 했다. 인도네시아에서 온 노동자들은 자기들도 거기서 일을 하고 있다며 제 동료를 만난 것처럼 반가워했다. 귀동냥으로 익힌 영어일망정 외국인 노동자가 지천으로 널린 목재단지에서 오륙 년은 좋이 구르다 보니 의사소통에는 큰 어려움이 없었다.

오가는 행인들이 김씨와 대화를 나누는 외국인 노동자들을 곱지 않은 눈으로 힐끔거렸는데 보나마나 태국 따위의 가난뱅이 나라에서 온 깜씨들이구먼, 하고 비웃는 기색이 역력했다. 떡볶이를 사먹으러 왔던 여학생들은 외국인 노동자들이 자리잡은 걸 보고 오만상을 찡그려가며 돌아섰고 출출할 때마다 김씨를 찾아오는 국일관 웨이터들도 나중에 다시 오겠다며 발길을 돌렸다.

어지간히 배를 채운 외국인 노동자들은 고맙다고 거듭 인사를 하

66

며 가던 길을 다잡았고 김씨는 그런 그들에게 돈 걱정하지 말고 배고프면 아무 때고 찾아오라고 얘기를 해주었다. 김씨는 멀어져가는 외국인 노동자들의 뒷모습을 짠한 눈길로 배웅했다. 돈을 벌겠다고 만리타국에 와서 죽살이치는 그들의 뒷모습이 참으로 안쓰러워 보였다. 목재공단에서 오랫동안 외국인 노동자들과 함께 생활해왔던 김씨는 그들이 남으로 느껴지지가 않았다.

국일관 입구에서 외국인 노동자들이 일어서기만을 기다리던 웨이터들은 떡볶이와 김밥을 주문하며 널의자에 엉거주춤 걸터앉았다. 외국인 노동자들이 앉았던 자리에 엉덩이를 부려놓기가 영 찜찜한 모양이었다. 김씨는 웨이터들에게 한마디 쏘아줄까 하다가 쇠귀에 경 읽기나 마찬가지란 생각에 입을 다물고 말았다. 김씨의 떠름한 속을 알 길이 없는 웨이터들은 어째 기분이 안 좋아 보인다는 둥 부부싸움을 하고 나왔냐는 둥 흰소리를 늘어놓았다. 그러나 김씨는 아무런 대꾸도 하지 않았다.

김씨는 사는 게 재미가 없다느니, 남들 밑닦개 노릇이나 하면서 사는 제 꼴이 가여워 죽겠다느니, 주니를 내가며 김밥을 먹는 웨이터들을 지켜보며 고개를 잘래잘래 저었다. 마음 같아서는 그런 너희들은 뭐가 잘나서 외국인 노동자들을 턱없이 깐보느냐고 쏘아붙여가며 젓가락을 뺏어버리고 싶었다. 아니, 일 년 열두 달이 걸리더라도 그들을 붙들어 앉혀놓고서 인력으로는 도저히 어떻게 해볼 수 없는 삶의 조건으로 사람을 차별한다는 게 얼마나 무서운 죄악인지 가슴으로 깨달을 수 있게끔 가르쳐주고 싶었다. 아울러 인종차별부터 시작해서 학력차별이니 지역차별이니 성차별이니 하는 모든 차별이 결국 우리 모두의 삶을 망가뜨린 주범이 아니더냐고 강변하고 싶었다.

김씨는 생의 조건으로 사람을 차별하는 데 익숙해진 삶은 이 세상에 존재하는 모든 사물의 노예로밖에 존재할 수 없다고 믿어 의심치 않았다. 얼마 전에 김씨와 동침한 여자도 그러한 믿음의 좋은 본보기였다.

그때도 김씨는 김밥을 사먹으러 온 외국인 노동자들과 이런저런 얘기를 나누고 있었는데 그들이 떠나자 리어카 한쪽에서 오뎅을 먹고 있던 삼십대 후반의 여자가 아저씨는 도저히 이런 일을 할 분으로 보이지 않는다며 호기심 어린 눈길로 말을 붙여왔다. 왜 그렇게 생각하냐고 묻자 그 여자는 유창하게 영어를 구사하는 걸로 보나 분위기로 보나 뭔가 지적인 일에 종사하던 분 같다는 대답을 해왔다.

김씨는 긍정도 부정도 하지 않고 빙그레 웃기만 했다. 김씨의 미소를 긍정의 뜻으로 받아들인 여자는 그를 IMF 여파로 도산한 중소기업의 사장이나 명예퇴직을 당한 대기업의 임원쯤으로 단정지어놓고서 귀한 일을 하던 분이 고생이 막심하다느니, 재기에 성공하길 바란다느니 해가며 살랑살랑 간살을 부렸다. 귀한 분 대접을 해주겠다는데 마다할 이유도 없어서 김씨는 은근한 미소로 장단을 맞춰주었다. 그러자 제물에 영산오른 여자는 술을 한턱 내겠다고 김씨를 갈비집으로 이끌더니 노래방을 거쳐 여관까지 잡았다.

김씨는 처음 만난 외간남자와 아무렇지도 않게 살을 섞던 여자의 얼굴을 떠올리며 쓰게 미소지었다. 헛된 욕망에 풍선처럼 부풀지만 않았던들 그 여자는 김씨를 주변의 흔한 이웃으로 여기며 스쳐갔을 것이다. 여관에서 나와 헤어진 그 여자의 뒷모습에서 김씨가 본 것은 눈이 타들어가는 줄도 모르고 태양만 쳐다보고 사는 사람의 허망함과 쓸쓸함이었다.

리어카를 국일관 주차장에 보관해놓은 김씨는 손목시계를 들여다보았다. 시침이 마악 열시를 넘어서고 있다. 그는 두둑한 돈주머니를 흐뭇한 눈길로 쓰다듬었다. 이 시간에 준비해간 재료가 바닥나서 장사를 마감하기는 처음 있는 일이었다. 재료의 일부가 떨어지는 일은 왕왕 있었지만 대개는 국일관이 문을 닫는 새벽 두시까지 노점을 벌여봐야 준비한 재료의 절반도 못 팔고 들어가기 일쑤였다. 돈버는 재미에 김씨는 영하 십도를 오르내리는 매서운 날씨에도 오늘 하루 추위를 몰랐다.

오토바이 위에 올라탄 김씨는 아내를 놀려줄 요량으로 핸드폰을 꺼내 집 전화번호를 눌렀다. 아내가 전화를 받으면 날이 추워 손님도 없으니 그만 들어가야겠다고 다 죽어가는 목소리로 엄살을 떨다가 실은 오뎅 국물까지 떨이하고 들어가는 길이라고 엉너리를 칠 생각이었다. 김씨는 핸드폰을 귀에 갖다대며 하늘을 올려다보았다. 덩두렷한 달이 하늘 복판에 떠서 천지간을 환히 비추는데 오늘따라 달빛이 유난히 밝아 보인다.

김씨는 신호음이 떨어지기를 기다리는 동안 돈주머니의 무게를 가늠해보았다. 어림짐작으로도 이십만원은 너끈해 보인다. 김씨는 장난기 어린 얼굴로 큼큼, 목청을 가다듬으며 아내가 수화기를 드는 즉시 죽어가는 목소리를 낼 수 있게끔 준비를 했다. 그러나 아내는 좀처럼 수화기를 들지 않는다.

언뜻 불길한 생각이 뇌리를 스쳤으나 김씨는 그럴 리 없다고, 아마 요강을 비우러 나갔을 거라고 지글거리는 마음을 애써 다독이며 기다렸다. 김씨는 오토바이의 시동을 걸면서도 핸드폰을 귀에서 떼어놓지 않았다. 그러나 오토바이의 시동을 걸어놓고 기다려도 수화기 드는 소리는 들려오지 않았다. 벨이 스무 번가량 울리고 나서야 김씨는 전화를 끊었다.

오토바이가 국일관 주차장을 빠져나가는 동안 김씨의 가슴은 불길한 상상으로 우둔우둔 뛰었다. 김씨는 신호등이 없는 산업도로 방향으로 오토바이를 몰았다. 잠든 공단을 가로지르는 산업도로는 텅 비어 있었다. 그러나 아내의 죽음을 부정하기에 급급한 김씨는 거칠 것 없는 도로에 들어서서도 오토바이의 기어를 올릴 생각을 하지 못했다. 되알진 북풍이 헬멧을 쓰지 않은 그의 머리카락을 연처럼 휘날렸다. 공단을 벗어난 산업도로는 미나리꽝 위에 세워진 아파트 단지로 이어졌고 김씨는 그제서야 오토바이의 속력을 높였다. 아파트 단지를 지나치면 곧바로 미나리꽝이 펼쳐진다. 김씨는 산업도로가 간척지 방향으로 휘어지는 삼거리에서 삼화고속 터미널 방향으로 핸들을 꺾었다.

물다리를 건넌 김씨는 오토바이의 속력을 늦추었다. 부어내리는 달빛 아래 괴괴히 누운 야산그늘에 들자 느닷없이 가슴이 철렁 내려앉으면서 오토바이 핸들을 잡은 팔뚝에 소름이 끼쳤다. 마을에 들고 날 때마다 다정스레 반겨주던 길도 휘휘하다. 마른침을 삼키며 물다리 앞 산모퉁이를 돌던 김씨는 우뚝, 오토바이를 멈춰 세웠다.

창 밖으로 환한 불빛이 쏟아져나오고 있어야 할 집이 깊은 어둠 속에 잠겨 있고 김씨의 오토바이 소리만 들리면 굴뚝 위에서 홰를 치던 복돌이도 보이지 않았다. 김씨는 두려움에 몸을 떨며 오토바이를 조금씩조금씩 전진시켰다. 헤드라이트 불빛이 오솔한 길바닥을 조심스럽게 어루만졌다. 울타리를 지나 집 앞마당에 들어선 김씨는 오토바이의 시동을 끄지 않았다. 털털거리는 엔진 소리가 밤의 적막을 흔들어 깨웠으나 불꺼진 집은 죽은 짐승처럼 기척이 없다. 김씨는 길디긴 날숨을 내쉬며 오토바이의 시동을 껐다.

오토바이에서 내려선 김씨는 망자의 눈처럼 닫힌 문 앞에 서서 겨울 달빛에 얼어붙은 문고리를 잡았다. 문고리를 붙잡은 김씨는 지그시 눈을 감으며 숨을 골랐다. 천근 바위를 떠안고 심연으로 뛰어드는 막막한 느낌에 김씨는 가볍게 진저리를 치며 감았던 눈을 떴다. 차마 문을 열고 안으로 들어갈 용기가 나질 않는다. 김씨는 문을 등지고 돌아서서 창문 옆 의자에 달빛처럼 내려앉았다. 뒷머리를 벽에 기댄 채 먹먹한 눈길을 허공에 풀어놓던 김씨는 미루나무의 빈 가지들이 하늘을 붙잡는 허공 속에서 복돌이를 발견했다.

미루나무 상공에 커다란 원을 그리는 복돌이를 본 김씨는 아내의 죽음을 고요히 받아들였다. 복돌이는 언제까지 그러고 있을 것처럼 미루나무 상공을 선회하는 날갯짓을 멈추지 않았다. 달빛을 가르는 복돌이의 날개 위에는 바람조차도 얹혀 있지 않았다. 티끌만큼의 무게도 실리지 않은 가벼운 비행을 눈으로 좇던 김씨는 달빛을 실어나르는 바람 속에서 마침내 이승의 짐을 훌훌 털어버리고 영원한 자유를 찾아 떠난 아내의 숨결을 느낄 수 있었다. 대지의 숨결로 날아오른 바람이 김씨를 싸안고 바다 쪽으로 불어가자 창공을 선회하던 복돌이는 양철지붕 위로 날아와 굴뚝 위에 내려앉았다. 김씨와 눈을 맞춘 복돌이는 마지막 인사라도 하듯 까악, 까악, 목청을 늘여빼더니 푸드덕, 허공을 박차며 날아올랐다. 달빛을 떠안고 날아오른 복돌이는 은빛 비늘을 뿌리며 서해로 향했다.

가뭇없이 멀어져가는 복돌이를 한없이 지켜보던 김씨는 이윽고 의자에서 몸을 일으켜세웠다. 집 안에 든 김씨는 초연한 손길로 방문을 열고 전깃불 스위치를 올렸다. 아내는 아랫목에 단잠을 자듯 평온한 모습으로 누워 있었다. 그러나 그건 더이상 아내가 아니라 아내가 벗어놓은 짐에 불과했다. 김씨는 아내의 주검을 내려다보며 삶의 고비마다 가족을 짐으로 여겼던 스스로의 잘못을 뉘우쳤다. 짐을 벗어버리자 자연스레 소멸된 아내의 존재처럼 김씨는 자기가 여기까지 생을 영위해올 수 있었던 근원적 힘이 이제까지 그가 짐이라고 여겨왔던 모든 것들을 모태로 삼아 생성되었음을 비로소 깨우칠 수 있었다.

김씨는 아내가 벗어놓은 허물에 입을 맞춘 뒤 창가로 가서 커튼을 젖혔다. 창문을 열자 세상의 바람이 방 안을 돛처럼 부풀렸다. 김씨는 미싱대 의자에 앉아서 담배를 입에 물었다. 그는 담배연기를 바람에 실려 보내며 세상이 저토록 광활하기에 삶이 힘든 것이라고 생각했다. 시작과 끝이 없는 세상에서 그가 아침에 새로 낸 창문을 통해 집 안을 들여다보면 그의 가족이 한 세월 가꾸며 살아온 이 집이 참으로 구질구질하고 남루해 보일 것이다. 그러나 김씨는 개의치 않았다. 애옥한 시간들로 얼룩진 집일망정 이 집 안에서 바라보는 세상은 얼마나 넓고 광활한가.

김씨는 물과 바람과 빛으로 이루어진 세상을 바라보며 딸애를 기다리기 시작했다.

만년설

함박눈을 머리에 인 구경꾼들은 더이상 아무 일도
일어나지 않자 하나둘 자리를 뜨기 시작했고 구경
꾼들이 떠나간 빈자리에 남은 권 영감 내외는 눈
밭에 뒹구는 빈 병들을 신바람 내가며 리어카에
주워담았다. 리어카에 빈 병들이 쌓여가는 하늘
엔 금년 들어 처음 내리는 함박눈이 적막하게 허
공을 그어댔는데 여간해선 눈이 쌓이질 않는 인천
에서는 몇 년 만에 보는 폭설이었다.

눈이 오려는가, 박산에 걸터앉아 미나리골을 굽어보던 하늘이 노인의 짓무른 눈자위처럼 으등그러졌다. 서해를 질러온 갯바람이 매립지의 방죽을 넘어와 즈즐펀히 펼쳐진 미나리꽝을 덮치자 빽빽한 박산의 잡목숲이 으스스, 몸을 떨었다. 우거진 잡목숲만 아니라면 차마 산이라고 부르기가 민망할 지경으로 왜소한 체구의 박산은 늙은이 엉덩짝 같은 몸뚱이를 한껏 옹송그리며 태평스런 얼굴로 코앞에 누운 미나리골의 옆구리를 찔벅거렸다. 점심 나절만 해도 푸진 햇살을 뒤집어쓰고 대지의 아랫목에 누웠던 미나리골은 그제서야 심상찮은 낌새를 채고 말 달려오는 먹장구름을 침침한 눈길로 우러르며 연립건물들이 우후죽순으로 들어선 골목들을 단속했다. 우중충한 허공을 맴돌던 떠돌이 바람은 남녘으로 물결쳐가는 먹장구름을 피해 중앙로 삼거리로 몸을 숨겼고, 밀집한 상가들로 점심 내내 부산하던 삼거리에는 리어카를 끌고 가는 고물상 노부부의 고단한 발걸음만 터벅거렸다.

현관 밖 난간에 기대어 담배를 태우던 윤수는 계단 밑 쪽문이 나 있는 골목 안쪽으로 사라지는 리어카를 무심한 눈길로 내려다보았다. 고물상 노부부는 사층짜리 아파트 십여 동이 옹기종기 들어앉은 박산 기슭에 수집한 고물을 부려놓고 다시금 동네를 돌 터이다. 어쩌면 저다지도 변한 게 없을까, 윤수는 리어카를 끌고 가는 노부부의 입성을 자세히 살피며 입속말을 중얼거렸다.

윤수가 아이의 초등학교 입학을 앞두고 미나리골을 뜬 것이 1996년 초였으니 고물상 내외와의 조우는 꼭 사 년 만의 일이다. 미나리골에 이삿짐을 푼 지난 보름간 노부부와 무시로 마주치면서도 그들 내외의 입성을 눈여겨보지 않았었는데 오늘 보니 팔꿈치와 소맷부리를 기운 파란색 파카하며 검정색 코르덴 바지와 깊이 눌러쓴 벙거지까지 사 년 전 윤수가 동네를 떠나면서 보았던 차림새 그대로였다. 산책로를 따라 고물상 앞을 지나다 보면 헐값에 사들인 세탁기만 해도 수십 대던데 빨래와는 아예 담을 쌓았는지 땟국물이 줄줄 흐르는 옷을 그대로 걸치고 다니는 모습 또한 변함이 없었다.

서울고물상이라는 간판을 내건 노부부의 보금자리는 윤수의 서재에서 지척으로 내려다보이는데, 방 두 칸짜리 블록집 주변에 양철을 둘러 담장을 친 그 집 마당에는 온갖 가전제품과 고철과 폐지가 수북

수북 쌓여서 하나의 연봉을 이루고 있었다. 노부부가 어찌나 부지런을 떠는지 고물과 폐품은 오십 평 남짓한 마당으로도 모자라서 양철 담장 밖 산기슭에까지 쌓여 있었다.

담장도 없이 고물상과 이웃한 아파트 주민들은 주변 경관이 어쩌니 아이들 안전이 저쩌니 해가며 불만들이 많았는데, 고물상 일대 삼천여 평에 달하는 땅이 노부부의 소유다 보니 뭐라고 엇댈 건더기가 없었다. 그러나 불만에 찬 뒷공론만큼은 끊이질 않았고 시샘 많은 몇몇 아낙네들은 험담하라고 달린 게 입이라는 듯 고물상 쪽으로 눈길만 가도 벙어리 영감에 곱사등이 할멈에 정박아인 아들까지 어쩌면 구색을 맞춰도 저렇게 기가 막히게 맞췄는지 모르겠다느니, 정박아도 꼴에 사내라고 동네 여자들 뒷모습을 보는 눈이 여간 응큼하지 않다느니, 고물이나 주우러 다니는 주제에 무에 그리 고개가 뻣뻣하냐느니 해가며 제 분이 풀릴 때까지 티적거렸다. 낯 뜨거운 소리도 정도가 있지 그쯤 험담이 쏟아지다 보면 듣는 귀들이 언짢은 기색으로 돌아앉기 마련이고, 흠구덕 하는 재미에 시간 가는 줄 모르던 아낙들도 고만 무안해져서 헛기침만 큼큼거리다가 수준이 안 맞아 도저히 못 놀아주겠다는 표정으로 자리를 떴다.

어쨌건 왼쪽 뺨에 손바닥만한 반점이 박혀 있는 권 영감이 벙어리고 육십 중반을 넘긴 할멈이 곱추며 삼십줄을 넘긴 아들 또한 지체부자유자인 것만은 숨길 수 없는 사실인데, 미나리골 사람들은 권 영감네의 신체적 불행이 뉘 집 똥개 대하듯 함부로 우집어도 되는 징표인 양 그들 일가의 그림자만 비쳐도 목에 힘이 들어갔다. 술과 도박으로 세월을 탕진해 자식들에게 버림을 받은 이들조차도 권 영감의 리어카만 지나가면 뒷간 문턱처럼 찌든 낯짝이 단박에 푼더분해져서 어이 영감, 재미 좋우? 하고 느물느물 수작을 붙여오기 일쑤였다. 점잖은 이웃들은 사람의 도리를 지킨답시고 길거리에서 권 영감을 만나면 깜냥껏 격식을 갖춰 인사를 청하지만 안쓰러운 눈길하며 입 속으로 혀를 차대는 폼부터가 인사라기보다는 차라리 동정이었다. 하루 벌어 하루 먹고사는 이들도 권 영감의 얘기라면 비록 그가 십억대의 재산가일망정 일단 하찮게 취급해버렸다. 어린애를 방 안에 가둬두고 출근을 해야 하는 신세가 서럽긴 하지만 쓰레기를 주워서 먹고 살 정도로 영락하지 않았다는 사실만으로도 그들은 몸 파는 보람을 느꼈다. 고물을 팔아서 그 많은 재산을 모았다면 혹시 모를까, 평생 모은 재산을 털어 사두었던 미나리골 전답이 십수 년 전부터 불어닥치기 시작한 개발 붐을 타고 금싸라기로 둔갑을 한 것에 지나지 않는 바에야 탐할 까닭이 없었다. 설사 고물을 주워 부자가 될 수 있다고 하더라도 은행을 털거나 부잣집 담을 넘는 게 낫다고 생각하는 대다수의 주민들 눈에 권 영감은 한낱 넝마꾼에 지나지 않았다.

"바빠 죽겠는데 뭐 해?"

옥생각에 사로잡혀 있던 윤수는 등뒤에서 들려오는 새된 소리에 담뱃불을 끄며 고개를 돌렸다. 작년 여름에 태어난 셋째아이를 들쳐업은 채로 문가에 서서 눈을 흘기던 아내는 남자들은 어째 하나같이 그렇게 속이 없냐, 이제 곧 우르르 들이닥칠 텐데 뭐라도 거들어야 할 게 아니냐, 내 형제도 아니고 당신 형제들 모이는데 나 몰라라 하는 건 대체 무슨 심보냐고 한바탕 잔소리를 늘어놓았다. 아침 밥술 놓기가 무섭게 팔을 걷어붙이고 나섰건만 오후 들어서도 좀처럼 끝이 보이질 않는 음식 장만에 지친 아내는 늦가을 풀숲 독사처럼 잔뜩 독이 오른 눈치다. 평상시에는 한없이 사람이 좋다가도 일단 한번 수가 틀어지면 배 째라고 독장을 치기 마련인 아내의 성미를 익히 아는 윤수는 마님, 쇤내가 죽을 죄를 지었습니다요, 하고 살랑살랑 엉너리를 쳐가며 입막음부터 했다. 오냐, 누구라도 시비를 걸어다오 하고 눈을 빛내는 품이 여차직하면 집들이고 뭐고 와장창 때려엎을 기세다. 오늘따라 아내의 태도가 유별나다 싶으면서도 윤수는 모르쇠하고 구렁이 담 넘어가는 외에 달리 도리가 없다.

하긴 아내가 저토록 골풀이를 하고 나서는 것도 무리는 아니다. 애초 말 나온 대로 동생들만 조용히 불러서 저녁 한 끼 했으면 아내도 별다른 불만이 없었을 것이다. 그런데 어머니가 화근이었다. 집장만을 했다면 모를까, 겨우 전세금 천만원 올려서 이사한 턱을 내겠다고 한마디 의논도 없이 집안 어른들을 덜컥 초대했으니 아내로서는 여간 부아가 나지 않았을 터이다. 어머니야 기왕 먹는 밥상에 숟가락만 더 올려 놓으면 될 일 아니냐고 무지르고 나서면 그만이겠지만 당신 형제분들이 부부동반만 해도 자그만치 열 명이 넘고 사촌들이 부모님들 편히 모시겠다고 자가용이라도 끌고 나서면 이건 그야말로 동네잔치나 다름없다. 더욱이 아침 일찍 와서 잔일손이나마 거들어주겠지 하고 내심 기대했던 시누이들은 아예 밥때 맞춰서 오기로 작정이라도 했는지 코빼기조차 내비치지 않으니 아내로서는 분통이 터지다 못해 보따리라도 싸고픈 심정일 터이다.

"젠장, 며느리 된 죄인이 참아야지. 가게에 가서 아가씨가 주는 거나 가져와. 그리고 전에 살던 집에 가서 우편물도 좀 찾아오구."

성질부려서 득 될 거 하나도 없다고 판단했는지 아내는 고만 격격한 성미를 누그러뜨리고 말았다. 윤수는 얼씨구나 하고 돌아서서 계단을 내려왔다. 그는 쪽문을 나서며 안도의 한숨을 내쉬었다. 며느리 된 죄인이라…… 윤수는 쪽문으로부터 오십여 보 전방에 있는 삼거리로 발걸음을 옮기며 아내의 탄식을 되작여보았다. 휴우, 장남 된 죄인이 참아야지 별수 있나, 윤수는 새삼 자신의 처지가 궁색스러워서 쓰게 입맛을 다셨다.

삼거리 모퉁이에 자리잡은 한겨레유통 앞을 막 지나치는데 때마침 술상자를 정리하고 있던 최 사장이 어색한 미소를 띠우며 인사를 건네왔다. 그러나 윤수는 인사를 받는 둥 마는 둥 건성으로 고개만 까딱해 보인 뒤 그 앞을 지나쳤다. 윤수는 등뒤에서 쩝쩝 입맛을 다시는 최 사장의 무안한 시선을 느꼈으나 개의치 않았다. 처음에는 사람이 좋아 보이고 무엇보다 동년배라 허물없이 터놓고 지내려고 하였으나 막상 그 시커먼 속을 알고 나니 잠시나마 친구로 사귈 생각을 했다는 자체가 불쾌할 만큼 위인에게 만정이 가셨다.

신축건물에 들어선 슈퍼답게 외양이 번듯하고 내부시설 또한 돈 푼깨나 들여 시내 중심가에 있는 편의점 못잖게 꾸며놨지만 정작 진

82

열대에 놓인 물건들은 유통기한을 넘긴 것들이 수두룩하고 손님이 항의하기 전에는 그 물건들을 진열대에서 치우는 법이 없다. 우유나 빵 등속은 유통기한이 사나흘이나 지났는데도 진열대에서 거두는 법이 없고, 진공포장식품들은 서너 달쯤 날짜가 지나도 공장에서 갓 출고된 상품인 양 웃으며 팔아치우기 일쑤다. 뿐만인가, 뒤늦게 날짜를 확인하고 교환을 하러 가도 미안하다는 소리 한마디 없다. 몇 번 유통기한이 지난 물건을 바꾸기 위해 다리품을 팔 때만 해도 사람이 게을러서 그런가 보다고 좋게 넘어갔으나 슈퍼마다 짝으로 쟁여 놓고 파는 참이슬 소주가 다 떨어졌다면서 두고두고 거짓말을 해대는 데는 멱살잡이라도 하고 싶게 욕지기가 일었다. 머지않아 소주값이 오르리라는 사실을 온 동네 사람들이 뻔히 알고 있는데 눈 뜬 사람 코를 베어가도 유분수지, 뜨내기를 상대로 한 장사도 아니겠고 아침저녁으로 얼굴 마주치는 이웃들을 상대로 소주값 얼마 챙겨보겠다고 야바위를 일삼으니 위인하고 눈만 마주쳐도 속이 거북했다.

윤수는 가래침을 카악, 뱉으며 한겨레유통 앞을 지나쳤다. 마악 삼거리를 건너려는데 까불까불하면서도 선득한 게 얼굴에 와닿아 허공을 우러르니 떡가루 같은 싸라기눈 몇 점이 바람에 실려 건들거리고 있었다. 당장에 퍼붓지는 않겠으나 골목을 쓸고 다니는 꽁무니 바람이 갓 널어놓은 빨래처럼 잔뜩 물기를 머금은 채 축 처진 꼴이 저물 녘에는 주먹만한 눈송이로 허공을 빽빽이 메울 기세다.

한 살을 더 먹은 탓인가, 윤수가 원래 물렁하고 몬존한 성격이긴 했지만 요즘 들어 부쩍 사람이 늘쩡늘쩡해져서 허공에 희끗희끗 내비치는 싸라기눈 몇 점에도 마음이 허허로웠다. 저 한 점 눈이 내리기까지 하늘은 그 얼마나 많은 몸살을 앓았을 것이며 하늘을 우러르는 대지는 또 얼마나 간절한 그리움으로 저 눈을 기다렸을까, 하고 이제까지 해보지 못했던 물음들을 스스로에게 되새기며 뭉근한 서러움에 사로잡혔다. 사십을 목전에 둔 나이에 이 무슨 청승이냐고 마음을 다잡아도 마치 사춘기를 맞은 소년처럼 제 마음을 어쩔 수가 없다.

윤수는 시커먼 구름장 밑에서 반딧불이처럼 희끗거리는 싸라기눈에 넋이 팔려 오토바이를 타고 달려온 우체부가 인사를 해도 세상 모든 기척과 무관한 사람인 양 허공을 우러르며 장승처럼 붙박였다. 우체부는 대문가 우편함에 몇 장의 고지서를 남기고 오토바이에 오르면서도 하늘에 넋을 빼앗긴 윤수의 모습이 예사로 보이지 않았던지 그의 옆 얼굴을 잠시 물끄러미 지켜본 뒤 빙판이 복병처럼 숨어 있는 중앙로를 열째게 내달려갔다.

그제서야 퍼뜩 정신이 든 윤수는 저만치 멀어져가는 우체부의 뒷모습을 무심히 바라보았다. 출장소라 일손이 달리는 걸까, 미나리골 담당인 집배원 허씨는 사 년 전과 마찬가지로 자신은 일요일과 상관이 없는 사람인 양 골목골목 누비고 다니며 우편물을 전한다. 사십을 갓 넘겼을까, 누구에게나 친절하고 성실함이 몸에 밴 허씨는 우편배달이 자신의 천직인 양 늘 웃는 낯이고 넉넉지 못한 살림살이에도 도무지 그늘이라곤 찾아볼 수가 없다.

윤수는 우편함으로 다가가 방금 허씨가 꽂아둔 우편물을 살폈다. 네 가구의 전깃세 고지서였다. 흰색 페인트 칠이 된 우편함에는 전기 고지서말고도 반지하에 세들어 사는 사람들이 아직 찾아가지 않은 우편물이 남아 있었는데 카드대금 독촉장이나 이동통신 전화요금 고지서, 혹은 보험납입증서와 함께 유치원이나 학원 같은 데서 뿌리고 간 전단지만 수북할 뿐 살냄새 나는 편지 한 장 없었다. 더이상 사연을 전하지 않는 우편함 앞에서 윤수는 쓸쓸히 미소지었다.

문득 예전에 은영빌라에서 살던 시절, 허씨가 고개를 갸웃거리며 했던 말이 떠올랐다. 일 년 내 고지서만 배달하다시피 하는 허씨에게는 하루가 멀다 하고 각종 서적을 비롯해서 이러저러한 우편물이 끊이질 않는 윤수의 정체가 꽤나 궁금했던 모양으로 마침 시장을 보고 들어서던 그의 아내에게 이 집 아저씨는 대체 뭐하는 분이냐고 캐물었고 아내가 별뜻 없이 출판사 사장이라고 대꾸를 해주자 비로소 궁금증이 풀렸다는 듯이 크게 고개를 주억거려가며

"훌륭한 일을 하시는 분 우편물을 배달하다니 이거 영광입니다."
하고 진심이 담뿍 담긴 눈길로 정중하게 인사까지 하고 돌아섰고, 윤수네가 미나리골로 돌아왔을 때도 허씨는 이산가족을 만난 듯 반색을 해가며 반겨주었다.

훌륭한 일을 하시는 분이라…… 고지서를 챙긴 윤수는 입술을 가만히 감쳐물며 쓸쓸히 고개를 가로저었다.

윤수는 답답한 심사를 달랠 요량으로 담배에 불을 붙인 뒤 한겨레유통 맞은편 단층 블록건물로 향했다. 박산슈퍼라는 허름한 간판을 내건 단층 건물은 미나리골에서 가장 오래된 건물로 한때는 동네의 유일한 슈퍼였다. 지금이야 주인이 가게를 돌보지 않아 진열장마다 거미줄 천지지만 중앙로 일대에 상가가 형성되지 않았던 십수 년 전만 하더라도 동네 사람들 주머니에 든 돈은 모두 내 돈이려니 여기고 살 정도로 사람들이 바글바글 끓어댔다. 그러나 박 사장 내외는 환갑을 넘기고부터 장사는 아예 뒷전으로 밀어두고 슈퍼 양 옆 공간을 개조해서 세를 놓았다. 그래도 평생 밥줄이었던 슈퍼의 간판을 아예 내리기가 멋쩍었는지 최소한의 구색만 갖춰놓고 띄엄띄엄 드나드는 손님들을 상대로 쌈짓돈을 챙겼다. 어쨌건 장사에 손을 놓은 뒤로 박 사장은 인근에 사두었던 땅에 푸성귀를 심고 가축도 키우면서 하루 해를 보냈고, 강화댁은 슈퍼 안방에 노름꾼들을 끌어들여 고리를 뜯고 밥상, 술상 들이밀어가며 자릿세를 챙겼다. 노름판이라고 해봐야 점 이백원에 삼오칠구제를 적용하는 게 고작이니 고리라고 뜯어봐야 손주들 분유값 대기 바쁘지만 오전부터 새벽까지 삼시 세끼 밥을 해 나르고 간식에 술상까지 들이밀면 노동판에서 등짐을 지는 것보다 벌이가 나았다.

간간이 술 취한 노름꾼들끼리 시비가 붙어 문짝이 박살나는 싸움판이 벌어지기도 했으나 그깟 싸움판쯤 강화댁이 나서서 이런 개씨불알 같은 놈들, 하고 퍼런 불꽃이 똑똑 돋는 눈알을 부라리면 서로를 때려죽일 기세로 멱살잡이를 하던 손들이 맥없이 물러났다. 개중에는 돈 잃은 분풀이로 웃통을 벗어부치다 본전은커녕 흠씬 두들겨 맞고서 쫓겨나는 위인들이 있는데, 주먹을 주고받은 당사자들끼리 고소를 하네 맞고소를 하네 투닥투닥 시끄러우면 상관없겠으나, 그 가운데 속 좁은 위인이 약방의 감초처럼 섞이다 보니 종당에는 파출소에 신고가 들어가기 마련이었다. 그러나 강화댁은 경찰차가 박산 슈퍼 앞에서 사이렌을 울리거나 말거나 어떤 개잡놈이 찔렀는지 몰라도 잡히기만 잡히면 아주 요절을 내겠노라고 독장을 쳐댔다. 파출소쯤 안중에도 없는 강화댁은 순경들에게 등을 떠밀려 순찰차에 오르면서도 어떤 놈이 찔렀는지 불라며 오히려 순경들을 다조져댔다. 까짓 이백원짜리 고스톱판 단속에 걸려봐야 술값 몇 푼 집어주면 풀려날 게 뻔한데다, 관공서를 포함해서 인근에서 방귀깨나 뀌고 사는 유지들치고 영감의 선후배 아닌 사람이 없으니 강화댁으로서는 겁날 게 없었다. 아니나 다를까, 강화댁은 파출소로 끌려간 지 삼십 분도 채 지나지 않아 동네로 돌아왔고 그 길로 신고한 위인을 찾아내어 귀싸대기를 올려붙여가며 머리채를 아예 반쯤 뜯어놓았다. 동네 사람들이 우우 몰려든 속에서 그 망신을 당하니 사내의 체면을 생각해서라도 와락 떠다박지르고 싶지만 강화댁에게 멱살을 잡힌 위인은 차마 후환이 두려워서 아예 죽여줍쇼, 하고 강화댁의 분이 풀리기만 기다렸다. 그러나 강화댁의 앙갚음은 거기에서 끝나지 않았다.

뭇 사람들 앞에서 다 늙은 사내의 불알을 떼어내 땅바닥에 패대기쳤으면 손바닥 탁탁 털고 돌아서도 좋으련만 기어이 영감을 내세워서 미장이로 잔뼈가 굵은 위인의 밥줄을 끊어놓았다. 제 일신에 손톱

만큼의 손해만 끼쳐도 입에 게거품을 물고 달려드는 성미의 박 사장은 당장에 발끈해서 아무개에게 일거리를 대주는 놈은 아주 원수질 각오를 하라고 단단히 으름장을 놓았고 미나리골 인근에 적을 둔 노가다판 십장들은 하는 수 없이 위인을 따돌렸다. 박 사장의 첫인상은 사람이 소박하고 인심 또한 후하게 생겼으나 그건 그야말로 물정 모르는 소리로 슈퍼 앞에 한나절만 차를 세워 놓아도 송곳을 들고 나와 바퀴에 구멍을 내는 위인이 바로 박 사장이었다. 결국 파출소에 신고를 해서 화를 자초한 중늙은이는 소꼬리를 사들고 박 사장을 찾아가서 용서를 구했고 소꼬리를 받아든 박 사장은 에헴, 헛기침을 해가며 사람이 살다 보면 본의 아니게 실수를 할 수도 있는 법이니 앞으로 조심하라고 한껏 거들먹거리며 위인을 돌려보냈다. 위인이 돌아가자마자 박 사장 내외가 소꼬리를 끌어안고 입이 벙글어졌음은 물론이다.

　미나리골로 되돌아오지 않고 애초의 계획대로 서울로 이사만 갔더라도 박 사장 내외는 윤수의 기억 속에 꽤 무던한 이웃으로 각인되었을 것이다. 사 년 전만 하더라도 윤수네 가족이 살았던 은영빌라와 박산슈퍼는 제법 멀찍이 떨어져 있던 탓에 슈퍼 안팎에서 어지간한 소동이 벌어지더라도 모르고 지나치기 십상이었고, 대개의 직장인들이 그러하듯 윤수 또한 출퇴근길 외에는 동네에 대해서 일체의 관심도 없었다. 여북하면 오 년 가까이 같은 빌라에 살면서도 위아래층 사람들의 얼굴조차 몰랐을까. 하긴 이웃들의 얼굴도 모르고 살았다는 게 윤수만의 잘못은 아니다. 몇 년간 위아래층을 차지하고 살다가 문득 서로의 얼굴을 알게 됐을 때 일체의 민망함도 없는 일상이 미나리골 사람들의 삶을 지배해온 게 어디 어제오늘의 일인가.

그러나 사 년 전과 달리 산업도로 방향으로 향하는 한겨레유통 앞길과 미나리꽝으로 향하는 종로약국 앞길이 서로 만나는 삼거리 정면에 위치한 단독주택 이층으로 이사를 온 보름 전부터 사정은 백팔십도 달라졌다. 현관만 나서면 중앙로 상가의 모든 풍경이 한눈에 들어오는 곳에 터를 잡다 보니 굳이 상가 사람들을 상대하지 않아도 대문을 들고 나는 자체만으로 인근 상인들의 면면이 속속들이 들여다보였다.

그러나 둘째 미연이가 박산슈퍼 건물에 야채가게만 차리지 않았더라도 윤수 내외는 은영빌라에서 살 때와 별반 다르지 않은 삶을 영위했을지도 모른다. 하긴 미연이가 미나리골에 가게만 열지 않았더라도 윤수네는 뒤도 돌아보지 않고 서울로 올라가 터를 잡았을 것이다.

지난 십 년간 아내는 인천땅에 정을 붙이지 못했다. 도시 자체가 삭막하고 황량해서 도무지 정이 붙질 않는다로 시작해서 동네가 구질구질하다, 사람들 수준이 낮아 도무지 어울릴 맛이 나질 않는다, 무슨 놈의 도시가 여가를 즐길 만한 문화공간조차 없느냐로 이어지는 아내의 불평불만은 언제나처럼 돈이 없어 참고 살지 돈만 있었으면 이 구질구질한 동네 애진작에 떴다는 소리로 마침표를 찍었고, 그릴 때 표정을 보면 서울 입성 자체가 신분상승을 대변해준다고 믿는 기색이 역력했다.

그때마다 윤수는 이제껏 인천에서 애면글면 살아온 스스로의 삶이 송두리째 부정당하는 불쾌감에 속물근성 운운해가며 한바탕 쏘아붙이고 싶은 충동을 가까스로 참아내야만 했다. 아내를 나무라고 싶은 마음 간절해도 그럼 당신은 서울에서 살고 싶은 마음이 눈곱만큼도 없느냐는 아내의 반박에 직면하면 달리 대꾸할 말이 없기에 윤수는 애꿎은 담배만 뻑뻑 빨아댈 따름이었다.

스스로 인정하기 쉽지 않지만 돈만 모이면 당장에라도 서울로 올라가 근사하게 살아보리라는 욕심은 윤수 역시 아내 못지않았다. 이년간 애를 먹이던 전셋방이 빠졌을 때만 해도 윤수는 아내처럼 드러내놓고 내색은 하지 않았지만 드디어 서울로 이사를 가게 생겼다고 얼마나 설레었는지 모른다. 서울로 올라간다며 자랑스러운 얼굴로 이삿짐을 꾸리던 이들의 수선스러움이 절로 이해가 되고, 낯익은 얼굴들이 하나둘 동네를 뜰 때마다 사소한 시빗거리를 찾아내어 한바탕 부부싸움을 벌이곤 했던 밤들도 새삼스러웠다.

윤수는 정희네라는 입간판을 내건 야채가게 앞에서 쓰게 입맛을 다셨다. 기왕에 엎질러진 물 빨리 털어버리자고 스스로를 타일러도 야채가게만 보면 볼 일 보고 밑을 닦지 않은 양 마음 한귀퉁이가 께적지근했다.

어머니가 서울행을 가로막고 나서기 전만 하더라도 윤수 내외는

90

미연이네가 야채가게를 발판으로 하루빨리 재기할 수 있게 되기를 진심으로 기원했을뿐더러, 연대보증빚에 목덜미를 붙잡혀 꼼짝없이 길거리로 나앉게 생긴 동생네에게 야채가게를 차려줄 수 있었던 형편이라도 되었기에 망정이지 안 그러면 어쩔 뻔했냐고 서로를 격려하기까지 했었다. 정희네라는 가게 이름을 지어준 것도 윤수였다. 아이 이름을 그대로 따다 붙이는 게 자연스럽고 정감 있어 좋지 않겠느냐는 그의 지적에 상호를 놓고 고심하던 미연이 부부는 출판사 사장이라 그런지 발상부터가 다르다는 우스갯소리를 늘어놓아가며 밝게 웃었고 윤수는 용기를 잃지 않고 환하게 웃는 동생 부부가 그저 고맙기만 했다.

그러나 어머니가 서울행 길목을 복병처럼 가로막고 나선 뒤부터는 애매한 두꺼비 떡돌에 치이듯 야채가게는 물론이고 억척스럽게 살 길을 개척해나가는 동생 내외와 갓 돌을 넘긴 정희만 눈에 띄어도 꺼림칙한 마음이 앞섰다. 절박해진 아내는 손주들의 교육문제까지 들먹여가며 어머니를 설득하려 들었지만 어머니는 어머니대로

"너는 참말로 인정머리도 없다. 시누이가 갓난애기 들쳐업고 고생 바닥에 나앉았는데도 명색이 하나밖에 없는 올케라는 사람이 어째 저 편할 생각만 한다니? 사람 써서 하는 장사라면 나도 이러진 않는다. 하지만 너도 눈이 달렸다면 봐라, 야채에 건어물에 밑반찬에 생선까지 몸뚱이가 열 개라도 모자랄 판국이다. 그나마 내가 거들었기에 망정이지 안 그랬으면 정희 에민 진작에 쓰러졌을 거다. 물론 너희 부부가 없는 살림 털어서 쟤들 살려준 은공을 내 모르는 바는 아

니다. 하지만 기왕지사 도와줬으면 끝까지 뒤를 봐줘야 할 게 아니냐. 형제 좋다는 게 뭐니, 어려울 때는 제 살점이라도 떼어주는 게 형제다. 그리고 너도 알다시피 정희 에미가 정이 좀 많니? 나중에 잘되면 걔가 백배로 갚아주고도 남을 애다. 암, 갚아주고말고. 그러니 에미야, 오늘이라도 당장 가게 근처루다 집을 구해봐라. 내가 이렇게까지 얘기를 했는데도 고집을 부리겠다면 더이상 어쩌겠니. 따로따로 사는 수밖에."

하고 고집을 꺾지 않았다.

늙은 시어머니 월세방이나 하나 구해주고 너희들은 서울 가서 재미나게 살라는 소리에 아내는 더이상 뻗대질 못하고 이불을 뒤집어 쓰고 몇 날 며칠을 울면서 서울로 이사를 가겠다는 미련을 털어버렸다. 그렇다고 감정의 앙금까지 가신 것은 아니어서 이따금씩 먼산바라기를 하며 한숨을 짓거나 대청소를 한다면서 쓸고 닦을 먼지 하나 없는 집 안 구석구석을 헤집고 다녔고, 그래도 울화가 가시지 않으면 애를 들쳐업고 삼십 분은 좋이 버스를 타야 하는 백화점으로 달려갔다. 그러나 백화점에 있는 물건 송두리째 실어오고 말겠다는 기세로 씩씩대며 집을 나섰던 아내는 속옷 한 벌에도 마음이 약해져서 냉면 한 그릇 달랑 비우고 빈손으로 돌아오곤 했다. 그런 날 밤이면 아내는 잠든 딸애의 머리를 쓰다듬으며

"애, 보라야. 너는 이담에 시집을 가더라도 장남하고 한씨는 꼭 피해야 한다. 설사 사랑에 빠지더라도 한씨 집안에 시집와서 불행해진 엄마를 봐서 연애만 해. 우리 보라는 사랑스러운 엄마 딸이니까 엄마

말 명심해라."

하고 숫제 시위를 했다.

　일부러 시비를 걸어오는 터수를 빤히 꿰고 있는 윤수는 옆방의 어머니 눈치를 봐서라도 솟구치는 노여움을 애써 다스리며 한껏 가라앉힌 음성으로

　"이 사람아, 한씨 나무랄 것 없어. 우리가 서울로 이사 못 가는 게 한씨하고 무슨 상관이야. 전주인이 집만 진작에 **빼줬어봐**. 당신, 기억 안 나? 재작년 봄에 벼룩신문하고 복덕방에 집을 내놓으면서 당신하고 나하고 번갈아가며 서울 전세 시세 알아본 거. 그때 집주인이 집세를 삼백만 내려서 내놓게 했어도 이런 일은 없었어."

하고 화살을 돌렸다. 아니나 다를까, 아내는 잠깐 황실빌라 주인 얼굴을 떠올리는 눈치더니 이내 망할 년, 하고 나직이 부르짖으며 생각만 해도 끔찍하다는 듯이 진저리를 쳤다. 하긴 무리도 아니다. 오죽했으면 생전 가도 남의 탓 할 줄 모르던 어머니까지 살다살다 저렇게 고약한 인간은 처음 봤다며 혀를 내둘렀을까.

　윤수네 황실빌라의 집주인인 과수댁과 마찰을 빚기 시작한 건 이사문제가 불거진 재작년 봄부터였다. 그렇잖아도 오늘내일 중으로 집을 빼겠다고 연락을 할 참인데 과수댁이 먼저 전화를 걸어왔다. 용건인즉 급하게 돈이 필요해서 전세금을 삼백 올려 받아야겠다는 내용이었는데 무슨 사정이 생겼는지는 몰라도 꽤나 절박한 목소리였다. 그러나 전세금을 올려달라는 소리를 듣자마자 윤수는 실소를 할

뻔했다. 세상 물정을 몰라도 유분수지 아이엠에프가 터진 뒤로 동네마다 전세금이 오백만원씩 내렸고 그나마도 방이 안 빠져서 난린데 외려 전세금을 올려달라니 그야말로 아이를 사르고 태를 기르겠단 소리가 아닌가.

윤수는 하 어처구니가 없어 잠시 말문을 잃었다가 그러잖아도 이사를 가기 위해 연락을 하려던 참이었다고 운을 뗀 뒤 동네 돌아가는 사정과 함께 아무래도 우리가 이사를 가기 위해서는 전세금을 낮춰줘야겠다고 넌지시 내비쳤다. 그러자 과수댁은 한껏 풀이 죽은 목소리로 스물을 갓 넘긴 딸애가 카드를 어떻게 쓰고 돌아다녔는지 삼백만원짜리 청구서가 날아왔으며, 전세금을 올려달라는 소리도 달리 손쓸 방도가 없어서 해본 소리라고 묻지도 않은 집안 사정을 시시콜콜히 털어놓으며 그런 판국에 전세금을 어떻게 낮추느냐고 하소연을 해왔다. 듣고 보니 과연 문둥이 콧구멍에서 마늘을 빼먹을 만큼 딱하게 됐는지라 윤수는 더이상 뭐라 생기지를 못하고 알아서 빼보겠다는 말만 남긴 뒤 전화를 끊었다.

헐수할수없이 전화는 끊었지만 윤수는 눈앞이 캄캄했다. 전세금을 다만 얼마라도 낮추지 않는 이상 집을 뺄 방법이 묘연했다. 그래도 노력은 해봐야겠다는 생각에 그는 복덕방에 집을 내놓는 한편 벼룩신문에 광고를 내고, 전단지 수십 장을 만들어 동네방네 붙이고 돌아다녔다. 그러나 한 달이 넘도록 문의전화 한 통 오지 않았다. 문의전화는커녕 이러저러한 신문사인데 광고 한번 내보지 않겠느냐는 전화만 똥파리 꼬이듯 빗발쳤다.

방문객 한 명 맞아보지 못하고 꼬박 석 달을 허비한 윤수는 과수댁에게 전화를 걸었다. 전세금을 낮추지 않는 바에야 더이상 기다린다는 자체가 무의미했다. 예상대로 과수댁은 전화를 받자마자 죽는 소리부터 했다. 윤수는 정 돈이 없으면 이럴 경우에 대비해서 세입자보호법에 의거 주택은행에서 융자를 알선해주는 게 있다고 조근조근 설명을 했다. 그러자 과수댁은 왈칵, 목소리에 날을 세우더니 융자를 얻으면 이자가 나갈 텐데 그럼 나더러 생돈을 물라는 소리냐고 다짜고짜 화부터 냈다. 예상치 못한 공격을 받은 윤수는 고만 어안이 벙벙해져서 할말을 잃었다. 그 틈을 타서 과수댁은 사람은 어려울 때일수록 서로 돕고 살아야 한다느니, 저만 살자고 덤비면 사람들의 도리가 아니라느니 해가며 십여 분은 좋이 장광설을 늘어놓았다. 교회 집사 입담 센 줄은 일찍이 알고 있었지만 아주 청산유수였다. 결국 윤수는 가을까지 기다리기로 하고 전화를 끊었다.

마음 같아서는 과수댁과 정면으로 부딪치고 싶었지만 윤수는 그러지 못했다. 가을이 되면 어떻게 해서든 수를 내볼 테니 그때까지만 참아달라는 과수댁의 말을 믿어서가 아니라 공장 다니면서 돈 벌랴, 밤늦게 귀가해서 살림하랴, 돌아다니면서 카드 북북 긁고 다니는 자식 뒤치다꺼리하랴, 뻔히 눈에 보이는 그의 처지가 목에 걸려서 차마 모질게 해댈 수가 없었다. 곁에서 윤수 하는 꼴을 줄곧 지켜본 아내는 복창이 터진다는 듯이 제 가슴을 탕탕 내려치며

"아니, 융자 받아서 해결해주면 간단한 일을 가지고 무슨 잔말이 그리 많대? 그리고 뭐, 내가 왜 생돈을 무느냐고? 아니 뭐 그렇게 무

식한 사람이 다 있어. 그런 사람 사정은 뭐 하러 봐줘 봐주길. 하여간 당신 땜에 내가 못살아. 생각을 해봐. 가을에 가서도 나 몰라라 해버리면 그때 가선 어쩔 거야? 저 여자, 척 보니까 골백번도 그러고 남을 사람이야. 어쩌면 사람이 그렇게 생각이 없대?"
하고 윤수를 들들 볶아댔다. 딱히 변명할 말을 찾지 못해 쩔쩔매던 윤수는 당신은 가난하게 산 적 없냐고, 없이 살 때는 돈 천원에도 벌벌 떨기 마련인데 사람이 어째 그렇게 모지냐고 버럭 소리를 지른 뒤 집을 나와버렸다.

그러나 그해 가을이 되자 아내의 우려는 사실로 나타났다. 십일월이 되도록 감감무소식이라 전화를 넣었더니 과수댁은 첫마디부터 좀더 기다려보자는 소리를 늘어놓았다. 더이상 어떻게 기다리냐고 지칠 대로 지친 윤수가 짜증을 부리자 과수댁은 그러면 나더러 어떻게 하라는 소리냐고 버럭 화를 냈다. 그에 질세라 주택은행에서 융자를 받으면 될 거 아니냐고 윤수가 반박을 하자 과수댁은 사람이 좋아보여 세를 놨더니 영 몹쓸 사람이라는 둥 자기 입장만 생각하는 이기주의자라는 둥 별 괴상망측한 논리를 다 폈다. 그러면서 한다는 소리가 내 집 놔두고 남의 집에서 전세를 살다 보니 별의별 수모를 다 당한다고 악지를 세웠다. 참다 못한 윤수는 입장을 한번 바꿔서 생각해보라고, 벌써 일 년이 다 돼가는데 당신 같으면 가만 있겠느냐고 언성을 높였다. 그러자 과수댁은 당신? 하고 말꼬리를 붙잡더니 나이가 몇 살인데 어따 대고 당신이냐고, 가정교육을 그 따위로 받았냐고, 보아하니 그 집에도 어머니가 계시던데 나는 자식교육을 그렇게 안 시켰다고 바락바락 악을 써댔다. 참다 못한 윤수는 전세금만 빼주면 될 거 아니냐고 고함을 질러댔다. 그에 질세라 과수댁은 돈이 없는 걸 어떡하냐고, 나보고 도둑질이라도 하라는 소리냐고 눈에 핏발을 곤두세우고 달려들었다. 주택은행에서 융자만 받으면 해결될 일 가지고 웬 생떼냐고 맞받아치자 과수댁은 그렇게 못 한다고, 내가 뭐 아쉬운 게 있어서 그 짓을 하느냐고, 빼가고 싶은 사람은 그쪽이니까 재주껏 알아서 빼가라고 몰아대며 숫제 입에 게거품을 물었다.

싸워서 해결될 일이 아니라고 판단한 윤수는 숨을 골라 목소리를 가다듬고는 더이상 싸울 필요도 없이 법으로 해결하자고 이른 뒤 내용증명을 보낼 테니까 당신은 당신 하고 싶은 대로 해보라고 잘라 말하며 전화를 끊어버렸다. 그러자 득달같이 전화벨이 울렸다. 수화기를 들자마자 과수댁은 선불 맞은 멧돼지처럼 꿱꿱 꺽쉰 소리를 질러댔다. 그러거나 말거나 윤수는 조만간 내용증명을 보낼 테니까 앞으로 집이 빠질 때까지 꼬박꼬박 보증금의 이부 이자를 쳐서 내놓으라고 오금을 박은 뒤 전화기 코드를 뽑아버렸다.

그로부터 며칠 뒤 과수댁은 고분고분한 태도로 전화를 걸어왔다. 무슨 일로 전화했냐고 윤수가 부러 불퉁거리자 과수댁은 기어들어가는 목소리로 내년 봄까지만 기다려주면 자기네가 황실빌라로 들어오겠노라고 사정을 했다. 그 말을 무슨 수로 믿냐고 따지고 들자 과수댁은 이번 한 번만 꼭 믿어달라고 손이 발이 되도록 빌었다. 곁에서 지켜보던 아내는 절대 안 된다고 손사래를 쳐댔다. 그러나 고만 마음이 약해진 윤수는 이번 한 번만 속는 셈치고 믿어줄 테니 세상

없어도 봄에 이사온다는 약속을 지키라고 다짐을 준 뒤 수화기를 내려놓았다.

그러나 이듬해 봄이 지나 여름이 다가오도록 과수댁은 전화 한 통 없었다. 윤수는 과수댁이 그 어떤 변명을 늘어놓더라도 더이상 사정을 봐주지 않겠노라고 곱새기며 전화를 넣었다. 과수댁은 예의 골골 죽는 소리부터 들이밀었다. 자기도 전세가 빠지지 않아서 죽겠다는 것이었다. 그러면서 자기도 노력하고 있는 중이니 전세가 빠질 때까지만 참고 기다려달라고 우는 소리로 부탁을 해왔다. 그럼 가타부타 연락이라도 줬어야 할 게 아니냐고 따지고 들자 과수댁은 그러잖아도 연락을 하려던 참이었다고 엉너리를 쳤다.

결국 윤수네가 황실빌라에서 짐을 싣고 나온 건 올해 초였다. 전세를 빼는 데 꼬박 이 년이 걸린 셈인데 덕분에 윤수네 가족은 전세 얘기만 나와도 몸을 부르르 떨 정도로 노이로제가 걸리고 말았다.

윤수는 얼핏 떠올린 것만으로도 골이 지끈거리는 기억을 지우기 위해 손바닥으로 얼굴을 비볐다. 그는 두 번 다시 만날 일 없는 사람 가지고 골머리 썩일 일 없다고 스스로를 타이르며 숨을 골랐다.

윤수는 박산슈퍼 왼켠에 붙은 야채가게를 향해 총총걸음을 옮겼다. 통유리로 짜인 여닫이문의 손잡이를 잡아당기던 그는 때마침 저녁거리를 사들고 나오던 아낙네를 피해 한켠으로 물러섰다. 롱코트 안에 요크셔테리어를 감싸안은 아낙네는 뭐가 불만스러운지 입을 삐죽거리며 윤수 앞을 지나쳤다.

"아이, 씨발년. 가다가 발목이나 꽉 부러져버려라!"

가게 안으로 들어서던 윤수는 갑작스러운 욕설에 무춤하니 멈춰 섰다. 무슨 일인가 살필 겨를도 없이 눈에 살기가 돋친 미연이가 소금자루에서 왕소금을 한 주먹씩 움켜쥐고 문 밖으로 나가 저만치 걸어가고 있는 아낙네를 향해 가래침을 퉤, 뱉은 뒤 바닥에 소금을 뿌렸다. 손바닥을 탁탁 털어낸 미연이는 가게 문을 거칠게 닫으며

"정말 드러워서 못 해먹겠네. 엄마, 저년 해도해도 너무 하는 거 아냐? 저 개같은 년이 얼마 전에도 다른 손님들 앞에서 물건이 비싸다느니 물이 안 좋다느니 갖은 지랄을 다 떨더니 달랑 감자 천원어치 사놓고서는 돈 줬죠, 하고 받지도 않은 돈을 줬다고 박박 우기더라고. 손님들은 줄을 서서 기다리는데 어쩌겠어. 오냐, 이년아, 고따우로 사기쳐서 얼마나 잘사나 보자 하고 그냥 돌려보냈는데 한 십 분쯤 지났나? 그 망할 년이 감자 몇 개가 썩었다면서 바꾸러 온 거야. 어찌나 부아가 나던지 머리 끄덩이를 죄 뜯어놓으려다 말았더니 오늘 와서 하는 짓거리 좀 봐. 개새끼 끌어안고 어머, 물건이 너무 안 좋다, 저기 큰길에 있는 쇼핑센터에서는 이것보다 좋은 게 곱절은 싸던데, 이렇게 팔면 이문이 많이 남겠다, 해가며 십 분도 넘게 암상을 떨더니 달랑 파 백원어치하고 계란 두 알 사가는 것 좀 봐. 애새끼 키우면서 살림 사는 년이 파 한 뿌리하고 계란 두 알이라니 내 참 기가 차서. 미친년, 그러고서도 살림 자알 살겠다. 밥 굶게 생긴 년 같으면 내 말도 안 해. 뺀지르르하니 기름기 도는 년이 도대체 무슨 지랄인가 몰라."

하고 들이퍼부어댔다. 그 서슬에 골방에서 곤히 잠들었던 정희가 으앙, 하고 울음을 터뜨렸다. 약이 올라 죽겠다는 표정으로 한 시간이고 두 시간이고 하냥 포함을 떨어낼 것처럼 씩씩거리던 미연이는 성질 좋은 년이 참는다고 야무지게 못을 박은 뒤 골방에서 아이를 안고 나왔다. 뉘 집 애엄마인지 몰라도 어지간히 얄밉게 굴었던 모양으로, 내 자식이고 남의 자식이고 욕하는 꼴을 두고 못 보는 어머니의 성품으로 미루어 나만 똑바로 살면 남 욕할 거 하나도 없다고 한소리 나올 법도 한데 어머니는 고추장아찌 버무리는 손길만 묵묵히 놀려 나갔다.

"어, 오빠 왔네?"

아이를 안고 나온 미연이는 그제서야 윤수에게 알은체를 했다. 육두문자로 도배를 하는 싸움판 곁에 오빠가 있었다는 게 제 딴에도 멋쩍었던지 미연이는 살짝 낯을 붉히며 고춧가루며 참기름 등속이 담긴 검정 비닐봉투를 내밀었다.

"너도 이제 장사꾼 다 됐구나."

윤수는 다 이해한다는 표정으로 미연이의 어깨를 토닥여주었다.

"올라가는 길에 약국에 들러서 피로 회복제랑 쌍화탕 사가지고 가라. 온종일 음식 만드니라고 욕봤을 텐데 그놈이라도 먹여. 시원하게 어깨도 좀 주물러주고."

고개 꺾고 묵묵히 일손만 놀리던 어머니가 혼잣말하듯 윤수의 등 뒤에 대고 중얼거렸다. 뒤를 돌아보니 어머니는 내가 언제 무슨 말을 했더냐는 식으로 시침을 똑 떼고 앉아서 일손만 재우쳤다. 윤수는 고

만 콧잔등이 시큰거려와서 서둘러 가게 문을 열고 밖으로 나왔다. 알
거지 다 된 딸자식 뒷배 봐주느라 며느리 눈치 보고 사는 어머니의
처지가 납덩이처럼 가슴을 짓눌러왔다.

윤수는 허공에 대고 길게 한숨을 내쉬었다. 몇 점 방정맞게 까불거
리던 싸라기눈이 그새 분분해졌고 윤수는 갈피를 잡을 수 없는 제 속
내를 들여다보는 것만 같아 전봇대에 기대어 잠시 눈을 감았다. 눈을
감은 그의 입에서 세상 살기 참 어렵다는 장탄식이 흘러나왔다.

시장바닥에서 이삼십 년 넘게 잔뼈가 굵은 장사치 못지않게 독장
을 쳐대던 미연이의 모습이 좀처럼 잊혀지지가 않았다. 동생의 입에
서 그토록 험한 상소리가 거침없이 흘러나오리라곤 상상조차 하지
못했다. 제아무리 사람이 환경 좇아간다지만 병아리처럼 숫되던 누
이가 야채장사 석 달도 안 돼 그토록 암팡지게 변하다니 윤수는 방금
전 가게 안에서 목격한 일이 꿈인 양 믿기지가 않았다. 혹시 누이가
아니라 강화댁이 아무개에게 대고 종주먹을 휘둘러가며 몰아박는
모습을 본 게 아닌가 하고 착각을 할 지경이었다.

미연이는 어려서부터 냇가에 떠가는 나뭇잎만 보아도 눈물을 쏟
을 만큼 감성이 풍부한 아이였고 학창 시절 내내 문예부장을 도맡았
던 윤수는 그런 누이를 유독 이뻐하였다. 애오라지 시인이 되기만을
꿈꾸었던 윤수와 달리 미연이는 봄에는 화가가 되고 싶어했고 여름
에는 작곡가, 가을이면 소설가가 되겠다며 돈이 생기는 족족 원고지
를 사 날랐으며 겨울에는 수녀가 되겠다고 아예 성당에서 살다시피
했다. 매제가 누이를 죽자사자 쫓아다녔던 것도 남달리 풍부한 감성

에 반했기 때문이었다.

물론 누이가 감성만 풍부했던 것은 아니다. 때로는 댕돌처럼 야무져서 배포 약한 사람은 엄두도 못 낼 일을 덜컥덜컥 저지르고 다니기도 했다. 남들 벌벌 떨며 아버지 주머니에서 백원짜리 훔칠 때 미연이는 만원짜리를 훔쳐내어 몇 날 며칠 쓰고 돌아다니다가 들켜서 죽지 않을 정도로 치도곤을 당했고, 제 덩치보다 두 배나 큰 급우의 머리털을 가죽째 뜯어놓기도 했으며, 처녀 적에는 가족들이 반대하는 단신 해외배낭여행을 쪽지 한 장 달랑 남겨놓고 떠나버리기도 했다. 그러나 식구들을 깜짝깜짝 놀라게 만드는 대범함도 몇 년에 한 번꼴로 구경할 수 있을 뿐, 평상시에는 코스모스처럼 하늘거리는 소녀나 마찬가지였다.

저 역시 살기 위해서는 어쩔 수 없었겠지, 윤수는 물기 먹은 목소리로 혼잣말을 중얼거렸다. 집마저 홀라당 날려버리고 삼백에 이십만원짜리 월세방에서 살아야 하는 제 처지도 딱했겠지만 하루가 다르게 무럭무럭 자라나는 아이를 봐서라도 쇠힘줄처럼 질기게 마음먹어야 했을 것이다. 또한 그러지 않고서는 말도 많고 탈도 많은 동네에서 야채가게라니 어림도 없는 얘기였다. 물건 떼어오고 배달 나가는 일이야 매제가 한다지만 파는 것은 온전히 누이의 몫, 밑바닥을 전전하며 살아온 사람들을 이른 아침부터 늦은 밤까지 상대한다는 자체가 여간 아귀차지 않고서는 천하에 다시없는 장사라도 배겨내기 힘든 일이었다. 또한 조금치만 허술하게 보였다간 손님들에게 코를 베이는 것은 둘째치고 주변 상인들에게 이용당하기 십상이었다.

그런 면에서 보면 미연이는 박산슈퍼 박 사장을 상대로 선전포고 한 번 제대로 한 셈이다.

박 사장은 원래 아무 이득도 없는 남의 일에 끼어들어서 참견 잘 하기로 유명짜한 사람이었다. 칠월 더부살이 주인 마누라 속곳 걱정 한다고, 자기와 아무런 연관이 없는 생판 남의 일에 넙죽넙죽 끼어들어서 당사자들이 새수못할 지경으로 집적거렸다.

한번은 이런 일이 있었다. 밤늦게 술 취해 돌아오는 길목에서 박 사장은 요금문제로 실랑이를 벌이던 택시기사와 취객을 만났다. 박 사장이 가던 발걸음을 멈춰 세워 가만히 듣자 하니 취객은 자기가 잠든 사이에 택시가 엄한 길로 에돌아와 바가지를 씌웠다는 주장이고 기사는 기사대로 얼마나 술에 떡이 됐으면 그렇게 깨워도 일어나지를 않느냐, 손님 집을 아는 것도 아니겠고 이 자리에서만 삼십 분을 허비했다며 혀를 내둘렀다. 박 사장 얼핏 생각에 기사 말이 백번 옳은지라 별 생각 없이 취객을 향해

"당신이 잘못했네. 젊은 사람 경우가 그러면 쓰나. 얼른 요금 내고 집에 가."

하고 호기롭게 말한 뒤 가던 길을 내처 걸었다. 이에 발끈한 승객은 택시는 요금 줘서 돌려보내고 인적 끊긴 소방도로를 따라 어칠비칠 걸어가는 박 사장의 뒤를 덮쳤다. 취중에 개 잡는다 생각하고 원없이 짓두들긴 모양으로 박 사장은 반병신이 다 되어서 병원으로 실려 갔고 입원한 지 보름 만에 퇴원을 했다. 그 홍역을 치르고 나서도 여전

히 집집마다 찾아다니면서 똥인지 된장인지 일일이 찍어 먹고 다니는 걸 보면 백정 가랑잎 물고 죽는다는 말이 실감이 났다.

참견하기 좋아하는 이들은 자기만 옳다고 생각하는 습성이 있는지 박 사장은 고집 중에서도 똥고집으로 소문이 자자했다. 고집도 부릴 때 가서 부리면 좋으련만 박 사장은 자기한테 터럭만큼이라도 불리하다 생각되면 앞뒤꼭지 따져보기도 전에 덮어놓고 고집부터 부렸다.

한겨레유통 최 사장과 사이가 틀어지기 전에 바둑을 두면서 귀동냥한 얘기에 의하면 중앙로 일대에서 도시가스가 들어가지 않는 집은 박산슈퍼밖에 없는데 그게 다 박 사장의 얼토당토않은 똥고집 때문이라는 것이었다. 아현동 가스폭발사고 때 단단히 경기가 들었는지 어쨌는지 도시가스 직원들이 중앙로 일대에 공사판을 벌이자마자 박 사장은 하얗게 질린 얼굴로 뛰어나와서 포크레인의 진입을 맨몸으로 가로막았다.

영문을 몰라 어리둥절해하는 인부들을 향해 박 사장은 동네 씨를 말릴 작정을 했느냐고 포문을 연 뒤 내 눈에 흙이 들어가기 전에 도시가스만큼은 절대로 못 들어온다고 으르렁거렸다. 인부들은 별 미친놈 다 보겠다는 표정으로 박 사장을 공사판 밖으로 몰아냈다. 그러자 박 사장은 길바닥에 드러누워 차라리 나를 죽이라고 고래고래 악을 쓰며 공사를 방해했다.

결국 인부들은 순번을 정해 돌아가면서 박 사장을 제지하기에 이르렀고, 사태가 제 뜻대로 돌아가지 않는다고 판단한 박 사장은 박산

슈퍼 앞에 '도시가스 결사반대'라는 플래카드를 내걸고 농성을 하는 한편, 감시의 눈길이 느슨해지기만 하면 관을 묻기 위해 파놓은 구덩이 속에 벌러덩 드러누워서 차라리 날 죽여라, 차라리 날 죽여라, 악장을 썼고 나중에는 인부들이 점심을 먹기 위해 자리를 비운 틈을 타서 포크레인 연료통에 모래를 집어넣기까지 했다. 결국 발각이 되어 왕창 돈을 깨먹긴 했지만 박 사장은 공사가 끝나도록 훼방을 놓았고, 공사를 마치고 돌아가던 인부들은 한결같이 고개를 절레절레 가로 저었다.

박 사장 성정이 그러하다 보니 박산슈퍼 건물에 세 든 상인들은 여간 시달림을 당하지 않았는데, 박 사장은 건물주의 위세를 등에 업고 남의 영업집에 무시로 드나들면서 장사를 그렇게 하면 되느니 안 되느니 초들어가며 사람 염장을 질렀다. 그러나 상인들은 뒷간 쥐한테 똥구멍을 물린 격으로 좋다 싫다 내색을 하지 못하고 벙어리 냉가슴만 앓았다.

미연이가 야채가게 문을 열었을 때도 박 사장은 제 가게라도 되는 양 간섭을 일삼았는데 실내공사를 할 때부터 제 안방인 양 들락거리며 도배지 색상부터 시작해서 진열장 위치까지 막내딸 신방 꾸미듯 참견을 해댔다. 물건이 들어오면 진열이 잘못됐다며 한마디 하고, 손님을 맞으면 흥정은 그렇게 하는 게 아니라며 간섭을 하고, 하다못해 서툰 칼질로 생선을 토막치는 곁까지 지키고 서서 감 내놔라 배 내놔라 해가며 덥적거렸다. 미연이는 그런 박 사장이 뇌꼴스러워 창자가 뒤틀릴 지경이었으나 우선 어른인데다가 미숙한 장사 손님 한 명만 들어서도 건몸이 달아 동동거리는 판국이라 꾹 참고 보아넘겼다. 그러면서 내심 제대로 걸리기만을 별렀는데 연말에 드디어 사단이 벌어졌다.

그날 미연이는 감기 기운이 도져 제 한 몸 추스르기 힘들었는지 아이는 아내 편에 올려보내고 장사도 어머니에게 떠맡긴 채 가게 골방에 이불을 뒤집어쓰고 누워 있었다. 몸이 아프니 자연 심사도 뒤틀려 몽롱한 약 기운 속에서도 제 팔자 원망해보는데 삐그덕 문이 열리면서 예의 박 사장이 들어섰다. 미연이는 제발 참견 좀 말고 그냥 가줬으면 하고 고사라도 지내고픈 심정으로 누웠는데 맨입으로 나갈 박 사장이 아니었다. 장사는 잘 돼냐고 어머니에게 말을 붙여가며 가게 안을 휘휘 둘러보던 박 사장의 시선이 반찬 냉장고로 향했고, 팔기 좋게 일 킬로그램씩 비닐 봉지에 담아둔 김치가 그의 눈길에 낚시바늘처럼 걸렸다. 일이 되려고 그랬는지 김치가 익으면서 봉지마다 빵빵하게 배가 불러 있었다.

"아니, 저걸 저렇게 두면 어떡해요? 공기가 빠지게 이쑤시개로 찔러놓던가 해야지 저대루 냅두는 사람이 어딨어요, 그래."

박 사장의 말이 떨어지기가 무섭게 이불을 뒤집어쓰고 누워 있던 미연이가 맨발로 뛰어나와서 반찬 냉장고 문을 열었다. 그리곤 배 부른 김치 봉지를 죄 꺼내서 종이 상자에 담은 뒤 젓가락으로 봉지를 푹푹 쑤셔댔다.

"자, 아저씨가 시키는 대로 했으니까 아저씨가 가지고 가서 파세요. 그리고 내일부터 난 장부 정리만 할 테니까 아저씨가 여기 지키고 앉아서 장사하세요."

"어, 어, 왜 그래?"

김치국물 줄줄 새는 종이 상자를 다짜고짜 떠넘기며 야멸차게 닦아세우자 박 사장은 몹시 당황한 얼굴로 뒷걸음질을 쳤다. 그러거나 말거나 미연이는 계속해서 종이 상자를 거칠게 안기며 가슴속에 쌓아둔 불만을 퍼부어댔다.

"왜 그러다니요? 난 종업원이고 이 가게 주인은 아저씨 아니에요? 주인도 아니면서 내가 시어 꼬부라진 김치를 팔든 썩은 동태를 팔든 아저씨가 뭣 땜에 참견한대요? 가게를 망해먹어도 내가 망해먹을 것이요, 장사를 개떡같이 해서 욕을 얻어먹어도 내가 먹을 텐데 왜 이렇게 추근대냐 이 말입니다."

"추근대다니 거 참. 정희 엄마, 말 참 이상하게 하네?"

"그럼 아저씨가 지금 여기 볼 일 있어서 왔어요? 물건 살 거 있어서 왔냐구요! 추근대는 게 아니면 왜 남의 가게 볼 일도 없이 들락거리면서 이래라저래라 귀찮게 구냔 말예요. 내가 아저씨 마누라요 아님 딸년이요? 건물 주인이면 건물 주인답게 월세나 챙기세요. 괜히 남의 가게 기웃거리면서 사람 성가시게 굴지 말고. 그리고 앞으로는 물건 팔아줄 거 아니면 여기 얼씬도 하지 마세요, 알았죠? 알아들었으면 얼른 나가세요, 신경 쓰이니까."

미연이는 박 사장이 뭐라고 부접을 못 하게 오금을 박은 뒤 야멸차게 돌아섰다. 젊은 새댁에게 호되게 꾸지람을 당한 박 사장은 얼굴이

벌게져서 허 참, 허 참, 소리만 연발하다 돌아나가고 말았다. 뒤에서
그 모양을 지켜본 어머니는 건물 주인에게 너무 심한 거 아니냐고 걱
정스레 한마디 했지만 미연이는 우리가 뭐 죄졌냐고 잘라 말한 뒤 미
뤄둔 일감을 끌어안았다.

그날 저녁, 사내 체면에 낯 부끄러운 줄도 모르고 박 사장이 강화
댁에게 오후에 있었던 일을 고스란히 고해바친 모양으로 강화댁이
가게 문을 밀고 들어왔다. 남편의 성정을 누구보다 잘 아는 강화댁은
낮에 무슨 일이 있었느냐고 미연이를 넌지시 떠보았다. 그러자 미연
이는 기다리고 있었다는 듯이 그간의 쌓인 불만을 조목조목 짚어가
며 사람 사는 경우가 그렇지 않느냐고 따져묻는 것으로 말맺음을 했
다. 사리 분명한 소리에 지그럭거릴 명분을 잃은 강화댁은 미안하게
됐다며 그대로 돌아나가서 사람이 왜 그렇게 채신머리없이 굴고다
니냐고 남편에게 한바탕 잔소리를 퍼부어댔다.

그 일이 있은 뒤로 인근 상인들은 나이도 어린 새댁이 참으로 배포
도 좋다며 미연이에게 토박이 대접을 해주었다. 그러나 윤수는 몰라
보게 억척스러워진 누이가 측은할 따름이었다. 타고난 성정이 억척
스럽다면 모를까, 윤수의 눈에는 사리무는 미연이의 모습이 그저 짠
하고 일견 걱정스럽기도 하였다.

장사 밑천을 대주면서 이자 따위는 필요도 없고 아무 때나 셈평이
펴이는 대로 갚으면 된다는 윤수의 말에 미연이는 단호한 눈빛으로
고개를 가로저으며 무슨 소리냐고, 이자 꼬박꼬박 쳐줄 테니 오빠는
보고만 있으라고 대꾸한 뒤 삼 년 안에 빚으로 빼앗긴 아파트를 되찾

고 말겠노라는 장담까지 했다. 그러나 윤수는 누이의 결연한 눈빛이 마음에 걸렸다. 사람이 뼈를 사리물고 덤벼들면 해내지 못할 일이 무에 있을까만 그만큼 망가지기도 쉬운 노릇이라 윤수는 그저 미연이가 고유의 심성을 잃지 않기만을 빌었다. 다행히도 아직까지 미연이는 열심히 살아갈 궁리에 바쁠 뿐 돈맛에 홀려 눈이 돌아가는 기색은 눈곱만큼도 찾아볼 수가 없었고 베풀기 좋아하는 성미도 여전했다.

한 일 주일 됐을까, 일찌감치 퇴근한 윤수의 눈에 한겨레유통 앞에서 종이상자를 수거하는 팔순 노파가 눈에 띄었다. 그런데 때마침 리어카를 끌고 골목을 돌아나온 권 영감 내외가 노파를 향해 발걸음을 재우치더니 그이가 아픈 허리 콩콩 두드려가며 애써 모아놓은 종이상자를 그악스럽게 낚아챘다. 노파가 뭐라고 항변을 하기도 전에 권 영감은 십여 장 안팎의 종이 상자를 불끈 들어올려 리어카에 실어버렸고, 할멈은 노파 앞에 떡 버티고 서서 왜 남의 구역을 가로채느냐고, 죽을 날 가까웠으면 북망산 찾아갈 준비나 할 노릇이지 도적질은 왜 하느냐고 사뭇 위협조로 으르딱딱거렸다. 그에 기가 죽은 노파는 미안하게 됐다고 머리를 조아리며 책가방 크기의 손수레를 끌고 쪼작쪼작 돌아섰다. 할멈은 그런 노파의 등뒤에 대고 앞으로 조심하라고 못을 박았다.

눈앞 풍경에 어이가 없어진 윤수는 권 영감 앞을 가로막고서 길가에 내놓은 쓰레기에 임자가 어디 있으며 불쌍한 노인에게 해도 너무하는 거 아니냐고 단단히 따져묻고 싶었지만 그냥 그 자리에 우두커니 서서 노파만 물끄러미 지켜보았다. 권 영감 내외에게 등을 떠밀린 노파는 쪼작걸음으로 길을 건너더니 누이의 가게 앞에 멈춰 섰다. 그리곤 스티로폼 상자에 담아 내놓은 조기를 하염없이 바라보며

"에구, 박스를 얼마나 주워 팔아야 저놈 한 마리 먹어볼꼬."

하고 꺼져들어가는 목소리로 탄식을 했다.

가게 앞을 빗자루로 쓸고 있던 미연이도 그 소리를 들었는지 힐끗 뒤를 돌아다보았다. 미연이는 잠시 무언가를 생각하는 눈치더니 마른침을 꼴딱꼴딱 삼켜가며 걸음을 떼어놓는 노파를 불러세웠다. 그리곤 조기 다섯 마리를 칼질해서 봉투에 담아 노파에게 건넸다. 노파가 황감한 눈길로 어쩔 줄을 몰라하자 미연이는 비린 게 먹고 싶을 때는 언제든지 찾아오시라고 덧붙이며 사양하는 노파의 손에 봉투를 억지로 쥐어주었고, 마지못해 봉투를 받아든 노파는 짓무른 두 눈가에 눈물을 글썽였다.

그 모습을 지켜본 윤수는 적이 마음을 놓았으나 그렇다고 불안이 완전히 가신 것은 아니어서 괜찮을 거라고, 세상 사람 다 변해도 미연이만큼은 고운 심성 지키며 살아갈 거라고 기도문 외우듯 되뇌었다.

"바빠 죽겠다니까 거기 서서 뭐 해?"

전봇대에 기대어 서서 상념에 잠겨 있던 윤수는 이층 난간에서 새된 소리를 질러대는 아내의 목소리에 퍼뜩 정신을 차렸다. 그는 미안하다는 뜻으로 손을 흔들어 보인 뒤 성큼성큼 발걸음을 재우쳐 담장

110

끝에 붙박인 쪽문을 밀었다. 이층으로 오르는 계단에는 푸뜩푸뜩하던 싸라기눈이 제법 송이져서 자취를 남겨놓았고, 허공을 우러르니 분분한 싸라기눈 속에 꽃잎 같은 눈송이들이 간간이 섞여 있었다.

"형님, 축하합니다. 이번에도 대박 터뜨렸다면서요?"

집 안으로 들어서자 언제 왔는지 큰매제가 기다렸다는 듯이 그의 손을 잡고 흔들어댔다. 윤수는 자기 일처럼 기뻐해주는 큰매제의 호의는 고마우나 어쩐지 떳떳치 못한 기분이어서 서둘러 악수를 풀었다. 그러나 윤수의 꺼림칙한 속마음을 알 길이 없는 큰매제는 출판사 일을 가운데 놓고 신바람을 냈다.

"이야, 대박을 연달아 터뜨리다니 아주머니도 고생 다했습니다그려. 책 낸 지 석 달도 안 돼서 십만 부라니 호박이 넝쿨째 굴러들어오는 소리가 데굴데굴 들리는걸요. 좌우지간 형님, 대단하네요. 작년에도 삼십만 부짜리 터뜨리더니 곧바로 십만 부라, 형님 요즘 쇠스랑으로 낙엽 긁는 기분이겠네요? 석 달에 십만 부면 앞으로도 줄창 팔릴 거 아닙니까. 형님, 조만간에 우리 남자들끼리 도킹해서 요정이라도 한번 쏩시다."

"원 사람두, 무안하니까 그만 하세."

"그만 하긴요, 난 요새 직장에서 형님 자랑하는 재미로 사는걸요. 신문광고 들이밀면서 우리 형님이 낸 베스트셀러라고 하면 애들이 처남 잘 둬서 좋겠다고 깜북 죽습니다. 그나저나 이럴 줄 알았으면 나도 형님 좇아서 출판사나 차릴 걸 그랬어요. 안 그래, 여보?"

"아이구, 관두셔. 증권 한답시고 그만큼 날려먹었으면 됐지 하나

남은 아파트마저 털어먹으려구. 출판사는 뭐 아무나 하는 줄 알아?"

주방일을 거들던 누이는 입을 삐쭉 내밀면서도 얼굴에 웃음이 만연하다. 윤수는 전에 살던 집에 가서 우편물을 찾아오겠다는 핑계로 자리를 털고 일어섰다. 어른들이 오시기 전에 다녀와야 할 일이기도 했지만 영 뒤꼭지가 켕겨서 큰매제의 추어올리는 소리를 더는 듣고 있을 수가 없었다. 계속 앉아 있다가는 큰매제의 장단에 맞춰 우쭐거릴지도 모르고 그러면 참을 수가 없을 것만 같았다.

현관을 나서니 하늘이 온통 벚나무 밑인 듯 솜털 같은 눈송이가 허공을 빽빽이 메웠고 길바닥은 마악 쌓이기 시작하는 눈으로 중늙은이의 귀밑머리처럼 희끗거렸다. 윤수는 계단을 향해 걸어가며 담배를 입에 물었다. 요즘 들어 마음고생이 자심한 탓인지 담배가 부쩍 늘었다. 윤수는 거실 창문 앞을 지나치면서 아이들과 놀고 있는 큰매제의 얼굴을 흘낏 쳐다보았다. 바작바작 타들어가는 남의 속도 모르고 대단하다느니 고생이 끝났다느니 해가며 어린애처럼 즐거워하던 매제에게 그는 내심 섭섭함을 느꼈다.

배부른 소리 같겠지만 윤수는 책이 잘 팔릴수록 양심의 가책을 받았다. 두고두고 남을 책을 만들어보겠다고 가산 탕진해가며 뛰어다니던 시절이 전생의 일인 양 아득하게만 여겨졌다. 빚에 쫓겨 아파트를 팔아치웠을 때도 윤수는 옳은 일을 하고 있다는 자긍심만은 잃지 않았다. 그러나 직원들 월급이 몇 달씩 밀리고 돌아오는 어음을 막지 못해 회사가 당장 문을 닫을 처지에 놓이자 더는 자긍심을 지킬 수가 없었다. 결국 처가의 돈을 끌어들이면서 윤수는 양서고 나발이고 밤낮없이 팔릴 만한 책들만 궁리하기 시작했고 작년에 드디어 결실을 보았다. 그는 대학 후배인 모 연예인을 끌어들여 구십년대 최고의 담론이었던 섹스를 그럴듯하게 포장해냈고 책은 날개 돋친 듯이 팔려나갔다. 물론 운도 작용하기는 했다. 그 책이 인기 절정의 드라마 화면에 두어 번 나온 것이 결정적인 상승작용을 했고, 일단 책이 빠지기 시작하자 스포츠 신문사에서 앞다퉈 탤런트 모양의 고백이라는 제하의 기사들을 내보냈다. 덕분에 윤수는 모든 빚을 청산하고 어느 정도의 여력까지 갖출 수가 있었다.

그러나 차차 시간이 지나면서 스스로를 돌아다볼 여유가 생기자 그래, 돈은 벌어야지, 하고 한마디씩 하던 지인들의 얼굴이 눈에 밟히기 시작하면서 양심을 저버렸다는 자괴감이 스멀스멀 전신에 기어올랐다. 사람이 살아야지 양서고 나발이고 만들 거 아니냐고, 돈을 벌어서 더 좋은 책을 만들면 되지 않겠냐고 스스로에게 항변을 해보아도 자기 자신이 창녀나 다름없다는 생각이 뇌리에서 떠나질 않았다. 주변에서 돈 많이 벌게 됐으니 얼마나 좋겠느냐고 부러워해가며 한턱내라고 추어올려도 윤수의 귀에는 순결한 몸뚱이 팔아 먹고 사니 기분좋냐고 힐난하는 소리로 들리기 일쑤였다. 뿐만 아니라 베스트셀러 낸 걸 부러워하기만 할 뿐 출판인의 소양을 들먹여가며 그따위 쓰레기도 책이라고 내놨냐고 비판하는 소리 하나 없는 현실도 서글펐다.

"후후, 사명감이 밥 먹여주진 않겠지……."

윤수는 계단을 내려가 쪽문을 열며 무심히 스치듯 혼잣말을 중얼 거렸다.

윤수는 담벼락 옆에 주차해놓은 프라이드를 향해 다가가다 말고 투덕투덕 실랑이를 벌이는 소리에 우뚝 걸음을 멈춰세웠다. 고개를 드니 한겨레유통 문가에 최 사장과 박 사장이 마주 서서 서로 얼굴 붉혀가며 언쟁을 벌이고 있었는데 눈치를 보아하니 박 사장이 개버 릇 남 못 주고 또다시 남의 장사에 참견을 하고 나선 모양이다. 윤수 는 차의 시동을 걸며 도대체 뭐라고 시비를 벌이나 귀를 기울였다.

"이 사람아, 동네 장사 그렇게 하는 게 아냐. 정 그런 식으로 장사 를 하려거든 딴 데 가서 해. 괜히 다른 상인들 욕보이지 말고."

"글쎄 참견 마시래두요. 내 장사 내가 알아서 하겠다는데 아저씨 가 웬 참견이냔 말입니다. 그렇게 할 일이 없어요?"

"그럼 지금 잘했다는 거야? 소주값 오른다고 창고에 쟁여놓고 내 놓질 않는 게 잘하는 짓이냔 말야. 얼마나 벌어먹겠다고 그렇게 치사 한 짓을 해. 사람이 그러는 게 아냐."

"이봐요, 아저씨. 남의 제삿날 우기지 말고 가서 아저씨 장사나 하 세요."

"이봐, 젊은 사람이 왜 그렇게 말귀를 못 알아들어? 내가 저기서만 삼십 년 가까이 슈퍼를 해온 사람이야. 내 낯이 뜨거워서 그래."

윤수는 두 사람의 얘기를 엿듣다 말고 빙그레 미소를 지었다. 남의 일에 실없이 끼어들어 객쩍은 참견만 일삼던 박 사장이 저렇게 입바른 소리를 할 때가 다 있다니 사람 참 오래 살고 볼 일이라는 생각을 하며 윤수는 기어를 넣었다.

미끄러지듯이 출발한 윤수의 차는 중앙로를 빠져나와 공단 방향으로 향했다. 간선도로를 타고 오 분쯤 달렸을까, 참전비 우뚝 솟은 공원이 시야에 잡혔다. 그는 공원을 끼고 좌회전을 해서 몇 동의 아파트와 함께 연립단지들이 밀집해 있는 주택가로 접어들었다. 주차 공간이 모자라 항상 전쟁을 치르는 황실빌라 주차장은 일요일 오후라 그런지 띄엄띄엄 자리가 나 있었다. 윤수는 주차를 하며 빌라 전면에 걸린 플래카드를 쳐다보았다. 노란색 바탕에 검정 글씨가 박힌 플래카드에는 '외부차량 주차금지. 단 오 분도 허용 안 됨. 주민 일동' 이라는 글귀가 언젠가 단독주택 앞을 지나다가 보았던 '주차시 빵구 내도 책임 안 짐' 이라는 협박 못잖게 위압적으로 느껴졌다.

차에서 내려 연립 입구를 향해 걸어가던 윤수는 마치 도둑질하러 온 사람처럼 주변을 도리반거렸다. 우편물을 찾으러 왔을 따름인데 혹여 과수댁과 얼굴을 마주치지나 않을까 하는 걱정이 꺼림칙하니 발목을 붙잡았다. 과수댁과 마주친들 소 닭 보듯 고개 돌려 우편물만 챙기면 그만인데도 마주치는 자체가 진저리쳐지도록 싫어서 우편물이고 뭐고 발길을 되돌리고만 싶었다. 연립 입구를 향해 한 발 한 발 내디딜수록 이사 당일 과수댁과 벌였던 일전이 생생하게 되살아나면서 팔뚝에 오소소 소름이 돋고 머리 쪽으로 피가 쏠렸다.

어려서부터 이사 숱하게 다녔던 윤수는 세상에 이사 이사 해도 그 날처럼 골탕먹기는 처음이었다. 이 년 만에 집을 빼주는 만큼 윤수는 과수댁이 살갑게 굴지는 않을망정 그간 미안하게 됐다는 소리 한마디쯤 해가며 좋게 헤어질 줄 알았다. 더욱이 집을 구할 수 있는 여유를 보름밖에 안 주는 바람에 애먹인 걸 생각하면 미안하다는 사과 한마디쯤 해야 옳았다.

지금도 윤수는 날짜가 안 맞아 집을 구하지 못해 동동거린 생각을 하면 등허리에 식은땀이 쪽 흘렀다. 방 두 개짜리 집은 쌔고쌨는데 방 세 개짜리 집은 아예 비어 있는 게 없었고 그나마 부동산에 나와 있는 집들도 한결같이 약속이나 한 듯 이사 날짜가 한 달 뒤쪽이었다. 똥줄이 타다 못해 나중에는 이삿짐센터에 짐을 보관해놓고 한 달 기한을 맞출 궁리까지 다 했다.

그러나 이삿짐을 싣고 나타난 과수댁은 미안한 기색은커녕 외려 도끼눈을 부릅뜨고서 혹여 어디 망가진 곳이 없는가, 하고 집 안 구석구석을 짯짯이 살피기부터 했다. 그러거나 말거나 윤수는 홍, 우리 가족만큼 남의 집 깨끗이 쓰는 사람도 드물 거다, 하고 코방귀를 뀌어가며 과수댁 하는 양을 지켜보았다. 그러나 초인종이 고장난 걸 발견해낸 과수댁은 두 눈에 시퍼렇게 날을 세우더니 앙칼진 목소리로 수리비 이만원을 내놓으라고 으르딱딱거렸다. 초인종이 언제 고장난 줄도 모르게 노크 소리만으로 살아왔던 윤수는 과수댁이 초인종이 고장났다고 얘기할 때만 해도 그깟 고쳐주면 될 거 아니냐고 대수롭잖게 생각했다가 느닷없는 이만원 소리에 눈에 불이 튀었다. 초

116

인종을 새로 해달아도 그보다 싸게 먹히겠다고 얘길해도 과수댁은 막무가내였다. 이만원을 내놓으라고 욱대기는 와중에도 과수댁은 집 안을 휘둘러가며 싱크대 손잡이 하나까지 이상유무를 살폈다. 그러다가 안방 장판이 손가락만큼 찢어진 걸 발견하고는 초인종 얘기는 뒷전으로

"어머 어머, 세상에 저 장판 찢어놓은 것 좀 봐. 전세 안 빼준다고 입에 담을 소리 못 담을 소리 가리지 않고 해가며 그렇게 사람을 골탕먹이더니 기어이 저런 식으로 앙갚음을 하네."

하고 파렴치한을 여기서 본다는 듯 두 눈을 까뒤집었다. 너무 어처구니가 없는 나머지 윤수는 두 주먹이 다 부들부들 떨렸다.

"뭐 이런 여자가 다 있어? 이보쇼, 저 장판 당신이 깔았어, 당신이 깔았냐구? 내가 사서 간 장판 내가 찢어먹건 볶아먹건 당신이 무슨 상관이야. 보자 보자 하니까 별 개같은 경우를 다 보네. 뭐, 앙갚음을 해? 그리고 누가 누구를 골탕먹였다고? 이 년간 이사 못 가게 한 것으로도 모자라서 이사 날짜 달랑 보름 줘서 갖은 고초 다 겪게 만들더니 뭐, 골탕?"

윤수가 두 눈에 파랗게 불을 켜자 과수댁은 초인종 수리비로 화제를 돌렸다. 윤수는 더이상 입씨름을 하다가는 머리가 돌 것만 같아서 기술자를 데리고 와서 고쳐줄 테니 기다리라고 말을 자른 뒤 전파상으로 갔다. 전파상에서 데려온 기술자는 초인종 커버를 뜯어보더니 퓨즈가 나갔다면서 출장비로 칠천원만 받아갔다. 기술자를 돌려 보내고 이제 됐죠, 하는 눈으로 과수댁을 쳐다보자 그녀는 현관 밖에

내놓은 쓰레기를 가리키며 쓰레기 수거비로 만원을 내야 한다고 내세웠다. 윤수는 고만 너털웃음을 터뜨리고 말았다. 투명 비닐봉지에 담겨 있는 쓰레기는 달력 나부랭이 따위로 꾹꾹 구기면 주방에서 쓰는 여느 쓰레기통 반도 채 안 찰 양이었다. 하 어이가 없어 기운이 다 빠진 윤수는 이십 리터짜리 쓰레기 봉투 한 장 사다 주면 되겠냐고 물어보았다. 그러자 과수댁은 이삿짐 쓰레기는 치워가질 않는다면서 굳이 만원을 받아야겠다고 욱대졌다.

"이봐요, 아줌마. 쓰레기는 내가 가져갈 테니 그만 보증금이나 계산합시다."

말도 안 되는 시비에 지칠 대로 지친 윤수는 고만 털썩 주저앉고 말았다.

윤수는 부디 과수댁과 맞닥뜨리지 않기를 기도하는 심정으로 연립 입구에 들어섰다. 다행히도 계단에서 정면으로 바라다보이는 102호 현관문은 굳게 닫혀 있었다. 윤수는 안도의 한숨을 내쉬며 우편함에 보관되어 있는 우편물을 챙긴 뒤 연립 입구에 서서 담배에 불을 붙였다. 그때였다. 야, 이 개같은 년아! 하고 파르르 떠는 고함소리가 102호 현관문 밖으로 새어나왔는데 언젠가 수화기 저쪽에서 악장을 쳐대던 바로 그 목소리였다. 목소리는 계속해서 이어졌다.

"나도 좀 살자. 이 망할 년아, 나도 좀 살자구우. 에미 피를 빨아도 유분수지 차라리 날 정육점에 내다 팔아라. 나도 더이상 살고 싶은 마음 없다. 이날 입때껏 난들 살고 싶은 날이 단 하루라도 있었는 줄

118

아냐, 그래 차라리 잘됐다, 너나 나나 이렇게 살 바에야 오늘 칵 죽어
버리자, 죽어버리자구우!"

과수댁의 울부짖음과 함께 우당당탕, 씨름하는 소리가 들려왔고
뒤이어 엄마, 잘못했어, 엄마, 잘못했어, 하고 금방이라도 숨 넘어갈
듯한 목소리와 함께 어허엉, 하는 울음소리가 터져나왔다.

윤수는 둔기로 뒤통수를 얻어맞은 듯 덴겁하여 피우던 담배를 떨
어뜨렸다. 그는 도근거리는 가슴을 애써 가다듬으며 귀를 기울였다.
과수댁의 울음소리는 점차 흐느낌으로 바뀌고 그 곁에서 흑흑 느껴
우는 또다른 울음소리가 섞여들었다. 그러다 두 울음소리 모두 서서
히 잦아들더니 마침내 아무런 소리도 들리지 않았다. 얼어붙은 듯 붙
박여 있던 윤수는 허둥지둥 연립을 빠져나와서 차의 시동을 걸었고,
미나리골에 당도하기까지 그는 내내 목이 말랐다.

간선도로에서 중앙로 진입로로 방향을 튼 윤수는 기어를 일단에
놓고 미나리골로 들어섰다. 동네에 닿기까지 윤수는 내내 과수댁을
떠올렸다. 함박눈이 시야를 가리고 쌓인 눈으로 길이 미끄러운데도
윤수는 과수댁의 울음이 자꾸만 귓가에 어른거려 운전에 집중을 하
지 못했고, 선득한 느낌에 깜짝 놀라 정신을 차려보면 앞차의 뒷범퍼
가 눈앞으로 불쑥 다가와 있곤 했다. 중앙로에서도 윤수는 옥생각에
사로잡혔다가 하마터면 골목에서 뛰어나오는 아이를 칠 뻔했다. 서
행을 하기도 했지만 과속 방지턱을 넘는 느낌에 상념을 떨구었기에
망정이지 큰일 낼 뻔했다. 윤수는 정신을 바짝 차려서 전방을 주시하

며 차를 몰았다. 윈도 브러쉬가 더 바삐 움직이는데도 눈은 펑펑 날려 차창을 덮었다.

삼거리에 당도한 윤수가 마악 한겨레유통 앞을 지나치는데 젊은 아낙네 하나가 아악, 비명을 지르며 한겨레유통 문 밖으로 뛰어나왔다. 요크셔테리어를 품에 안은 모습이 미연이에게 욕을 바가지로 얻어먹은 바로 그 여자였다. 윤수는 무슨 일인가 하여 차를 세우고 동정을 살폈다. 곧이어 반나마 빈 소주병을 손에 든 최 사장이 문 밖으로 불콰하게 술기운이 오른 얼굴을 내밀었다.

"장사 안 한다는데 뭔 말이 많어. 왜 기분 나빠? 나 원래 이런 놈이야. 그러니까 그만 꺼지란 말야!"

최 사장은 혀 풀린 목소리로 아낙네를 향해 게정을 부린 뒤 슈퍼 안으로 모습을 감추었다. 윤수는 동네를 나갈 때 최 사장이 박 사장과 다투던 모습을 떠올리며 어지간히 속이 뒤집혔던 모양이라고 지레짐작하며 삼거리를 돌아 담벼락 옆에 차를 주차시켰다. 그러나 잠시 게정을 부리고 말 줄 알았던 최 사장은 삼분의 일쯤 술이 남은 소주병을 들고 밖으로 나오더니, 한겨레유통과 박산슈퍼 중간 어름에 서서 벌컥벌컥 나발을 불어 깨끗이 비운 소주병을 땅바닥에 패대기쳤다. 쨍그랑, 병이 박살나는 소리에 길가던 사람들이 죄 길가로 피했다.

"야 박 사장, 밖으로 나와! 뭐가 어쩌고 어째? 장사를 그 따위로 하면 안 된다고? 니가 뭔데 나한테 이래라저래라 훈계야. 내가 그렇게 만만해 보이냐? 씨발놈, 엿먹는 소리하고 자빠졌네. 그래, 먹고살려고 나는 장사 개떡같이 했다. 그래서 어쩔 건데? 웃기지 마, 임마. 그런 네 놈은 뭐가 얼마나 잘났냐? 뭐가 얼마나 잘났냐구. 박 사장 너도 똑같은 새끼야. 네 놈은 무슨 용가리 통뼈인 줄 알아. 개자식아, 가게 안에 있는 거 다 아니까 숨어 있지 말고 이리 나와서 대답 좀 해봐!"

최 사장은 박산슈퍼를 향해 연방 삿대질을 해가며 고래고래 악을 써댔다. 그 소란에 저녁 찬거리를 사러 나온 여자들은 물론이고 인근 상인들과 눈싸움에 여념이 없던 아이들까지 최 사장 주변에 우우 모여서 구경을 했고 그 속에는 리어카를 세워둔 권 영감 내외도 끼어 있었다.

"어쭈, 안 나온다 이거지? 씨발놈아, 그 잘난 얼굴 좀 보게 나와보란 말이야!"

구경꾼이 몰리건 말건 술에 취해 비틀거려가며 길길이 날뛰던 최 사장은 목이 타는지 마른 혀로 입술을 핥은 뒤 제 가게로 가서 궤짝에 담겨 있던 그린소주 한 병을 꺼내들고 뚜껑을 땄다. 그리곤 나발을 불었다. 깡소주를 들이붓던 최 사장은 아무리 생각해도 울화통이 터져서 못 살겠던지 마시던 소주병을 다시금 바닥에 패대기치면서 화풀이할 만한 대상을 찾아 두 눈을 희번덕거렸다. 그런 그의 눈에 가게 한켠에 둥덩산처럼 쌓아놓은 술궤짝이 걸려들었다. 그는 층층이 쌓아올린 술궤짝을 거칠게 밀어 자빠뜨렸다. 술궤짝 더미가 무너지면서 그 안에 담겨 있던 빈 병들이 요란한 소리를 내며 구슬처럼 길바닥 위로 좌악 흩어졌고 구경꾼들도 덩달아 뒤로 물러났다.

"야, 박 사장. 이 더러운 새끼야. 이 최영만이가 내일부터 여기서 장사를 하면 개아들놈이야. 그렇지만 너희 잘난 놈끼리 얼마나 잘 먹고 잘사는지 똑똑히 두고 볼 테다. 뭘 봐, 이 씨발놈들아. 너희들도 똑같은 놈들이야. 그러니까 착각들 하지 말라구. 에이, 퉤에!"

최 사장은 가래침을 돋워올리며 슈퍼 안으로 사라졌다. 그러나 구경꾼들은 삼삼오오 모여서 웅성거릴 뿐 좀처럼 흩어질 생각을 하지 않았다. 윤수도 어머니와 누이 곁에서 행여 구경거리가 더 있지 않을까 하고 발걸음을 떼지 않았다. 그러나 최 사장은 끝내 슈퍼 밖으로 모습을 드러내지 않았다.

함박눈을 머리에 인 구경꾼들은 더이상 아무 일도 일어나지 않자 하나둘 자리를 뜨기 시작했고 구경꾼들이 떠나간 빈 자리에 남은 권 영감 내외는 눈밭에 뒹구는 빈 병들을 신바람 내가며 리어카에 주워 담았다.

리어카에 빈 병들이 쌓여가는 하늘엔 금년 들어 처음 내리는 함박 눈이 적막하게 허공을 그어댔는데 여간해선 눈이 쌓이질 않는 인천에서는 몇 년 만에 보는 폭설이었다.

귀향

송씨는 누가 말릴 겨를도 없이 LPG 가스통을 어깨에 걸터메고 조립식 건물 이층에 위치한 사무실을 향해 성큼성큼 걸음을 떼어놓았다. 송씨는 이층으로 오르는 철제 계단 앞에서 가스통을 내려놓은 뒤 가스통의 손잡이를 단단히 움켜쥐었다. 동료들은 어어, 하고 웅성거리면서도 송씨를 제지하지 않았다. 송씨는 그런 동료들의 시선을 등뒤로 느끼며 가스통을 질질 끌고서 철제 계단을 올랐다.

자정을 넘겨 퍼붓기 시작한 폭설은 나뭇가지가 부러지도록 용을 쓰고도 무서운 기세로 허공을 그어댔다. 수만 마리의 새떼가 일제히 날아오를 때처럼 눈송이로 뒤덮인 허공엔 한치의 틈도 없었다.

　도로변의 가로등들은 적막한 눈에 갇혀 제 앞에 휘어진 나뭇가지나 비출 뿐 발치에 버려진 쓰레기봉투조차 내려다보지 못했다. 고개 아래서 웅웅거리는 공단의 불빛도 폭설에 먹혀 보이질 않았고 고개 밑에서 보면 진주목걸이처럼 여겨지던 산동네의 갓등들도 가뭇없이 사라졌다. 불빛뿐만 아니라 공단 너머로 펼쳐진 바다에서 불어오는 삭풍마저 눈발에 먹혀 후우후우, 입김 부는 시늉마저도 내지 못했다. 광활한 갈대밭 속에서 길을 잃은 아이처럼 사위를 짐작할 수조차 없어 허공을 우러르면 하늘이 통째로 무너지는 두려움에 숨이 컥 막

했다.

스스로 대지가 된 눈은 도로변에 주차된 차량들을 남김없이 지하에 묻어버리고 도로를 숨골 삼아 풍만한 여인의 젖가슴처럼 치솟은 산동네조차 납작하게 파묻어버렸다.

도로와 인도의 경계가 사라지고 눈의 무게를 이기지 못해 축축 늘어진 고압선은 지나가는 차만 있으면 당장에라도 지붕을 덮칠 듯 위태로워 보였다. 그런 위험을 아는지 모르는지 공단을 마주 보는 고갯길 반대쪽에서 비상등을 켠 택시 한 대가 전조등 불빛을 휘저어가며 엉금엉금 기어왔다.

택시가 노인의 쪼작걸음이나 다름없는 속도로 전진하는 내내 뽀드득뽀드득, 바퀴에 눈 깔리는 소리가 쉼 없이 차 꽁무니에 매달렸고 네 바퀴가 과속방지턱을 넘을 때에는 차 지붕에 이불보따리처럼 얹혀 있던 눈더미가 풀썩, 무너져내렸다. 택시는 시야를 확보하기 위해 와이퍼를 최대 출력으로 가동했으나 눈보라를 걷어내기에는 역부족이었다. 고갯마루에서 송림삼거리까지 고작 백여 미터 남짓한 거리를 헤쳐오는 동안 택시는 둥덩산 같은 리어카를 끌고 산동네를 한 바퀴 돌고 난 청소부처럼 허덕거렸다.

송림삼거리 횡단보도 앞에 멈춰 선 택시는 허름한 차림새의 중년 사내를 내려놓았다. 그러나 만취한 사내는 택시에서 내리자마자 중심을 잃고 눈 쌓인 바닥에 나뒹굴었다. 다치지 않았느냐는 기사의 물음에 사내는 제법 호기로운 태도로 괜찮으니 그만 가보라고 손사래를 쳤다. 몸을 추스린 사내가 문을 닫아주자 택시는 깊은 산골처럼

126

인적이 끊긴 거리를 따라 엉금엉금 기어가기 시작했는데 비상등을 깜박이며 멀어져가는 뒷모습이 천리길을 다잡아야 하는 심부름꾼처럼 막막해 보였다.

　택시를 떠나보낸 송씨는 취기와 졸음이 뒤범벅된 몸을 가누지 못하고 그만 눈 덮인 경계석에 풀썩 주저앉고 말았다. 작업복 가방을 끌어안고 허연 입김을 무럭무럭 피워내는 그의 입가에는 피딱지가 더껑이졌고 풍선처럼 부풀어오른 오른쪽 눈두덩에는 푸르죽죽한 멍이 들어 있었다. 그러나 술에 전 송씨는 별다른 아픔을 느끼지 못하는 눈치로 깜북 졸기까지 했다.

　담배 한 대 필 쯤이나 졸았을까, 화들짝 놀라며 잠에서 깨어난 송씨는 가죽잠바 안주머니를 허둥지둥 뒤졌다. 묵직한 돈봉투를 확인한 송씨는 안도의 한숨을 내쉬었다. 돈봉투를 꺼내든 송씨는 돈을 세기 전에 주위를 힐끔힐끔 살폈다. 그러나 폭설에 파묻힌 새벽 거리에는 인기척은커녕 오가는 차 한 대 없었다.

　송씨는 빳빳한 만원권 지폐 다발에 일일이 침을 발라가며 느긋한 마음으로 수를 헤아렸다. 머리와 어깨에 수북이 눈이 쌓여가도 돈 세는 일에 정신이 팔린 송씨는 그깟 눈쯤 안중에도 없다. 에누리 없는 삼백만원을 확인한 송씨는 만족스런 표정으로 돈다발을 가죽잠바 안주머니에 챙겨넣다 말고 무춤거렸다.

　송씨는 안주머니를 뒤적거려 반으로 접힌 돈뭉치를 끄집어냈다. 송씨는 삼십만원 남짓한 돈뭉치를 내려다보며 고개를 갸웃거렸다.

이리저리 머리를 공굴려보았으나 돈의 정체를 알 수가 없다. 포장마차에서의 술값도 부담스러운 그의 호주머니에 난데없는 삼십만원이라니, 송씨는 난감한 표정으로 돈뭉치를 살폈다. 물끄러미 돈뭉치를 살피던 송씨는 구깃구깃한 지폐의 주름을 발견하곤 피식, 어이없는 미소를 지었다.

허, 썩을 놈! 송씨는 궁기로 찌든 박가의 얼굴을 떠올리며 마치 그가 곁에 있기라도 한 듯 혼잣말을 중얼거렸다. 박가의 돈이 어떤 경로로 그의 주머니로 옮겨왔는지 기억은 나지 않지만 코 풀고 버린 휴지처럼 구겨진 지폐를 보면 틀림없는 박가의 돈이었다.

지난 십여 년간 송씨와 단짝을 이뤄 전국의 공사판을 쫓아다니던 박가는 요사이 술주정이 부쩍 늘어서 혀만 풀렸다 하면 에잇, 더러운 놈의 돈 하고 덜퍽을 부려가며 수중에 지닌 돈을 와락 구겨서 땅바닥에 패대기치기 일쑤였다. 이제껏 송씨가 술 취한 박가의 뒤를 쫓아다니며 주워서 돌려준 돈만 따져도 기백만원은 족히 되었다. 송씨는 보나마나 내일 아침 술이 깨는 즉시 사색이 되어 득달같이 연락을 취해올 박가의 얼굴을 음미해가며 돈뭉치를 안주머니에 넣은 뒤 머리에 쌓인 눈을 털어내었다.

눈을 털어낸 송씨는 으스스 몸을 떨었다. 술이 깨려는지 머리가 깨질 듯이 아파오면서 추위가 치곤아올라왔다. 동사하기 딱 좋겠는걸, 송씨는 곁에 내려놓았던 가방을 챙겨들며 졸아든 목소리로 혼잣말을 중얼거렸다. 그러나 그의 목소리는 병 부딪치는 소리에 무춤하니 끊어지고 말았다.

128

송씨는 어리둥절한 표정으로 품에 안은 가방의 지퍼를 열어보았다. 어디서 챙겼는지 작업복 한쪽에 소주 두 병과 함께 몇 마리의 쥐포가 편의점 봉투 속에 담겨 있었다. 정신을 가누지 못하는 와중에도 술 욕심을 버리지 못하고 집에서 자작술을 기울일 요량으로 편의점에 들렀던 모양이다.

송씨는 피식, 실소를 흘리며 가방의 지퍼를 잠근 뒤 눈 위에 부려놓았던 엉덩이를 일으켜세웠다. 그러나 송씨는 이내 으헉, 하고 자지러지는 비명을 내지르며 발목을 감싸쥐었다. 엉망으로 취한 탓인지는 몰라도 택시에서 내렸을 때만 해도 발목이 시큰거리기는 했지만 걸음을 떼어놓지 못할 정도는 아니었다. 그러나 지금은 발을 땅에 대기만 해도 뼈가 으스러지는 듯한 통증이 하반신 전체로 번져왔다.

송씨는 바짓단을 걷어올린 뒤 발목을 살폈다. 어디에서 어떻게 다쳤는지 퉁퉁 부어오른 발목에는 시커먼 피멍이 져 있는데 그 모양이 영락없는 구두 뒤축이었다. 송씨는 그제서야 입가는 말할 것도 없고 눈두덩과 어깨와 옆구리에 묵지근하게 파고드는 통증을 느낄 수 있었다. 분명 누군가에게 호되게 당한 모양인데 박가와 포장마차에서 헤어지던 장면만 흐릿하게 떠오를 뿐 그 이후론 기억 한줌 남아 있지 않았다.

기억을 되살리기 위해 모질음을 쓰던 송씨는 끙, 앓는 소리를 내며 물먹은 솜처럼 무거운 몸을 간신히 일으켜세웠다. 잃어버린 기억을 되살리는 것보다 목전에 닥친 추위를 피하는 게 급선무였다.

송씨는 아래턱을 덜덜 떨어가며 사위를 살폈다. 그러나 밤톨 같은 눈송이에 시야가 묻혀 한치 앞도 분간할 수가 없다. 고개를 좌우로 돌려가며 주변을 짯짯이 살폈으나 허공을 빽빽이 메운 눈송이말고는 눈길을 줄 곳이 없었다. 막막한 심정에 하늘을 우러르니 천지간을 가득 메운 눈송이가 흡사 무덤 구덩이에 누워서 삽으로 푹푹 떠서 던져지는 흙덩이를 보는 것처럼 두렵게 느껴졌다. 하, 막막해진 송씨는 순간적으로 택시기사가 취객이라고 얕잡아보고 자신을 외딴 매립지에 떨구고 간 게 아닌가 하는 의구심에 등허리가 서늘해졌다. 그러나 이내 평상심을 되찾은 송씨는 부질없는 공상을 접고서 곧추세운 눈길로 휘몰아치는 눈발을 헤쳐나갔다.

제기랄, 횡단보도와 인접한 골목 모퉁이의 상가를 발견한 송씨는 어처구니가 없는 나머지 자신도 모르게 욕설을 내뱉으며 고개를 잘래잘래 내둘렀다. 예전에 살던 동네에 서 있는 꼴이라니, 그만 떡심이 풀린 송씨는 하마터면 땅바닥에 주저앉을 뻔했다. 아내 몰래 숨겨둔 애인이 사는 것도 아닌데 술만 취했다 하면 죽을 자리 찾아가는 짐승처럼 송림동으로 기어드는 자신을 송씨는 도무지 이해할 수가 없었다.

송림동에 각별한 애착을 묻어두었다면 모를까, 올 여름 이삿짐을 꾸릴 때만 하더라도 송씨는 이 구질구질한 놈의 동네 쪽으로는 오줌도 누지 않겠노라고 다짐을 했었다. 어지간한 촌구석에도 도시가스가 들어가는 시대에 연탄을 실은 리어카가 거미줄처럼 얽힌 골목길을 뻔질나게 오르내려야 하는 궁상도 지겹지만 무슨 액땜할 일이 그

130

리도 많은지 송림동에 터를 잡은 십 년 동안 절기마다 우환이 닥치고 뼈를 사리물고 달려든 일마다 낭패를 보았다. 송림동에 살면서 유일하게 맛본 보람이라면 아파트를 분양받아 이사를 한 것뿐, 그 외에는 시어머니의 똥수발을 들어야 하는 며느리의 처지처럼 암울하기만 했다. 그런데도 술잔에 코를 처박기만 하면 송림동으로 기어드니 참으로 한심스럽기 짝이 없는 노릇이었다.

송씨는 한숨을 내쉬며 파카 깃을 곧추세웠다. 자라처럼 목을 움츠려 파카 깃에 귀를 묻었으나 구멍 뚫린 문풍지처럼 떨려오는 몸을 어쩔 수가 없다. 토끼 머리에 뿔이 달리지 않은 이상 택시가 잡힐 리 만무하고 여관이라도 있으면 좋으련만 유흥업소가 밀집해 있는 공단 초입이 아니면 여관은커녕 여인숙도 없다. 까짓 몸이 성하다면야 이십 분 남짓 다리품 좀 팔면 그만이지만 절룩거리는 걸음을 옮길 때마다 발목뼈가 살갗을 뚫고 나오는 것만 같아 도무지 엄두가 나지를 않는다. 인근에 공중전화 상자라도 있다면 그 안에 들어가 휘몰아치는 눈발이라도 피할 수 있겠으나 그나마도 한 정거장은 좋이 걸어야 한다. 그러나 송씨는 당장에 눈앞에 놓인 횡단보도조차 건널 자신이 없었다.

오도 가도 못하고 꼼짝없이 얼어죽게 생긴 송씨는 헐수할수없이 산동네 중앙로 초입에 위치한 과일가게 차양 밑으로 몸을 피했다. 과일이 어는 것을 막기 위해 차양 가장자리에 투명 비닐을 늘어뜨려놓아 차양 밑은 생각 외로 포근했고 무엇보다 눈을 피할 수 있어서 좋았다.

송씨는 전이 걷힌 진열대 위에 올라가 앉았다. 그는 가방에서 작업복을 꺼내 당겨세운 무릎 위에 덮고 손에는 목장갑을 꼈다. 위아랫니가 딱딱 부딪치는 추위를 간신히 막아낸 송씨는 그제서야 안도의 한숨을 내쉬었다. 그러나 담배 두어 대 피우는 동안 술기운이 완전히 가시면서 새로운 추위가 뼛속으로 파고들었다.

송씨는 임시처방으로 가방 속에 고이 모셔놨던 소주병의 뚜껑을 땄다. 소주 반 병을 단숨에 들이켠 송씨는 쥐포를 찢어 질겅질겅 씹었다. 짜르르한 술기운이 위벽을 훑으면서 몸에 화기가 돌았다. 내친김에 반나마 남아 있던 소주를 벌컥벌컥 비워낸 송씨는 비로소 옹송그렸던 몸을 쭉 폈다. 술기운을 빌려 호기로움을 되찾은 송씨는 무릎을 덮은 작업복을 개켜서 가방에 넣고 목장갑도 벗어버렸다.

추위가 가시자 눈두덩이며 옆구리를 묵지근하게 압박해오던 통증도 한결 가벼워졌다. 그러나 퉁퉁 부어오른 왼쪽 발목은 발가락만 꼼지락거려도 눈에서 불똥이 일었다. 송씨는 혹여 한 병 남은 소주를 마저 비우면 발목의 통증을 잊을 수 있을지도 모른다는 기대감에 새로운 술병의 뚜껑을 땄다. 발목의 통증이 아니더라도 술을 마시는 외에 달리 할 일이 없기도 했다.

송씨는 술병을 홀짝홀짝 기울여가며 대저 누구에게 이토록 호되게 당했는가, 하고 사라진 기억을 꼼지락꼼지락 더듬어보았다. 그러나 한번 사라진 기억은 좀체로 되살아나지 않았다. 혹시 오후의 일을 두고 앙심을 품은 회사측에서 사람을 붙여 인적이 드문 길목을 골라

급습을 했을지도 모른다는 추측을 해보았으나 송씨는 이내 고개를 가로저었다.

모처럼 현장에 나온 사장 앞에서 망신을 당했다고 여긴 소장이 괘씸죄를 적용해 일을 꾸몄을 가능성이 아주 없다고 장담할 수는 없겠지만 뒷골목 양아치도 아닌 바에야 그만한 일로 테러를 사주했으리라곤 믿어지지 않았다.

LPG 가스통을 들고 설친 탓에 분위기가 살벌했다 뿐이지 사실 퇴근시간 즈음해서 송씨가 벌인 일은 거친 사내들 득시글거리는 공사판에서는 아무것도 아니었다. 현장사무실에서 자못 살기등등하게 대치를 했다고는 하나 송씨는 그저 배짱 좋게 배팅 한번 해봤을 따름이고 현장에서 잔뼈가 굵은 소장은 지겹기 짝이 없는 밑바닥 인생의 곤조를 다시 한번 겪은 것에 지나지 않았다. 더욱이 연말을 앞두고 두 달 치 노임이 체불되어 내남없이 눈들이 벌겋게 충혈된 판국에 담판을 지으러 올라간 송씨나 으르딱딱거리는 송씨를 얼르는 소장이나 그깟 수작쯤 서로 결말을 대충 내다보고 벌이는 줄다리기나 다름없었다.

에이, 개자식들! 오후의 일을 떠올린 송씨는 당시의 분노가 고스란히 되살아나서 자기도 모르게 나직이 부르짖었다. 제아무리 가진 자들이 행세하는 세상이라지만 하루 벌어 하루 먹고사는 노가다꾼들의 노임을 가지고 장난을 치는 위인들의 야바위는 곱씹으면 곱씹을수록 더럽기 짝이 없었다. 임금을 지불할 능력쯤 남아도는 위인들이 어음이 어쩌네 부도가 저쩌네 해가며 자기들이야말로 죽을 지경이라고 허풍을 떨어대는데 그 꼴이 송씨 눈에는 피눈물 나는 노가다 꾼들의 밑천을 저당 잡혀서 이자놀이 하자는 수작으로밖에는 보이 지 않았다.

사람을 잘못 봐도 한참 잘못 봤지. 자식들, 감히 천하의 송만식이 를 상대로 장난을 치려 들어? 이래뵈도 소싯적 고향에서는 난다 긴 다 하는 깡패들도 송만식이가 떴다 하면 형님 오셨냐고 인사부터 하 면서 술을 받쳤다고. 아무리 새끼들 키우느라 허리가 꼬부라졌다 지만 자식들아, 아직도 깡 하면 송깡이다.

송씨는 입속말을 중얼거리는 간간이 소주를 홀짝거렸는데 그런 그의 얼굴이 마치 사람들이 우러러보는 영웅이라도 된 양 자긍심으 로 환했다. 송씨는 쥐포를 씹으면서 옷 위로 가슴께를 더듬었다. 두 툼한 돈봉투의 존재를 확인한 송씨의 입가에 만족스러운 미소가 넘 쳐흘렀다.

개선장군처럼 현장 동료들의 환호를 받던 오늘 하루를 생각하면 세상의 그 어떤 부귀영화도 부럽지 않았다. 기분 같아서는 두터운 눈 이불을 뒤집어쓰고 다소곳이 누운 세상을 향해 내가 누군 줄 아느냐 고 목청껏 외쳐대고 싶었다. 동료들도 오늘 하루만큼은 송씨에게 영 웅 대접을 해주었다. 그들은 송씨를 앞세워 우르르 갈비집으로 몰려 가서 고기에 술에 아주 포식을 시켜주었고 단란주점에서는 송씨를 상석에 앉힌 뒤 아가씨까지 붙여주었다. 송씨도 오늘만큼은 그런 대 접이 부담스럽지 않았다. 따지고 보면 동료들이 펑펑 돈을 써가며 기 분을 낼 수 있었던 것도 송씨가 현장에 내려온 사장과 담판을 지어

체불된 임금을 받아냈기에 가능한 일이었다.

　사실 오야지를 포함한 현장의 어느 누구도 송씨가 밀린 임금을 받아낼 수 있으리라고는 상상조차 하지 못했다. 오야지가 풀 죽은 얼굴로 현장 사무실 밖으로 나올 때만 하더라도 모두들 연내에 밀린 임금을 받을 수 있으리란 기대는 아예 접어버리고 신정연휴 때 쓸 비상금만이라도 줬으면 좋겠다며 한숨만 푹푹 내쉬어댔다.

　송씨가 동료들을 헤치고 앞으로 나선 것도 바로 그때였다. 송씨는 자재더미에 걸터앉아 담배만 뻑뻑 빨아대는 오야지에게 내가 가서 돈을 받아와도 되겠느냐고 잘라 물었다. 오야지가 씨알이나 먹히겠느냐는 표정으로 맘대로 해보라고 대꾸를 해주자 송씨는 누가 말릴 겨를도 없이 LPG 가스통을 어깨에 걸터메고 조립식 건물 이층에 위치한 사무실을 향해 성큼성큼 걸음을 떼어놓았다. 송씨는 이층으로 오르는 철제 계단 앞에서 가스통을 내려놓은 뒤 가스통의 손잡이를 단단히 움켜쥐었다. 동료들은 어어, 하고 웅성거리면서도 송씨를 제지하지 않았다. 송씨는 그런 동료들의 시선을 등뒤로 느끼며 가스통을 질질 끌고서 철제 계단을 올랐다.

　송씨가 계단을 오를 때마다 계단 모서리에 가스통 부딪치는 소리가 쾅, 쾅, 쾅, 쾅, 하고 조립식 건물 전체에 울렸다. 그 소리가 어찌나 요란했던지 송씨가 계단을 반나마 올랐을 때 사무실 직원 몇이 놀란 얼굴로 뛰어나왔다. 그러거나 말거나 계단을 다 오른 송씨는 사무실 문 앞까지 가스통을 질질 끌고 갔는데 그가 앞으로 전진할 때마다 올록볼록한 철판으로 짜여진 복도와 가스통이 마찰을 일으키면서 우르르르, 하고 천둥 울리는 소리가 났다. 사무실 직원들은 송씨의 서슬 푸른 기세에 눌려 가스통을 사무실 안으로 들이는 송씨를 막을 엄두를 내지 못했다.

사무실 안으로 들어선 송씨는 문을 닫은 뒤 다짜고짜 가스 밸브를 열었다. 쉬이이익, 하고 가스가 세차게 뿜어져나오자 사무실 안의 얼굴들이 하얗게 질렸다. 송씨는 침착한 태도로 그 얼굴들 하나하나를 갈마본 뒤 가스통의 밸브를 잠갔다. 그러고는 작업복 주머니에서 지포 라이터를 꺼내들고 라이터의 뚜껑을 열었다. 송씨는 여차직하면 라이터의 불을 댕길 태세로 사장을 겨눠보며 나직이 중얼거렸다.

나는 송만식이란 사람인데 오늘부로 인생 작파할라요. 명색이 사내 꼭다리란 놈이 처자식 굶겨 죽이게 생겼으니 더이상 살아서 뭣 허것소. 쥐약을 사먹고 죽을까도 생각했지만 쥐약 사먹을 돈도 없으니 어쩌겠소. 이 방법밖에. 보아하니 여기 계신 분들은 모다 금값이고 노가다는 개값인데 금값하고 개값하고 어디 한군데 죽어봅시다.

할말을 마친 송씨는 잠갔던 밸브를 다시 열었다. 다급해진 소장이 이성을 들먹여가며 송씨를 설득하려 들었지만 송씨는 귓등으로도 듣지 않았다. 그것으로 상황은 끝이었다. 사장은 운전사를 내려보냈고 소장은 오야지를 불러들였다. 운전사는 사무실 앞에 주차된 볼보 트렁크에서 검정 가죽가방을 들고 올라왔는데 어디에 쓸 요량이었는지는 몰라도 그 안에는 빳빳한 만원권이 숨구멍도 없이 들어차 있었다.

예기치 못한 봉변에 얼이 나갔던 사장은 임금을 챙긴 송씨들이 우르르 사무실을 빠져나가자 그제서야 제정신이 돌아왔는지 세상에 아무리 사람이 없기로서니 저토록 무식한 인간을 고용했느냐면서 애꿎은 소장을 닦아세워댔는데 그러거나 말거나 계단을 내려오는 송씨들은 입이 귀밑까지 벙글어졌다.

세차게 몰아치던 눈보라는 기세가 한풀 꺾여서 송씨가 택시에서 내릴 때에 비하면 많이 누꿈해졌으나 시야가 열릴 정도는 아니었다. 그러나 구름의 모양으로 봐서 눈보라는 머잖아 싸래기로 바뀌어 건들거리다가 동이 트기 전에 멎을 게 틀림없다. 공단을 관통하는 산업도로에서는 제설작업이 시작됐는지 웅웅거리는 기계음이 송림동 고갯길을 거슬러올라왔다.

송씨는 술이 바닥을 보이는 소주병을 기울여 마지막 한 방울까지 비워낸 뒤 빈 병을 도로를 향해 집어던졌다. 반대편 차선까지 날아간 술병은 풀썩, 소리를 내며 눈 속에 묻혔다. 송씨는 곁에서 뒹굴던 또 다른 빈 병도 집어던졌다. 취기가 오른 송씨는 과일가게 외벽에 등을 기댄 뒤 두 다리를 쭉 뻗었다. 공단에서 제설작업을 벌이고 있으니 날이 새기 전까진 택시를 잡아타고 집에 닿을 수 있으리란 기대감에 송씨의 마음은 한없이 느긋해졌다.

쪼다 같은 놈들, 제까짓 것들이 모가지를 자르면 아이구 살려줍쇼 하고 설설 길 줄 알았나 보지. 송씨는 오야지에게 자신의 해고를 통보하던 소장의 얼굴을 떠올리며 피식, 입가에 비웃음을 머금었다.

가스통을 들고 설친 대가로 해고를 당하기는 했으나 송씨의 마음은 한포국하기만 했다. 오야지들 사이에서 신망이 두터운 송씨는 그깟 일자리쯤 안중에도 없었다. 건설경기가 바닥을 긴다면 혹 모를까, 요사이에는 오라는 데도 많고 무엇보다 새해부터는 영종도 국제공항 쪽에서 일을 시작하기로 약조가 되어 있었다. 그래 봐야 공사판을 찾아 부평초처럼 떠도는 신세이기는 매일반이지만 송씨는 가족들 굶기지 않고 누구의 도움도 없이 내 집 장만까지 해낸 스스로가 대견스러웠다. 게다가 주머니까지 든든하고 보니 뿌듯한 마음이 한결 더했다. 비록 집에만 들어가면 이리저리 자취도 없이 쪼개질 돈일망정 당장은 그의 주머니 속에서 든든한 돈이었다.

송씨는 담배에 불을 붙이며 자신이 용케도 여기까지 무사히 흘러왔다는 생각에 스스로가 대단한 행운아처럼 느껴졌다. 이십여 년간 공사판 철근공으로 살아오는 동안 그의 곁에서 죽거나 불구가 된 동료의 머릿수만 해도 열이 넘었고 이러저러한 사연으로 가정이 결딴나 폐인이 되다시피한 동료들 또한 부지기수였다. 송씨에게도 크고 작은 위기들이 주기적으로 닥쳤으나 그만한 고비쯤 근근이 구입장생이나 하면서 살아가는 가정들이라면 으레 겪기 마련이었다.

삶이 하도 팍팍하던 젊은 시절에는 자신의 삶이 수렁에 빠진 것처럼 암담하게만 여겨져서 사십을 넘기지 못하고 간경화로 죽은 당숙을 부러워하기도 했었다. 큰아들이 친구들과 부탄가스를 흡입하다가 경미하게나마 화상을 입었을 때도 그랬고 아내가 암으로 자궁을 들어냈을 때 또한 세상이 하 무상해서 더이상의 험한 꼴 보지 않고 일찌감치 세상을 떠난 당숙이 여간만 부럽지 않았다.

　죽기 전 삶이야 어떠했든 간에 간경화 말기로 사형선고를 받은 당
숙은 참으로 평화롭게 세상을 떠났다. 돌이켜보면 그만한 죽음도 없
을 듯싶었다. 당숙은 술이 좋아서 술과 함께 일생을 보낸 사람이었는
데 술잔만 입에 댔다 하면 사나흘을 내리 한숨 안 자고 술잔을 기울
였다. 송씨보다 꼭 스무 살이 많았던 당숙은 아무리 술에 취해도 주
정을 몰랐고 일 년 열두 달 취해 있느라 결혼도 하지 못했다. 술 때문
에 생긴 병으로 사형선고를 받아놓고도 당숙은 눈을 감던 그 순간까
지 술잔을 놓지 않았다.

　당숙이 죽은 건 보름달 환하던 겨울밤이었다. 노모에게 사정사정
해서 얻어 마신 포도주 한 사발에 대취한 당숙은 달빛 부어내리는 길
을 걷다가 얼음이 꽝꽝 언 저수지 옆을 지나게 되었는데 달빛을 받아
사금파리처럼 반짝반짝 빛나던 빈 소주병 하나가 얼음 밑에서 당숙
의 눈길을 잡아끌었다. 얼음 밑에 붙박인 술병을 발견한 당숙은 이게
웬 횡재냐며 돌로 얼음을 깨서 그 안에 든 술병을 꺼냈고, 빙판 위에
가부좌를 틀고 앉아서 병 속에 담긴 물을 홀짝홀짝 비웠다. 그러나
당숙에게는 병 속의 물이 진짜 술이었고 딴에 소주 한 병을 비운 그
는 억병으로 취해서 앉은자리에 쓰러져 누워 잠이 들었다. 이튿날 아
침, 마을 사람들이 당숙을 발견했을 때 그는 더할 나위 없이 평온한
미소를 머금은 얼굴로 죽어 있었는데 당숙이 죽던 순간을 증언이라
도 하듯 그의 주검 옆에는 큼직한 돌멩이와 함께 빈 소주병이 놓여
있었다.

송씨는 당숙의 죽음을 떠올릴 때마다 이제껏 어깨 위에 짊어지고 살아온 짐보따리가 터진 쌀가마니처럼 가벼워지는 것을 느꼈는데 따지고 보면 송씨를 참으로 이뻐했던 당숙은 그에게 삶이 별것 아니라는 가르침 하나를 유산처럼 남겨준 셈이었다. 젊어서 당숙의 죽음을 못내 부러워했던 송씨가 그러한 가르침을 깨달은 것은 최근의 일이었다.

취기와 함께 몰려드는 잠을 쫓기 위해 송씨는 손목시계를 들여다보았다. 시침이 막 세시를 넘어서고 있었다. 송씨는 입이 찢어져라 하품을 하며 졸음이 쏟아지는 두 눈을 손등으로 부볐다. 그는 취기와 졸음기로 벌겋게 충혈된 눈으로 차양 밖 풍경을 살폈다. 누긋해진 눈송이가 사뿐거리는 공단 너머 바닷가는 설핏 구름을 벗었고 그 사이로 별이 반짝거렸다.

아득한 별빛을 바라보며 송씨는 담배에 불을 붙였다. 담배연기를 길게 내뱉던 송씨는 가슴 안쪽에서 간지러움과도 같은 안달을 느꼈다. 설설 끓는 아랫목에 누워서 흐물거리는 아내의 젖가슴을 조몰락거려가며 잠을 청하고 싶다는 욕구와 함께 뭉근한 성욕이 찰싹찰싹 파도쳐왔다. 송씨는 담배를 입에 문 채로 양 손으로 상체의 무게를 떠받치며 왼발을 슬그머니 제겨 디뎌보았다. 술기운 때문인지 발목의 통증이 거의 느껴지지 않아 잘만하면 걸을 수도 있을 것만 같았다. 그러나 발목에 힘이 가해지자마자 송씨는 어이쿠, 하고 비명을 내질렀다.

송씨는 발목을 감싸쥐며 누구에게랄 것도 없이 제기랄, 하고 욕을 했다. 발목만 다치지 않았어도 지금쯤 욕조 가득 뜨거운 물을 받아놓고서 목돈을 받아들고 벌쭉거릴 아내의 웃음소리를 들어가며 샤워를 하고 있을 텐데 길거리에서 추위나 피하고 있는 꼴이라니, 송씨는 못내 입맛이 썼다. 송씨는 다시금 어디서 이토록 곤죽이 되었을꼬, 하고 기억을 더듬었다. 그러나 생각이 날 듯 말 듯 감질만 날 뿐 그의 기억은 박가와 포장마차 앞에서 헤어지던 장면에서 어김없이 끊어졌다.

그때 주변의 적요를 흔들어깨우며 승용차 한 대가 전조등 불빛을 앞세워 공단 방향에서 고갯길을 올라왔다. 택시인가 하여 반색을 하던 송씨는 다 낡은 프라이드를 보고서 낙담을 했다. 승용차가 털털거리며 횡단보도 앞을 지날 때 병 깨지는 소리가 났다. 송씨가 버린 소주병이 바퀴에 깔린 모양이었다. 병 깨지는 소리에 승용차가 무춤거리며 멈춰 서더니 이내 대수롭잖다는 판단을 내리고 앞으로 전진을 했다. 그러나 승용차의 네 바퀴는 가풀막진 고갯길을 오르지 못하고 요란하게 공회전만 했다. 운전자가 이리저리 기어 변속을 해가며 안간힘을 썼으나 승용차는 부아아앙, 요란한 소리만 낼 뿐 전진은커녕 조금씩 조금씩 뒤로 미끄러졌다. 십 분은 좋이 생똥을 싸대던 운전사는 마침내 시동을 껐고 시동 꺼지는 소리와 함께 환하던 전조등 불빛도 사라졌다. 차에서 내린 운전사는 돌멩이를 주워다 바퀴 뒤에 고정을 시킨 뒤 타박타박 걸어서 고갯길을 올라가기 시작했다.

송씨는 투덜거리며 멀어져가는 운전사를 물끄러미 지켜보며 키들거렸다. 그러다 문득 눈부시게 쏟아지던 전조등 불빛이 뇌리에 섬광

처럼 스쳤고 그와 함께 가물가물 애를 태우던 기억이 선명하게 되살
아났다. 전조등 불빛과 함께 나타난 건 사각 모양의 스포츠 머리에
검정 양복차림을 한 네 명의 건장한 청년들이었고 뒤이어 캄캄한 골
목이 떠올랐다.

기억을 온전히 되찾은 송씨는 아, 하고 짧은 탄식을 토해냈다.

박가와 헤어진 송씨는 택시를 잡기 위해 인도에서 내려서서 도로
를 따라 갈짓자로 걸어가고 있었다. 그러나 택시는 좀처럼 잡히지 않
았다. 눈이 쏟아지기 시작한 거리에는 몇 대 되지 않는 택시를 잡기
위해 쏟아져나온 취객들로 북새통을 이루었고 어쩌다 빈 택시가 나
타나도 저만큼 앞에 선 취객이 쏜살같이 낚아채갔다. 송씨는 술에 취
한 와중에도 번화가를 벗어나지 않고서는 제아무리 따블, 따따블을
외쳐대도 택시를 잡을 수 없으리란 생각에 유흥가를 벗어났다.

얼마나 걸었을까, 유흥가를 멀찌막이 벗어난 송씨는 인적이 뜸한
아파트 단지 옆 일차선 도로를 걷고 있었다. 택시가 오는지 어떤지
확인하기 위해서 일일이 뒤를 돌아보기에도 지친 송씨는 엄지손가
락을 치켜든 채로 어칠비칠 앞만 보고 걸었다. 그때 등뒤에서 쌍라이
트를 켠 승용차가 경적을 울려댔다. 뒤를 힐끗 돌아다보니 검정색 그
랜저였다. 송씨는 못 들은 척 외면을 해버렸다. 승용차는 빵, 빵, 잇
달아 경적을 울려댔다. 송씨는 너희들이 알아서 피해가라는 뜻으로
손을 휘둘러 보았다. 그러나 승용차 운전사는 오기가 발동했는지 맞
은편 차선이 비었는데도 송씨를 피해가지 않고 비틀거리며 걸어가

는 그의 등뒤에 바싹 붙어서 요란하게 경적을 울려댔다. 그래도 송씨가 비켜나지를 않자 승용차 운전사는 상향등과 하향등을 번갈아 쏘아댔다. 그러거나 말거나 송씨는 자기가 갈 길만 다잡았다.

아저씨, 어지간하면 길 좀 비킵시다. 참다 못한 운전사가 차창 밖으로 고개를 내밀고 나직이 목소리를 깔았다. 그러나 송씨는 뒤도 돌아다보지 않고 팔을 치켜들어 중지손가락을 세워보였다. 씨벌, 별 좆같은 새끼를 다 보겠네. 너 이새끼, 비키지 않으면 죽는다아. 좀전과는 사뭇 다르게 살벌하게 날이 선 목소리가 송씨의 비윗장을 긁었다. 송씨는 힐끗 뒤를 돌아다보며 대꾸를 했다. 맘대로 해봐. 고급차 몰고 다니면 단 줄 아는 모양인데 그렇다고 세상이 너희들 건 줄 알아. 보아하니 돈푼깨나 있는 모양인데 치어 죽이든 때려 죽이든 어디 꼴리는 대로 해봐라.

송씨가 내씹자마자 너 이새끼, 거기 서, 하는 명령이 그의 발목을 움켜쥐었다. 편의점 앞 삼거리에서 우뚝 걸음을 멈춘 송씨는 한껏 인상을 쓰며 뒤돌아섰다. 쌍라이트 불빛을 정면으로 받은 송씨는 손바닥을 눈썹 위에 붙여세워 불빛을 막으며 앞을 응시했고, 눈이 부셔 가늘게 치켜뜬 그의 시야에 승용차 문 네 짝이 동시에 열리면서 도로로 내려서는 청년들의 모습이 들어왔다.

송씨는 길게 한숨을 내쉬었다. 공연한 객기를 부리다가 깡패들에게 치도곤을 당한 꼬락서니라니, 어이가 없어진 송씨는 헐헐, 너털 웃음을 터뜨리고 말았다. 술이 웬수다, 술이 웬수야. 송씨는 자조적으로 입속말을 되뇌었다. 그런 줄도 모르고 잠시나마 의심을 한 소장에게 미안한 생각이 드는 한편 오늘같이 좋은 날 무엇 때문에 그런 주정을 했는지 의아스러웠다. 문득 사장이 현장에 몰고 나왔던 검정색 볼보와 트렁크 속에 돈을 넣고 다니면서도 노임을 줄 돈이 없다고 딱 잡아떼던 그의 뻔뻔한 얼굴이 눈앞에 어른거렸다.

사실 여느 때의 송씨라면 LPG 가스통을 앞세워 사무실로 쳐들어가는 짓 따윈 엄두도 내지 못했을 것이다. 아니, 오후참을 먹고 난 직후에 초등학교 졸업반인 막둥이가 핸드폰으로 전화만 걸어오지 않았더라도 송씨는 한숨을 푹푹 내쉬며 감나무에서 감 떨어지기만을 기다렸을 게 뻔했다. 녀석은 제 애비 애간장을 녹이기로 작정이라도 했는지 단짝이 다니기 시작한 합기도 도장에 보내달라고 틈만 나면 생떼를 썼다. 월급이 나올 때까지만 기다리라고 알아듣게 타일렀는데도 녀석은 막무가내였다. 밥을 굶는 것만으로도 모자라서 녀석은 무시로 송씨의 핸드폰으로 전화를 걸어와서는 자기가 합기도 학원에 얼마나 다니고 싶어하고 무엇 때문에 다녀야 하는가에 대해서 울먹이는 목소리로 구구절절한 사연을 늘어놓았다. 오늘 오후에 받은 전화만 해도 세번째였다. 곁에서 그 모습을 지켜보던 박가도 보기에 딱했는지 혀를 끌끌 차댔다. 그러는 와중에 풀 죽은 모습으로 사무실에서 나오던 오야지를 본 것이다.

어찌됐건 다 지난 일, 송씨는 깡패들에게 봉변을 당한 일쯤 미연에 닥칠 불행에 대비한 액땜으로 여기며 스스로를 위로했다. 신바람을 내가며 합기도 학원으로 달려갈 막둥이의 얼굴을 떠올리면 그깟 봉

변쯤 아무래도 좋았다. 뿐만인가, 눈치가 빤해서 드러내놓고 조르지
는 않았지만 지난여름부터 핸드폰이 갖고 싶다는 소리를 지나가는
말처럼 은근슬쩍 흘리고 다니는 딸애에게도 선심을 쓸 수가 있고, 공
고 졸업을 맞아 현장실습을 나가고부터 영 얼굴이 못쓰게 된 큰아들
에게는 진작부터 별러온 보약을 해먹일 수가 있다. 내일 저녁이면 온
가족이 둘러앉은 자리에서 삼겹살을 구워먹어가며 너희들은 그저
애비만 믿으면 된다고 큰소리를 탕탕 쳐도 아이들은 물론이고 아내
역시 미더운 눈길로 미소를 지어가며 기꺼이 장단을 맞춰줄 것이다.

송씨는 상상만으로도 즐거운지 다시금 옷 위로 두둑한 돈봉투의
존재를 확인하며 흐뭇하게 미소를 지었다. 송씨는 웃는 낯으로 늘어
지게 하품을 하며 하늘을 살폈다. 눈은 생각보다 빨리 멎어 싸라기만
간간이 흩날렸고 바닷가 쪽 하늘은 제법 환하게 이마를 벗었다. 눈이
그치자 쌓인 눈 위를 내달리는 바람이 제법 매서워졌으나 그럭저럭
견딜 만했다. 송씨는 제설작업이 한창 진행중인 공단을 내려다보며
택시가 언제쯤 지나다니게 될지 가늠해보았다. 늦어도 한두 시간 뒤
면 집으로 향하는 택시에 몸을 실을 수 있을 것이다.

송씨는 작업복 가방에 머리를 괴고 진열장 위에 잠시 드러누웠다.
몸을 누이자 눈두덩이며 가슴패기며 옆구리가 욱신욱신 쑤셔왔다.
송씨는 끙, 하고 앓는 소리를 내며 몸을 새우처럼 웅크렸다. 잠 들면
안 되는데…… 송씨는 곧 택시가 올 거라는 생각에 쏟아지는 졸음과
맞섰으나 연신 하품이 미어지고 눈꺼풀은 돌덩이라도 매달아놓은
양 가물가물 감겼다. 한숨만, 더도 덜도 말고 딱 한숨만 자고 가야지.

송씨는 제설차가 가까이 다가오는 소리를 들으며 스르르 눈을 감았다.

송림동 산꼭대기 위로 해가 머리를 내밀자 중앙로 횡단보도 앞 전봇대에 앉아 있던 까치가 퍼득거리는 날개 사이의 깃을 다듬다 말고 까악깍, 울음소리를 냈다. 그 서슬에 전봇대 위에 쌓여 있던 눈이 흩날려 떨어졌고 횡단보도 앞에서 신호가 바뀌기를 기다리는 동안 핸드폰 액정화면에 눈길을 붙들어매고서 바삐 손가락을 놀리며 뭔가에 열중하던 앳된 얼굴의 여학생이 머리를 털며 까치를 올려다보았다. 시쁜 눈길로 까치를 흘겨본 여학생은 핸드폰 화면 위로 시선을 돌리다 말고 출근차량들이 빼곡한 도로 맞은편 과일가게 진열대를 뚫어져라 쳐다보았다.

어머, 애. 저 사람 죽었나 봐. 여학생은 파랗게 질린 얼굴로 귀에 이어폰을 꽂고서 콧노래를 흥얼거리는 친구의 옆구리를 쿡, 찔렀다. 어머, 어머, 정말. 옆구리를 찔린 여학생이 질겁해서 손으로 입을 막았다.

횡단보도의 신호가 바뀌자 두 여학생은 겁먹은 얼굴로 서로의 눈치를 살펴가며 조심스레 횡단보도를 건넜다. 과일가게 앞에 다다른 두 여학생은 서로의 손을 꼬옥 마주 잡은 채로 진열대 위에 웅크려누워 꿈쩍도 않는 중년남자를 물끄러미 살폈다. 남자의 얼굴에는 찢어진 신문지 쪼가리가 덮여 있었는데 아마도 바닥에 있던 신문이 바람에 날려 사내의 얼굴에 얹힌 모양이었다. 사내의 곁엔 기름때에 전

146

작업복 등속이 어지럽게 널려 있었고 진열대 밑에는 지퍼가 열린 가방이 버려져 있었다.

두 여학생은 가까이 다가서서 살펴보고 싶은 마음이 굴뚝같아도 무춤거리기만 할 뿐 차마 다가서지를 못했다. 아저씨, 저 사람 죽은 거 아녜요? 오도카니 서서 사내를 지켜보던 여학생은 간신히 용기를 내어 지나가던 청년의 옷소매를 붙들었다.

촉박한 출근시간에 쫓겨 발길을 재우치던 점퍼차림의 청년은 조심스럽게 진열장 앞으로 다가가서 사내의 어깨를 가만가만 흔들어댔다. 그러나 사내는 기척이 없다. 청년은 마른침을 삼키며 사내의 얼굴에 덮인 신문지를 치웠다. 신문지를 치워낸 청년은 그 어떤 숨결도 느껴지지 않는 잿빛 얼굴 앞에서 흠칫, 몸을 떨며 두어 걸음 뒤로 물러섰다. 여기 사람이 얼어죽었어요. 청년은 몸을 돌려 누구에게랄 것도 없이 소리를 쳤다.

과일가게 앞은 삽시간에 사람들로 북적거렸다. 그중의 누군가가 새우처럼 웅크린 자세로 얼어죽은 중년사내의 시체 앞으로 불쑥 나섰다. 아니, 이 양반은 저 위에 살던 송씨 아냐. 그런데 이 사람이 왜 여기에서 얼어죽었을까. 눈가에 혹 같은 점이 달린 사내는 연신 고개를 갸웃거렸다.

점박이 사내는 과일가게 앞을 에워싼 사람들을 향해 파출소에 가서 경찰을 데려오라고 이른 뒤 가족에게 연락을 취하기 위해 송씨의 주머니를 뒤졌다. 그러나 송씨의 주머니에선 전화번호 수첩은커녕 그 흔한 지갑조차도 나오지 않았다. 그의 주머니에서 나온 소지품이라곤 찌그러진 담뱃갑과 몇 개의 동전이 고작이었다. 그리고 까닭은 알 수 없으나 코 풀다 버린 휴지처럼 꼬깃꼬깃 주름이 간 만원짜리 한 장이 송씨의 발치에 놓여 있었다.

　순찰차의 사이렌이 울리자 과일가게 앞에 웅성거리며 몰려든 사람들이 길을 터주었다. 경찰들이 점박이 사내들의 진술을 듣는 동안 송씨의 주검은 들것에 실려 앰뷸런스로 옮겨졌고 출근시간을 놓친 구경꾼들은 쏟아부은 콩처럼 좌악 흩어졌다. 이윽고 순찰차를 앞세운 앰뷸런스가 사라진 고갯길에는 까치 한 마리가 전봇대 위에 오도카니 앉아서 공단 너머로 펼쳐진 바다를 바라보고 있었다.

강은 사라져 달길 나고

그런 생각을 하기 시작하고부터는 세상이 참으로 다르게 보이네. 사람도 다르게 보이고 그 사람의 삶도 다르게 보이지. 물론 연애도 마찬가질세. 섹스가 사랑의 일부이듯이 연애 또한 삶의 일부 아니겠는가. 그리고 나 역시 누나의 입장에서 보자면 누나의 삶을 이루는 하나의 축에 지나지 않아.

처남, 이층으로 올라가세. 다행히 창가 자리가 비어 있군. 어떤가, 전망 좋지. 봄볕 부서지는 저 강물 좀 보게. 난 이 카페에 올 때마다 매번 이 자리에 앉는다네. 여기 앉아서 남한강과 북한강이 만나는 양수리의 풍경을 묵묵히 눌러보노라면 켜켜이 묵은 잡념들이 말끔히 가시면서 마음이 얼마나 평화로워지는지 몰라. 그런데 다른 손님에게 이 자리를 뺏기면 이상하게 마음이 찜찜해. 은근히 주인에게 섭섭하기도 하고. 왜 내 지정석에 다른 이를 앉혔는가 하고 말일세. 응? 물론 그야 그렇지. 하지만 어느 단골집이든 유난히 애착이 가는 좌석은 있기 마련이잖아. 더욱이 이 자리는 내게 각별한 의미가 있거든.

내가 누나에게 청혼을 한 장소가 바로 이곳이야. 이 자리에서 누나에게 반지를 건네며 내가 그랬지. 각기 다른 땅을 품어온 남한강과 북한강이 감격적인 해후를 한 뒤 하나의 몸으로 도저히 흘러가는 저 강물의 세월처럼 서로 다르게 살아온 우리도 하나의 꿈과 하나의 역사로 일생 흘러가 보자. 그러면서 누나 손가락에 척, 하니 반지를 끼워줬지. 후후, 그때가 바로 엊그제 같은데 철승이는 초등학교엘 입학하고 소현이는 유치원생이 됐으니 꼭 꿈이라도 꾸는 기분일세. 그때도 꼭 지금과 같은 봄날이었는데…… 인간의 일생이 하룻밤 꿈이나 진배없다는 말이 이런 순간처럼 실감 날 때도 없을 거야.

그나저나 뭘 좀 먹어야지. 내가 거하게 한턱 낼 테니까 마음놓고 시키게. 이 집이 전망도 전망이지만 음식 또한 일품일세. 거 사람 참, 권하는 사람 성의를 생각해서라도 그러는 게 아니야. 자네 심경 내 모르는 바는 아니지만 힘든 때일수록 속을 든든히 채워둬야 하네. 원, 사람 고집두. 정 그렇다면 술이나 한잔하세. 발렌타인 26년산하고 랍스타 어떤가. 부담 가질 필요 없어. 이럴 때 아니면 언제 호강해보겠나. 오늘 하루만큼은 내가 하자는 대로 따르게. 여기요, 발렌타인 26년산하고 랍스타 주십시오.

자, 한 잔 받게. 카아, 좋다. 이 사람아, 얼굴 좀 펴게. 누가 보면 송장 치우러 온 줄 알겠네. 아무리 괴롭더라도 이 자리에서만큼은 다 잊고 맘껏 취해보자구. 자아, 쭈욱 들이켜고 한 잔 더 받게.

처남, 혹시나 해서 묻는 건데 지금이라도 마음을 바꿔먹을 생각은 없는가? 자네 뜻이 정 그러하다면 할 수 없지만 내 생각엔 자네가 너무 성급하지 않은가 싶네. 좀더 시간을 두고 다시 한번 신중하게 생각을 해보는 게 어때. 이혼 도장이야 아무 때고 찍을 수 있잖아. 영민이를 생각해서라도 한 달이고 일 주일이고 간에 흥분이 가라앉을 때까지만 결정을 미루면 어떻겠나. 자네 부부야 갈라서면 그만이라지만 이제 고작 네 살 난 영민이는 무슨 죄란 말인가.

허어, 사람 참. 두둔을 하다니 누가 누구를 두둔한다는 건가. 자네가 그렇게 나오기 때문에 아직 이혼은 시기상조라는 거야. 이혼이 어디 처남 혼자만의 문제인가. 양가 집안을 비롯해서 자네 부부와 얼굴을 익혀온 지인들은 말할 것도 없고 처남 자신에게도 두고두고 다시 없을 상처로 남을 일 아닌가. 그런 만큼 감정이 아닌 이성이 앞설 때까지만이라도 기다렸다가 결정을 내리는 게 옳지 않겠어.

처남, 한 잔 들면서 흥분 좀 가라앉히게. 별소리도 안 했는데 처남이 그렇게 끓어버리면 우리가 애써 이곳까지 찾아온 보람이 없잖은가. 내가 처남을 이곳으로 데려온 이유는 머리 좀 식히라는 뜻도 있지만 그보다는 남자 대 남자로서 허심탄회하게 얘기 좀 나눠보기 위해서였네. 자, 그런 뜻에서 건배 한번 하세.

처남, 영민이 엄마를 그만 용서할 수는 없겠는가? 그래, 그렇겠지. 처남 심정 충분히 이해하네. 배신감이 좀 컸겠나. 어느 누구라도 마찬가질 거야. 철썩같이 믿었던 아내가 외도를 했다면 설사 부처님이라도 두 눈이 뒤집힐 일이지. 불알 두 쪽 제대로 달린 사내치고 살인 내고 싶지 않은 이가 과연 몇이나 되겠는가. 그에 비하면 처남은 잘 참고 있는 셈이지. 아내가 가정을 튼실히 지켜주리라는 믿음 하나 부여잡고 정글이나 다름없는 경쟁 사회에서 피땀을 쏟아온 처남의 배신감이 오죽했겠나. 며칠 전 밤에 처남이 만취한 상태에서 내게 전화를 걸어 사람의 믿음을 이렇게 저버릴 수 있느냐고, 내가 누굴 믿고 살아왔는데 그 믿음을 이토록 처참하게 짓밟아도 되는 거냐고 울부짖던 목소리가 아직도 생생하네.

그런데 처남, 이 대목에서 한 가지만 짚고 넘어가세. 처남은 도대체 믿음이 무어라고 생각하나? 그런 눈으로 쳐다보지 말고 진지하게 생각 좀 해보게. 과연 믿음이란 뭘까. 믿음이면 그냥 믿음이지 다른 게 뭐 있냐고? 정말 그럴까. 나도 한때는 그렇게 생각했었네. 내가 누구를 믿는다면 그 사람 자체를 아무런 사심 없이 내 영혼이나 다름없이 믿는 거라고. 그런데 이런저런 경험을 거치다 보니 어느 날 문득 내가 턱없는 착각 속에서 살아왔다는 생각이 드는 거야.

이제껏 살아오면서 나는 내가 참으로 많은 사람과 사물과 철학을 믿어왔노라고 딴에는 자부를 했다네. 내 부모를 믿고, 아내를 믿고, 자식을 믿고, 벗들을 믿고, 혁명과 그 혁명의 역사를 믿고. 하다 못해 실패한 그 모든 과오와 오욕조차도 믿음으로 끌어안았다네. 아니, 그렇게 믿었었지. 하지만 그게 아니었어. 난 내가 갈구해온 모든 욕망을 믿음이란 미명으로 치장해서 아무도 엿볼 수 없는 나만의 견고한 창고에 쟁여두고서 흐뭇해했을 따름이었던 거야. 내 부모가 이런 사람이면 좋겠다, 아내는 언제나 존경과 사랑과 헌신이 넘치는 모습으로 내 곁을 지켜주었으면 좋겠다, 자식은 내가 원하는 대로 자라주었으면 좋겠다, 벗들도 언제나 한결같은 모습으로 내 주변에 남아

나를 기쁘게 해주었으면 좋겠고 역사는 내가 원하는 방향으로 흘러가주었으면 더할 나위 없이 좋겠다, 하는 식으로 일종의 자기 최면을 걸어오면서 그걸 믿음이라고 확신한 것에 지나지 않더란 말일세. 물론 그 깨달음을 얻기까지 상당히 비싼 수업료를 치러야 했지.

　이보게, 처남. 곰곰이 돌이켜서 생각해보게. 영민이 엄마가 정말로 처남의 믿음을 짓밟은 걸까. 억지라고? 가정을 둔 유부녀가 딴 놈하고 붙어먹은 게 그깟 믿음하고 무슨 상관이냐고? 이 사람아, 아무리 화가 나기로서니 말 좀 가려서 하게. 붙어먹다니, 누가 누구하고 붙어먹었다는 거야. 그럼 자네도 붙어먹은 겐가? 그렇게 어리둥절한 얼굴로 의뭉떨지 말아. 삼 년 전에 자네 때문에 온 집안이 발칵 뒤집어졌던 그 일을 벌써 잊었단 말인가.
　내 기억이 맞다면 그때 처남이 사귀었던 여자가 단란주점에서 일하는 아가씨였지 아마. 처남은 자꾸만 배신을 했다느니 붙어먹었다느니 해가며 영민이 엄마를 매도하는데 사람이 그러는 게 아니야. 삼 년 전에 자네가 바람을 피웠을 때 영민이 엄마가 보따리를 싸면서 뭐라고 했는지 혹시 기억하는가? 차라리 솔직하게 그 여자애가 정말로 좋아서 연애를 했다고 털어놓았더라면 얼마든지 있을 수 있는 일이라고 생각하고 조용히 덮어두려고 했다, 그런데 잠시 즐긴 걸 가지고 뭘 그러냐는 태도는 같은 여자 입장에서 도저히 용서할 수가 없으며 여자를 한낱 노리개로 취급하는 위인하고는 단 하루라도 더이상 같이 살 수가 없다, 그러면서 보따리를 쌌지. 그때 처남이 다시는 안 그러겠노라고 손이 발이 되도록 싹싹 빌었기에 망정이지 안 그랬으면 영민이 엄만 그 길로 영영 갈라섰을 거야. 이건 내 짐작이네만 그때 처남이 잠시 즐겼다는 소리만 입초시에 올리지 않았더라도 영민이 엄마는 정말로 조용히 지나갔을 걸세.

난 지금도 영민이 엄마가 참으로 대단하다고 생각하네. 영민이 엄마야 말로 진정한 믿음이 무엇인지 온몸으로 알고 있는 사람일세. 포기할 건 포기해가면서 그 사람의 삶 자체를 긍정해줄 수 있는 사람이 과연 몇이나 되겠는가.

당장에 처남만 해도 그렇잖은가. 누구나 죽기 전에 한두 번쯤 경험할 수 있는 일을 영민이 엄마가 했다는 자체만으로 처남은 스스로의 믿음을 송두리째 팽개치고서 세상에 다시없을 악인이라도 만난 듯이 영민이 엄마를 헐뜯고 있지 않은가. 그러면서 말끝마다 나는 그 사람을 믿었노라고 강변하면서 처남은 세상에 다시없을 선인인데 그 부정한 여자가 날카로운 비수로 내 심장을 도려내었노라고 울부짖으며 세상 사람들에게 저 더럽고 추악한 마녀를 처형시켜달라고 하소연하고 있잖은가. 뭐라고? 무슨 말을 그렇게 심하게 하냐고? 물론 처남한테는 심한 소리로 들리겠지. 지금 처남의 가슴속엔 영민이 엄마를 향한 미움만이 이글이글 끓고 있을 테니까. 하지만 난 아닐세. 난 영민이 엄마가 그렇게 큰 잘못을 저질렀다고는 생각하지 않네. 단지 잘못이 있다면 처남이 아닌 다른 사람과 사랑을 했다는 건데 국경도 신분도 나이도 뛰어넘는다는 사랑에 무슨 잘잘못이 있겠는가.

허어, 그러다 컵 깨겠네. 처남, 진정하고 내 말을 마저 듣게. 더이상 들을 얘기 없다고? 이 사람아, 앉아! 누군 뭐 쉽게 얘기하고 있는 줄 알아. 이런 얘길 처남에게 해야 하는 나도 힘들어. 그러니까 화 좀 가라앉히고 내 얘길 끝까지 들어보게.

편이라니, 그게 무슨 소린가. 처남, 나는 지금 어느 한쪽 편을 들자는 게 아니야. 그러니 여성해방론자니 뭐니 해가며 비아냥거리지 좀 말게. 무슨 말이 그런가. 남의 얘기라고 함부로 하다니 처남이 어떻게 남이야. 겪어보지 않은 사람은 죽었다 깨어나도 이해하지 못한다고? 후후, 정말 그럴까. 하긴 내 살이 아파봐야 남의 살도 아픈 줄 아는 법이지. 아암, 그렇고말고.

처남, 한잔하세. 카아, 오늘따라 유난히 술이 달군. 괜찮아, 나는 자작이 더 편하니 신경 쓰지 말게. 허, 괜찮대두 그러네. 그럼 편할 대로 해. 기왕 치는 김에 한 잔 더 치게. 카아, 좋다. 한 잔 더 주게. 취하면 어떤가. 취하려고 마시는 술인걸. 그리고 지금부터는 좀 취해야겠어. 그래야 허심탄회하게 속마음을 털어놓을 수 있지 않겠나.

처남, 지금부터 내가 하는 얘기는 어느 누구에게도 발설은 물론 내색조차 해선 안 되네. 그리고 내가 이 얘기를 하는 동안은 나를 매형이 아닌, 그 어디에도 속하지 않은 한 명의 자연인으로 바라봐주게. 쉽게 얘기해서 가족으로 대하지 말란 뜻일세. 만약에 내 얘기를 가족의 일원으로서 듣는다면 처남이나 나나 서로 불편한 입장에 놓일뿐더러 기존의 편견이나 통념에 사로잡혀 얘기의 핵심에 접근하기는

커녕 불필요한 오해만 낳게 될 걸세. 가족만한 굴레와 속박이 어디 있겠나. 그러니 내가 무슨 얘기를 하더라도 저 강물을 보듯 무심히 흘려듣게.

처남, 아까 내게 아내의 외도를 겪어보지 않은 사람은 국으로 가만 있으라고 그랬지. 겪어보지 않은 사람은 죽었다 깨어나도 그 고통을 모를 거라면서. 허어, 무심히 흘려들으라니까. 얘기를 꺼내기도 전에 두 눈이 휘둥그레지면 어쩌겠다는 건가. 그냥 편안하게 듣기만 하래두.

그래 꽤 오래된 얘기긴 하지만 처남 짐작대로 누나에게도 과거가 있었다네. 소현이가 태어나기 전이니 꼭 6년 전 일일세. 아마 처남이 군대를 제대하던 그 무렵일 거야. 처남이 말년 휴가 나왔을 때 챙기지 못한 것도 그 때문이었어. 처가 쪽 식구들은 숫제 꼴도 보기 싫었으니까. 왜 안 그랬겠나. 세상없어도 믿거니 했던 아내가 다른 남자의 애까지 지우고 와서 아무 일도 없었다는 듯이 시침을 뚝 떼고 나만의 여자인 양 간살을 떠는데 내 심정이 오죽했겠나. 그런 표정 지을 거 없네. 다 지나간 옛날 얘기니까.

내가 누나의 외도 사실을 눈치 챈 건 남달리 발달한 직감 때문이야. 처남도 알다시피 내가 직감력 하나는 끝내주잖아. 청첩장 돌리고 나서 누나가 결혼하기 싫다고 식구들에게조차 일언반구도 없이 아침 일찍 살그머니 집을 빠져나와 강원도로 내뺐을 때도 내가 제일 먼저 알았잖아. 외출한 모양이라는 장모님의 목소리를 듣자마자 도

158

망간 걸 알았으니까.

아무튼 어느 날부터인가 누나 얼굴이 환하게 피기 시작하는데 이게 영 찜찜하더라고. 처음에는 좋게 생각하려고 했어. 왜 그 무렵에 누나가 철승이를 놀이방에 맡겨놓고 중단한 미술 공부를 다시 시작했었잖아. 그래서 그런 모양이라고, 역시 사람은 하고 싶은 일을 하면서 살아야 하는 모양이라고 애써 좋은 쪽으로 맘을 돌리는데도 뭔가 재장바른 일이 벌어질 것처럼 영 뒤가 개운치가 않더란 말야. 그러는 와중에도 누나는 나날이 얼굴에 봄나물 같은 물이 오르고 생기가 넘치면서 아름다워지는데 하루는 문득 아, 저 얼굴은 바로 사랑에 빠진 사람의 얼굴이다, 라는 자각이 번개처럼 스치는 거야. 그래서 야외 스케치가 있다며 휴일에 집을 나서는 누나의 뒤를 밟았지.

후후, 그렇게 해서 알게 된 거야. 누나가 다니는 미술학원 원장을 나는 그때 처음으로 봤는데 피죽도 한 그릇 못 얻어먹은 위인처럼 비리비리한데다가 넝마나 다름없는 차림새라니 참으로 자존심이 상했지. 차라리 조각처럼 잘 빠진 귀공자풍의 사내였더라면 덜 비참했을지도 몰라. 그도저도 아니면 헬스로 다져진 근육질의 남자이던가. 그런데 말일세, 이만큼 떨어져 숨어서 햇살처럼 환한 두 사람을 겨눠보고 있는데 나도 모르게 가슴속에서 그 어떤 끈 하나가 쿵, 하고 떨어져나가는 느낌이 드는 거야. 동시에 내 입에선 아, 하는 탄성이 흘러나왔네. 바람만 건듯 불어도 날아가게 생긴 사내, 그 사내에게서 우물 속의 잔잔한 물결 같은 섬세함이 전해지는데 그토록 농밀한 섬세함이라니. 비로소 나는 어쩌자고 누나가 그 사내를 사랑하게 되었는지 막연하게나마 이해할 수 있었네. 나도 한때는 어느 누구 못지않게 감수성 풍부하고 섬세한 사람이었으나 포성만 없다 뿐이지 전쟁터나 다름없는 무역바닥에서 잔뼈가 굵다 보니 그까짓 사춘기적 감성쯤 코딱지 후벼서 버리듯 애진작에 털어버렸지. 누나는 늘 그게 불만이었어. 그러니 누나는 내게서 찾지 못한 안식처를 그 사내에게서 찾은 셈이지. 처남, 나는 그 길로 발길을 돌려 집으로 돌아왔다네. 누나가 어떤 연유로 사랑에 빠지게 되었는지 알았으니 더이상 머물 필요가 없었지.

누나가 중절수술 받은 건 어떻게 알았느냐고? 그것도 감으로 알았네. 멀쩡하던 여자가 몸살기운 운운해가며 한 이틀 느른하게 퍼지는데 아무리 봐도 단순한 감기몸살은 아니더란 말이야. 우선 눈빛부터가 달랐어. 몸이 아픈 것이 아닌 마음이 아픈 사람의 눈빛. 불타는 갈망과 갈망에 대한 애절한 안타까움, 그 안타까움을 향한 절망과 갈망에 대한 깊은 슬픔. 그래, 누나의 고뇌로 가득 찬 눈동자에는 그 모든 감정이 함축적으로 녹아 있었어. 그리고 내가 일찍 들어오는 날이면 늘 식탁에 마주 앉아 즐기던 티타임에서 누나는 커피를 입에 대더니 낯을 찡그렸지. 그때까지만 해도 나는 설마했네. 부정하고 싶었던 거지. 철승이를 임신한 줄 몰랐을 때 보였던 생리적 증세들을 번연히 지켜보면서도 아닐 거라고, 그럴 리 없다고 참으로 간절하게 부정하고 싶었던 거야.

비약이 아니냐고? 우리의 아이일 수도 있지 않겠느냐고? 후후, 처남. 누나가 다른 사내와 사랑에 빠진 걸 눈치 챈 이후로 나는 누나와 관계를 한 적이 없어. 하고 싶어도 할 수가 없었지. 몇 차례 시도는 해봤다네. 그러나 번번이 실패했지. 다른 사내와의 사랑이 동백꽃처럼 만개한 누나의 얼굴에 눈길이 닿기만 하면…… 그 감정을 어떻게 형언할 수 있겠는가.

그러던 하루는 어디서 무슨 고초를 겪고 왔는지 외출복을 입은 채로 침대에 쓰러져 누워서 죽음보다 깊은 잠을 자고 있던 누나의 핸드백에서 산부인과에서 받아온 약봉투를 발견했네.나는 약봉투를 핸드백 속에 원래대로 집어넣은 뒤 소리없이 집을 빠져나왔네. 칼바람 횡행하는 초저녁 하늘에는 시린 초승달이 걸려 있었지. 그 초승달이 꼭 내 가슴을 가르는 칼처럼 여겨지더군.

자, 한잔 들게. 왜, 놀랐나? 하긴 누나에게 그런 과거가 있었다니 놀라는 것도 무리는 아니겠지. 표정을 보니 감당이 안 되는 모양이군. 처남, 그래서 내가 아까 가족의 구성원이 아닌 자연인으로 돌아가서 내 얘기를 들어달라고 한 걸세. 우리에게 누나는 가족이지만 가족 이전에 누나도 저 강물처럼 절대고독을 간직한 한 사람의 자연인일세. 처남이 그토록 실망스런 표정을 짓는 것도 누나를 가족의 구성원으로서만 여겨왔기 때문이야.

이보게 처남. 단 한 번만이라도 누나를 피가 끓고 욕망이 이글거리며 세계를 통째로 인식할 수 있는 무한한 가능성의 생명으로 바라본 적이 있나. 우리는 이러저러한 관계의 틀과 통념에 사로잡혀서 자기를 제외한 세계의 모든 사람을 그 어떤 식으로든 단정지으려는 속성이 있네. 특히 가족에게는 무서우리만치 냉정하고 잔인하지. 세상 사람들이야 어떤 방식으로 살든 간에 내 가족만큼은 절대로 도덕을 벗어나서는 안 된다는 자의식이 우리에게 얼마나 팽배한가. 그 속에서 단하나 예외가 있다면 바로 자기 자신뿐이지. 그 얼마나 무서운 권력인가. 사회를 지배하는 모든 권력의 출발점은 바로 가족이라는 울타리에서 시작하지 않던가. 어쩌면 우리는 가족을 바라볼 때 평등한 관계가 아닌 지배자의 입장에서 사고하고 행동하는지도 모르네. 그러나 가족이라는 눈이 아닌 타인 혹은 객관적인 객체로서 가족의 일원을 바라보면 내가 원하는 사람이 아닌, 스스로 행동하고 사유하며 잠재된 욕망을 무한히 확장시켜서 우주로까지 나아갈 수 있는 독립된 존재로서의 인간이 보인다네.

처남, 한잔 주게. 카아 입에 쩍쩍 붙는구만. 술은 참 좋은 거야. 술이 없었다면 인류는 벌써 자멸했을지도 몰라. 누나가 미술학원 원장과 사랑에 빠졌을 때, 내가 나를 지탱할 수 있었던 것도 술이 있었기 때문일세. 아마 내 인생에서 그때만큼 술을 많이 마신 적도 없을 거야. 억병으로 퍼마셔댔지. 모르긴 몰라도 〈라스베가스를 떠나며〉의 니콜라스 케이지처럼 마셔댔을 거야. 위에 구멍이 나서 수술을 받고 나서도 퇴원하자마자 술집으로 직행해서 죽자사자 부어댔으니까.

누나는 지금도 그때 내가 왜 그렇게 알콜중독자처럼 술에 쩔어 살았는지 그 이유를 몰라. 그저 회사가 부도 위기를 맞아서 그런 줄로만 알았지. 내가 그렇게 둘러댔으니까. 누난 지금도 내가 자기의 연애담을 낱낱이 꿰고 있으리라곤 꿈에도 모를 거야. 그래, 맞아. 전혀 내색을 안 했네. 내가 땅이 꺼져라 한숨을 내쉬어도, 환한 대낮에 허깨비처럼 허영거려도, 대취한 상태에서 쿨쩍거리며 울어도 누나는 애오라지 회사일 때문에 그런 줄로만 알았지.

하루에도 골백번은 넘게 누나의 멱살을 움켜쥐고서 네가 어떻게 이럴 수 있느냐고 따져묻고 싶은 충동을 억누르기가 얼마나 힘겹던지, 그때 하도 이를 악물어대서 지금도 내가 이가 안 좋아. 취기가 오른 상태에서 잠든 누나의 얼굴을 내려다보노라면 억눌러온 살의가 번들거리며 되살아나서 고만 그 가냘픈 목을 우두둑 졸라 모든 걸 끝내버리고 싶기도 했다네. 그런데도 나는 차마 내색을 할 수가 없었네. 내가 할 수 있는 최선은 그저 누나를 묵묵히 지켜보면서 견디는 것뿐이었지. 기다림이 그토록 징그러운 줄 그때 처음 알았네.

처남, 내가 누나의 과거를 나만의 무덤 속으로 짊어지고 가려고 했던 까닭을 이해할 수 있겠나. 가장 큰 이유 중의 하나는 누나를 단죄할 자격이 내게 없기 때문이었네. 섹스 파트너를 둔 놈이 무슨 자격으로 사랑에 빠진 여인을 심판한단 말인가. 처남처럼 내게도 정을 통하던 여자가 여럿 있었네. 설사 없었다 한들 무슨 상관인가. 처남, 이 세상에 절대선(善)인 사람이 누가 있겠는가. 절대선이 없다면 누가 누구를 단죄한다는 얘기 자체가 어불성설이지. 만에 하나 절대선이 존재한다면 그건 바로 절대악(惡)뿐일 걸세.

결혼한 이후로 지금까지 나는 네 명의 여자와 관계를 맺어왔네. 윤락가에서 일하는 여자들은 빼고 말이야. 그중의 하나는 나이 어린 처녀였는데 우리 회사 신입사원이었지. 그 친구를 빼곤 다들 업무상 알게 된 유부녀였어. 그렇게 어리둥절한 표정 지을 거 없네. 주위에 널리고 널린 흔한 얘기 아닌가. 아무 택시나 집어타고 기사에게 물어보게. 기사들 태반이 어떤 식으로든 유부녀와 관계를 맺고 있을 테니. 처남도 다 알고 있는 얘기 아닌가.

허, 벌써 해가 뉘엿거리는군. 처남, 자네도 혹시 경험이 있어서 알고 있을는지 모르겠지만 남자들이 못 잊어하는 여자는 대체로 세 가지 유형으로 나눠지잖아. 첫사랑이 그 첫번째 경우고 가슴 아리게 흠모만 하다가 학처럼 날려보낸 여자가 두번째 경우라면 마지막은 기가 막히게 섹스를 잘하는 여자 아닌가.

내게도 그런 여자가 있었네. 좀전에 네 명의 여자와 바람을 피웠다고 했잖은가. 그중의 한 여자는 지금까지도 잊혀지지가 않아. 거래처 경리부에서 근무하던 여자였는데 나보다 두어 살 어린 유부녀였지. 참으로 매혹적인 여자였네. 그 여자와 나는 서로 누가 누구를 유혹했다기보다 일 관계로 만난 술자리에서 이런저런 얘기를 주고받다가 그냥 자연스럽게 모텔로 향했다네. 물론 자고 싶다는 얘기는 내가 먼저 꺼냈지. 사전 교감이 있어서 자고 싶다는 얘기를 꺼내는 데는 그다지 부담이 없었네. 그 여자도 선선히 응하더군. 그날 이후로 그 여자와 나는 종종 모텔에서 만났는데 낮밤이 따로 없었지. 우린 속궁합이 참 잘 맞았네. 나는 지금까지 그 여자처럼 섹스를 잘하는

164

여자를 만나보지 못했네. 그 여자는 섬세한 악기와도 같아서 내 손길이 미치기만 하면 무르녹는 봄들판의 갈대밭처럼 무수한 소리로 가득 차서 한 차례의 세찬 소나기가 휘몰아치기 전에는 식을 줄을 몰랐네. 격정이 가라앉고 바람도 잦아들어 사위가 고요해지면 그 여자는 내 품에 안겨서 당신 부인이 부럽다는 소리를 한숨처럼 내뱉곤 했지.

그런데 말일세, 그 여자가 사랑하는 남자는 따로 있었네. 지방에 있는 자회사의 기획실장인가 하는 사람인데 그 사람 역시 쌍둥이 딸을 둔 유부남이었지. 그 여자는 그 사람을 자주 볼 수 없어서 퍽 괴로워했어. 미치도록 보고 싶은데 두어 달에 한 번밖에는 만날 수가 없으니 그럴 만도 했지. 자가용으로 네 시간쯤 달려야 하는 거리도 거리지만 서로 직장과 가정을 둔 사람끼리 시간을 맞추기가 어디 쉬웠겠나. 그 여자는 내게 그 모든 얘기들을 남김없이 털어놓았고 나는 조언을 곁들여가며 기꺼이 들어주었네. 속궁합이 맞았으니 가능했겠지만 그 여자 입장에서 보자면 나는 남편과 애인 사이에 놓인 정거장 노릇을 한 셈이지.

기분 나쁘지 않았느냐고? 기분이 왜 나빠야 하는데? 그럼 내 정액이 묻은 이부자리에서 다른 남자 얘기를 들었다고 해서 화를 내야 한단 말인가. 처남이 뭔가 오해를 하는 모양인데 그 여자와 나는 단지 섹스 파트너였을 따름이네. 물론 썩 유쾌하진 않았지. 하지만 그 여자와 나는 서로가 원하는 걸 충분히 즐겼고 더이상의 욕심은 없었네. 그런 면에서 보면 동등하게 만나서 동등하게 헤어졌다고 할 수 있을 거야.

처남, 이 대목에서 한 가지 짚고 넘어가야 할 게 있는데 나는 지금도 그 여자를 떠올릴 때마다 누나에게 별다른 죄책감을 느끼지 않네. 물론 미안하기는 해. 하지만 미안한 것과 죄책감은 서로 다르잖아. 그렇다고 해서 내가 누나를 사랑하지 않느냐 하면 그렇지는 않아. 참으로 많이 사랑한다네. 연애할 때나 신혼 초와는 판이하게 다른 사랑을 하고 있는 셈이야. 우리가 함께 해온 세월이 두터우면 두터울수록 그 사랑도 깊어져서 누나를 대할 때면 일종의 자기애마저 느껴진다네. 이 부분은 처남도 동의할 수 있을 거야. 아내에 대한 사랑과 애정은 다른 여자와의 관계와 전혀 별개라는 걸.

아마 그건 누나도 마찬가지였을 거야. 미술학원 원장과 사랑을 나누면서도 내게로 향한 사랑은 여전히 가슴 한켠에 간직하고 있었을 테지. 나는 지금도 누나가 바람을 피웠다고는 생각하지 않아. 바람을 피운 건 나지. 누나는 나처럼 바람을 피운 게 아니라 사랑을 한 걸세. 이성쯤 아무렇잖게 마비시키고 무력화시킬 만큼 강렬하고 뜨거우면서도 그 어떤 대가와 희생을 지불해도 결코 후회하지 않겠노라고 결심할 만큼 황홀한 연애를 한 거지. 아마도 연애를 하는 동안 누나는 세상 어느 누구보다도 그 사내를 사랑했을 거야.

이건 막연한 짐작이네만 어쩌면 누나는 그 사내와 사랑을 나누는 동안 나와의 이별을 꿈꾸었을지도 모르네. 결혼한 사람치고 매순간 이혼을 생각해보지 않은 사람이 어디 있겠나. 그런데도 누나는 무엇 때문에 그 사람을 정리하고 내 곁에 남은 걸까. 이 역시 짐작이네만

166

그 사내나 누나나 두 사람이 각자의 가정을 버리고 새 살림을 차려봐야 종당에는 비극으로 치닫기 십상이라는 사실을 본능적으로 감지하고 있었기 때문일 걸세. 영원한 사랑이란 그야말로 유토피아에서나 가능한 얘기 아니겠는가. 영원한 사랑이 있을 수도 있겠지. 그러나 나는 죽음과 자기애말고는 그런 사랑은 이 세상에 존재하지 않는다고 생각하네.

처남은 인정하고 싶지 않겠지만 나는 영민이 엄마도 누나처럼 인력으로는 도저히 어찌해볼 수 없는 사랑에 사로잡혔던 거라고 보네. 사랑의 포로 어쩌고저쩌고 하는 대중가요도 있지 않은가. 이보게, 처남. 자네도 나처럼 영민이 엄마의 사랑을 인정해주게. 그게 어떻게 가능하냐고?

처남, 우리 좀더 솔직하게 얘기해보세. 처남은 정말로 영민이 엄마를 받아들이고 싶은 마음이 눈곱만큼도 없는가. 아마 그렇지 않을 걸. 단지 너무 화가 나서 받아들이고 싶은 마음을 인정하고 싶지 않은 게지. 뭐라고, 그런 마음이 아주 없지는 않다고? 그럴 줄 알았네. 나도 그랬으니까. 아마 한동안은 영민이 엄마 얼굴 똑바로 쳐다보는 것조차 쉽지 않을 걸세. 더러운 병균처럼 보일 테니까.

참 이상해. 우리들은 무수하게 바람을 피우면서도 왜, 외간 남자와 사랑을 나눈 아내는 그토록 경멸해 마지않는 걸까. 그건 아마도 사랑이 아닌 섹스에 초점을 맞춰서 바라보기 때문일 거야. 섹스는 사랑의 일부분에 지나지 않는데 우리는 아내의 사랑을 애오라지 섹스 하나만으로 판단하잖아. 그야말로 장님 코끼리 만지는 식이지. 처남도 한번 생각해보게. 만약에 영민이 엄마가 그 사내와 살을 섞지 않았더라면 처남이 지금처럼 격분해서 이혼 운운했을까. 섹스가 개입되지 않았더라면 우리들은 여자들이 바람을 피웠다고 생각하지 않았을걸세. 바람 날 소지가 다분하다고 생각하는 게 고작이겠지.

일례로 독실한 크리스천인 여인이 신부를 이성으로 사모하게 되었다고 가정해보세. 그런 경우에 남편을 포함해서 그 여인을 이상하게 생각할 사람이 과연 몇이나 되겠는가. 남편도 그저 기분이 언짢은 정도겠지. 왜? 신부하고 몸을 섞지는 않을 테니까. 그렇지만 상대가 결혼이 허용된 목사라면 얘기가 판이하게 달라질 거야. 목사하고는 살을 섞을 가능성이 있으니까. 그 가능성이 백 분의 일이든 십 분의 일이든 아무 의미가 없지. 가능성이 있다는 그 자체가 중요하니까.

어쩌면 우리는 그 가능성 하나 때문에 일생을 불안에 떨며 살아가는 걸지도 모르네. 우리 아버지가 꼭 그랬어. 팔순 잔칫상을 받고 돌아가시기 전까지 아버지는 늘 어머니를 의심했지. 한번 상상해보게. 칠순 중반을 넘긴 할머니가 양로원에 갈 때마다 지팡이를 짚고 미행에 나서는 팔순 할아버지의 뒷모습을 말일세. 그 얼마나 끔찍한 불행인가.

이보게 처남, 이 시대에 와서 섹스를 하고 안 하고가 뭐 그리 중요한가. 하물며 사랑하는 남녀 사이라면 더이상 말할 필요도 없겠지. 남녀를 떠나서 일생 한 사람만 바라보며 산다는 게 가당키나 하겠나.

168

어렵게 생각할 필요 없어. 자네나 나나 죽는 그날까지 아내만을 바라보고 아내만을 사랑하면서 사는 게 가능하겠느냔 말일세.

당장 이 카페 안만 해도 그래. 한번 둘러보게. 여느 카페하고 손님 층이 다를 거야. 혼자서 자리를 지키고 있는 중년 신사들이 유독 많은 거 같지 않은가. 언뜻 보기에는 저 사람들이 다들 강을 바라보면서 머리를 식히고 있는 듯이 보이지만 실은 이 카페 주인과의 로맨스를 꿈꾸며 앉아 있는 걸세. 이 근처에만 오면 꼭 이 집에 들러서 차 한잔 들고 가는 나 역시도 그중의 하나라고 할 수 있지. 이 카페 주인이 보기 드문 미인이거든. 더군다나 미망인이지. 하지만 이곳 주인과 로맨스를 이룬 사내는 단 한 명도 없다네. 참으로 다양한 사내들이 갖은 장기를 총동원해서 접근했지만 눈도장을 찍은 외의 진전은 이루지 못했지. 멀리서 그 소문을 접하고 찾아오는 사람들도 있는 걸 보면 사람 마음이 크게 다르지 않은 모양이야. 하긴 꽃 같은 여인이 강변 카페에서 심상히 늙어가는데 어느 누가 그냥 지나치고 싶겠는가.

이런 벌써 술이 떨어졌군. 한 병 더 할까? 그래 그것도 좋지. 하긴 진작에 해가 졌는데 우리만 시간 가는 줄을 몰랐군. 아, 달빛 참 좋다. 뭐라고? 아서, 이 사람아. 오늘 하루는 내가 책임지기로 했잖은가. 저기 강변으로 나가면 민물회로 소문난 집이 있으니 거기서 이차를 하기로 하지. 그럼 옮기기 전에 술도 깰 겸 커피 한 잔씩 하고 일어나세. 여기요, 블루 마운틴 두 잔만 주세요.

아까 무슨 얘기를 하다 말았지? 그래 맞아. 이보게 처남. 우리들이 일생 한 사람만을 바라보며 사는 게 가능하지 않다면 여자들도 가능하지 않은 거야. 물론 여자들이 집 안에서 살림만 하던 시대에는 가능했지. 다른 남자를 만날 기회가 없었으니까. 아니, 다른 욕망을 꿈꿀 기회조차 없었다는 게 정확한 표현이겠지. 당장에 영민이 엄마만 해도 그렇잖은가. 처남만 만나지 않았더라면 영민이 엄만 지금쯤 어느 대학 강단에 서서 자기만의 세계를 펼쳐갔을지도 몰라. 하지만 처남과 결혼을 하면서 그 모든 꿈을 접었잖아. 그 대가로 주어진 게 대저 뭔가. 내가 보기에 결혼한 여자들의 삶은 물위에 뜬 백조나 다름없는 거 같아. 가정의 평화를 지키기 위해 물밑에서 끊임없이 몸부림을 쳐야 하는 삶을 한번 생각해보게. 그건 감옥에서의 자유나 다름없네.

처남, 내 나이 이제 낼모레면 사십일세. 적은 나이는 아니지. 그런데 요사이 들어서 부쩍 이제는 내가 언제 어디서 어떻게 죽을지 모르겠다는, 당장 내일이라도 죽음을 맞을 수도 있다는 생각이 무시로 들곤 하네. 아울러 내가 이제껏 살아오면서 정말로 내 뜻대로 의지대로 살아온 적이 한순간이라도 있었던가, 죽음을 맞기 전에 그런 삶을 단 한 번만이라도 누리고 죽을 수 있을까 하는 간절함이 엄습해온다네. 그런 생각을 하기 시작하고부터는 세상이 참으로 다르게 보이네. 사람도 다르게 보이고 그 사람의 삶도 다르게 보이지. 물론 연애도 마찬가질세. 섹스가 사랑의 일부이듯이 연애 또한 삶의 일부 아니겠는가. 그리고 나 역시도 누나 입장에서 보자면 누나의 삶을 이루는 하나의 축에 지나지 않아.

　처남, 내가 누나의 과거를 묻어둔 또다른 이유가 뭔지 아는가. 믿음 때문이었네. 왜, 믿음이란 스스로의 바람일 따름이라고 주장했던 내가 다시금 믿음을 내세우니 이상한가. 처남, 내가 누나의 사랑을 고통스러운 눈으로 지켜보면서 새로이 깨달은 게 있는데 저지르지 않은 것에 대한 믿음은 믿음이 아니라는 사실일세. 저지르지 않은 것에 대한 혹은 행동하지 않는 것에 대한 믿음이 무슨 믿음이겠는가.

　처남, 나는 앞으로도 누나가 얼마든지 다른 사람과 사랑에 빠질 수 있다고 생각하네. 그래도 상관없이 나는 누나를 믿네. 뭐라고? 그게 무슨 믿음이냐고? 그런 소리 말게. 내일 일을 누구라서 알겠나. 내가 누나를 믿는다는 것은 누나가 연애를 하든 그림을 그리든 또다른 무엇을 하든 관계없이 스스로에게 주어진 생을 온전한 모습으로 살아내리라는 믿음일세.

　아까 내가 이 자리에서 누나에게 청혼을 했다는 얘길 처남에게 했던가. 그래. 그랬지. 처남, 나는 아직도 두물머리에서 만나는 저 강물처럼 하나의 꿈과 하나의 역사로 일생 흘러가자고 누나에게 했던 고백이 여전히 유효하다고 생각하네. 하지만 그 약속이 지켜지기 위해서는 내 스스로 끊임없이 더 넓은 세상으로 흘러가야 한다는 명제가 전제되어야만 하겠지. 남한강과 북한강이 한몸으로 흘러갈 수 있는 건 그 어떤 구속으로부터도 자유로울 수 있기 때문이 아니겠는가. 내가 자유롭지 못하다면 누나는 말할 것도 없고 내 주변 사람 누구라도 자유롭지 못하겠지. 나 스스로가 그들을 구속할 테니까. 그리고 종당에는 스스로 얽어맨 쇠사슬에 목이 졸려 비참한 최후를 맞이하겠지.

처남, 창 밖을 보게. 저 달빛이 가슴으로 느껴지는가. 강 건너 야산에 만개한 진달래도 좀 보게. 달빛 아래서 팔게 타들어가는 진달래는 나도 처음인걸.

처남, 내가 누나의 삶을 온전한 그 자신의 것으로 인정한 게 언제인 줄 아는가. 바로 이 자리에서 실컷 울고 난 뒤였네. 그때도 꼭 지금과 같이 진달래가 만개했었지. 진달래가 어찌나 붉게 피었던지 갈대숲을 어루만지는 바람이며 강물에 부서지는 햇살까지도 붉게 물들일 것만 같았네. 난 이 자리에 앉아서 창 밖 봄 풍경을 무상히 바라보았지. 그런데 갑자기 가슴이 먹먹해지면서 왈칵, 눈물이 솟구치지 않겠나. 이유는 없었어. 그냥 햇살이 너무도 눈부셨고 그 햇살 아래서 꽃사태가 지고 있었을 뿐이었는데 눈물을 주체할 수가 없는 거야. 소리없는 눈물이 그냥 시냇물처럼 쏟아져내리더군. 그렇게 한바탕 눈물을 쏟고 나니까 그만 나도 모르게 아, 저토록 찬란한 봄이라니, 하는 탄성이 터져나오더군.

처남, 그때 내가 본 세상이 얼마나 거룩했는지 아는가. 나 자신조차도 거룩해서 숨을 쉴 수가 없을 지경이었네. 아니, 존재하는 그 모든 것이 거룩하게 느껴졌지.

처남, 그만 일어날까. 횟집이 멀지 않으니까 차는 여기다 두고 걸어가세. 횟집에 가서는 얘길랑 그만 접고 코가 삐뚤어지도록 마셔보자고. 달이 저토록 휘황하니 술맛 좀 나겠는걸. 안 그런가, 처남.

교미하는 사마귀의 숲

야, 이 새끼야. 겨우 이 정도였니? 너란 새끼가 이 정도밖에 안 되는 놈이었냐구. 너는 모르겠지만 네가 얼마나 더럽고 한심하게 변했는지 알아? 눈깔이 달렸으면 가서 거울을 봐봐. 세상에 다시없을 속물의 낯짝이 거기 있을 테니까. 왜, 내 말이 틀렸니? 지금이라도 늦지 않았으니까 옛날의 너를 한 번만이라도 생각해봐. 제발 부탁이다.

장마비 우거진 북한강을 바라보며 능소화라는 아이디를 가진 여자와 미로모텔에 들었던 그날 이후로 나는 마음의 안정을 잃어버렸다. 대형 거울이 원형침대를 내려다보는 모텔에서 첫 대면한 여자와 아무런 부담 없이 한낮의 정사를 즐길 때만 하더라도 나는 온라인의 바다를 헤매고 다니던 내내 소원했던 행운을 마침내 움켜쥔 기분이었다.

　지난 몇 년간 가벼운 언어와 몸짓들이 활개를 치는 채팅방을 허망해하면서도 차마 떠나지 못하고 부유해다녔던 까닭도 낯선 여자와의 근사한 만남이 어디선가 나를 기다리고 있으리라는 기대를 버리지 못했기 때문이었다. 물론 능소화란 아이디를 가진 여자를 만나기 이전에도 나는 채팅을 통해 사귄 몇 명의 여자들과 모텔을 드나들었고 더러는 외진 산길에서 카섹스를 벌이기도 했다. 그러나 그 여자들과의 정사는 사정할 때의 짜릿함을 빼고 나면 스스로에 대한 염증을 불러일으킬 만큼 공허하기 짝이 없었다. 채팅을 하면서 품었던 환상은 번개를 통해 그 실체를 확인하는 순간 와르르, 무너지기 일쑤였고 김 빠진 한 잔의 술과 헛헛한 한 번의 정사 뒤에는 더이상 인연을 유지할 그 어떤 이유도 찾을 수가 없었다.

일 년에 한두 번 꼴로 이루어지는 번개팅을 마치고 아내에게 맡겨놓은 약국으로 돌아올 때마다 나는 도대체 이 무슨 한심한 짓이냐고 스스로를 준엄하게 꾸짖어댔지만 정체를 알 수 없는 갈증은 다시금 내 등을 컴퓨터 앞으로 떠밀어댔다. 가슴의 뿌리까지 먹어치우는 지독한 갈증을 달랠 유일한 수단은 애오라지 컴퓨터밖에 없었다. 아스팔트도 녹여버릴 듯 이글거리는 폭염 따위야 에어컨의 바람으로 재워놓고 그 서늘한 냉기 속에서 온라인의 세계를 누비노라면 소시민의 권태와 비애와 무력감은 어느 결에 사라지고 그 어떤 간섭과 제약도 존재하지 않는 특별한 세계가 나를 맞이하는 느낌이었다. 그러나 몇 시간의 온라인상의 여행을 마치고 나면 목적도 없이 허허벌판을 가로지른 쓸쓸함과 함께 까무룩히 가라앉는 피로가 엄습해오면서 나 자신이 한 마리의 벌레처럼 하찮게 여겨졌다. 그러면 약국 안팎의 삶 또한 차마 눈 뜨고 봐줄 수 없으리만큼 경멸스러워졌고 그토록 경멸스러운 삶을 견뎌내는 나 자신과 약국 밖 거리를 오가는 모든 사람들이 불쌍해서 견딜 수가 없었다.

언젠가 나는 그런 내 심경을 동창들과의 계모임에서 토로한 적이

178

있는데 상당수가 내 심정을 익히 알겠다는 투로 고개만 주억거릴 뿐
어느 누구 하나 새겨들을 만한 답변을 내놓지 못했다. 그중 한 친구
는 낚시나 등산에 취미를 붙여보는 게 어떻겠냐고 딴에는 묘책이라
고 내놓았는데 그건 어디까지나 주말에 자유로이 시간을 낼 수 있는
직장인들의 세계일 뿐 주말은커녕 국경일에도 이른 아침부터 늦은
밤까지 약국을 지켜야 하는 나로서는 컴퓨터를 켜고 대물낚시 게임
이나 하는 수밖에 달리 도리가 없었다. 암벽등반부터 시작해서 행글
라이더와 스쿠버 다이빙까지 틈만 나면 장비를 챙겨들고 국내외를
넘나들며 모험을 즐기는 한 친구는 좁은 공간에 갇혀 지내는 사람들
정신건강에는 운동이 최고라며 스쿼시를 권했지만 나는 이내 고개
를 가로젓고 말았다. 불혹을 목전에 두고부터 체력과 집중력이 급격
히 떨어지는 터라 모험가의 제의에 내심 구미가 당겼으나 함께 운동
을 할 수 있는 단짝이 있는 것도 아니요 비싼 돈 들여가면서까지 내
가 친 공을 내가 되받아 쳐야 하는 청승을 떨고 있을 만큼 건강에 큰
문제가 있는 것도 아니었다. 그러나 내가 스쿼시를 마다한 이유는 정
작 따로 있었다. 이런저런 사족을 곁들일 필요도 없이 그냥 귀찮았
다. 천성이 게으른 탓일지도 모르지만 꼭두새벽 내지는 늦은 밤중에
매일같이 시간을 내어 운동을 할 만큼 스스로를 강제할 자신도 없거
니와 군이 그렇게 해야만 되는 절박한 사정이 있는 것도 아니었다.
나는 그저 내 세계의 전부나 다름없는 약국을 지켜가며 별다른 탈 없
이 한세월 고즈넉이 보내고 싶을 뿐 그 이상의 욕심은 없었다. 다만
문득 삶이 견딜 수 없이 따분하고 권태롭게 느껴지는 순간을 견딜 수

있는 뭔가가 있다면 그로써 족할 따름이었다.

컴퓨터를 익히기 전만 하더라도 나는 조제실 안에서 비디오를 틀어놓고 바둑기사의 해설을 좇아 바둑돌을 옮기는 호사를 즐기거나 무겁지도 가볍지도 않은 독서에 빠져 시간을 보내는 게 유일한 낙이었고 정히나 갑갑증이 일면 약국문을 닫는 즉시 기원으로 달려가서 한 방에 사, 오천원짜리 내기바둑을 두거나 유일한 동네친구인 장수를 꼬드겨 룸살롱에서 폭음을 하는 게 고작이었다. 룸살롱 출입을 달가워하지 않는 장수는 내가 룸살롱으로 앞장을 설 때마다 끽해야 오입이 고작인 통속에 뭐 하러 힘들게 번 돈을 처넣느냐며 마뜩찮은 눈초리로 딴지를 걸어왔으나 그때마다 나는 누가 속살이 그리워서 그러느냐고, 더럽혀지고 부서지는 세계를 네가 아느냐고 숫제 억지를 써가며 장수의 손을 잡아끌었다. 그러면 장수는 배부른 소리 하지도 말라고, 차라리 그런 돈 있으면 자기한테 달라고 언성을 높였는데 그런 녀석의 두 눈은 퍼렇게 살아서 번쩍거렸다. 그러나 장수의 시퍼런 두 눈은 내 고집을 꺾기는커녕 오히려 음울하게 뒤틀린 내 오기를 건드렸다.

도배사로 잔뼈가 굵은 장수는 뭘 잘못 먹었는지 몰라도 어느 날 갑자기 인생관이 바뀌어서는 사람은 모름지기 더불어 살아야 한다는 소리를 뻐끔뻐끔 내뱉기 시작하더니 모 시민단체의 일원이 되어버렸고 공일만 되면 독거노인이나 소년소녀가장의 집으로 달려가서 무료로 도배를 해주었다. 노총각의 군내가 풀풀 풍기는 그의 자취방은 일터에서 수거해온 자투리 도배지로 누울 자리가 없을 지경이었고 벽에 걸린 간이칠판에는 도배를 해주어야 할 이들의 주소와 연락처가 빼곡이 적혀 있었다. 나는 장수의 갑작스런 변화에 적잖이 당황해했는데 그는 외려 이상할 거 하나도 없다고 운을 뗀 뒤 그간 남몰래 간직해온 속내를 담담하게 털어놓았다.

나를 만나기 직전만 하더라도 장수는 애오라지 삼십 평짜리 아파트 한 채 장만해보는 게 소원이었다. 삼십대 초반만 하더라도 돈을 버는 족족 동네 친구들에게 인심을 쓰는 낙으로 살았던 장수는 결혼을 하기 위해 나간 맞선 자리에서 예기치 못했던 봉변을 당한 뒤로 세상의 무서움을 알게 되었노라고 고백을 했다. 어느 정도 부풀려진 측면은 있겠지만 장수의 표현에 의하면 레스토랑에서 한창 좋던 분위기가 도배사라는 말 한마디에 깨지고 말았는데, 연봉이 이천오백만원이고 몇 년 뒤면 지물포도 차릴 수 있다는 그의 설명에 아랑곳없이 상대방은 찬바람이 쌩쌩 부는 태도로 그래봐야 노가다 아니냐고, 사람이 뻔뻔해도 정도가 있지 멀쩡한 사람 신세 망칠 작정을 한 것도 아니겠고 한낱 노가다 주제에 무슨 염치로 맞선 볼 생각을 다 했는지 모르겠다고 야멸차게 쥐어박은 뒤 자리를 박차고 나가버렸다는 것이다. 그 뒤로도 장수는 몇 번의 맞선을 더 보았는데 제법 연애하는 폼이 날 즈음이면 어김없이 퇴짜를 맞곤 했다. 퇴짜를 놓는 명분도 가지가지로, 장수같이 착한 사람에게는 자기가 어울리지 않는다는 핑계부터 시작해서 성격이 맞지 않는다느니 인연이 아니라느니 하는 따위의 흰소리를 늘어놓은 뒤 부디 자기보다 좋은 여자 만나서 행복하게 살기를 바란다고 제법 슬픈 표정까지 지어가며 줄줄이 떠나갔다. 이에 크게 상처를 입은 장수는 그토록 좋아하던 술까지 끊어가며 악착같이 적금을 부어나갔고 적금을 부은 삼 년 만에 전세금에 융자를 보태 서른세 평짜리 아파트를 장만했다. 그러나 장수는 거기서 멈추지 않고 한창 공사가 진행중인 신도시 한복판에 지물포를 차리고 말겠노라는 목표를 세웠고 작년 봄까지 이 년간을 그야말로 일개 미처럼 살았다. 그러나 장수가 적금통장 하나 부여잡고 두 눈이 벌게져서 사는 동안 그의 친구들은 사람이 못쓰게 변했다며 하나 둘 그의 곁을 떠나갔고 마침내 장수의 주위에는 몇 개의 세금공제 적금통장과 서른세 평짜리 아파트와 일터만 남게 되었다. 그래도 장수는 까짓 무에 대수냐고 스스로를 위로하며 더욱더 억척스럽게 굴었다. 그러던 어느 날, 지독한 감기몸살에 시달리다 거실로 나온 장수는 좋은 여자를 배필로 맞겠다는 일념 하나로 장만한 살림살이들만 덩그러니 놓여 있는 집 안을 둘러보다 문득 자신이 천애고아나 다름없다는 생각과 더불어 비록 언제가 될지 알 수는 없지만 어느 누구의 눈길도 닿지 않는 이 좁은 공간에서 슬퍼하는 이 하나 없이 죽음을 맞게 될지도 모른다는 자각을 하게 되었다. 그날부터 장수는 자신의 삶을 송두리째 까뒤집어가면서 스스로의 뒤틀린 마음을 다스리기 시작했다. 장수가 사람은 만인을 위할 때 비로소 자유라는 소리를 심심찮게 해가며 시민단체의 일원이 된 것도 그 무렵이었다. 시민단체의 일원이 된 뒤로 장수는 참으로 헌신적인 삶을 살았고 얼굴 또한 환했다. 그는 도배를 하러 다니는 봉사활동 외에도 지물포를 차리기 위해 모아두었던 적금을 깨가면서까지 소년소녀가장의 등록금을 대납해주

182

었다. 그러면서도 그는 주위 사람들에게 늘 겸손하고 친절했다. 가끔가다 강파른 모습을 보일 때도 있긴 했지만 그건 흔들리는 자신을 다잡기 위한 고집으로 보였다.

그런 장수다 보니 내가 룸살롱에 가서 질펀하게 놀아야겠다고 팔을 잡아끌 때마다 쓸 데 없는 짓에 돈을 낭비한다느니, 아무런 고민도 없이 자기만 생각하는 철부지라느니 분위기 깨는 소리로 딴지를 걸어오는 것도 무리는 아니겠으나 그때마다 나는 한껏 오기가 돋아 개소리 작작 하라고, 나는 원래 이렇게 생겨먹었으니 잘난 너나 학처럼 고고하게 살다 뒈지라고 목청을 돋우었다. 장수의 눈에는 그런 내 모습이 생판 억지스럽게 비쳤을지 모르지만 하늘이 두 쪽 나도 룸살롱에 가서 삼차를 해야겠다고 주정을 해대는 내게도 나름의 절박함은 있었다. 애초에 룸살롱 출입을 시작했던 것도 오입에 목적이 있었던 것은 아니다. 일상을 견디며 가슴에 묵새겨두었던 응어리, 아내를 비롯해 그 누구에게도 쉽사리 내비칠 수 없었던 그 응어리를 나는 열심히 귀 기울여주되 헤어지면 그만인 누군가에게 남김없이 보여주고 싶었고 비록 주정일망정 던적스러운 짓을 통해 내가 얼마나 한심스러운 인간인가를 확인하고 싶었다. 비록 무의미하기 짝이 없는 자학이라 할지라도 그렇게나마 발버둥을 치고 나면 내가 누리는 삶이 지극히 정당한 것이라는 안도감에 일상이 두루 편안했다.

약국을 개업하고 컴퓨터를 익히기 전까지의 오 년 남짓한 세월을 돌이켜보면 내가 일상의 권태를 잠시나마 털어버릴 수 있었던 순간은 밤새 내기바둑을 둬서 몇만원의 돈을 따거나 룸살롱 아가씨의 젖

가슴에 술냄새 푹푹 풍기는 얼굴을 묻었을 때가 유일했다. 물론 그 대가로 딴 돈의 몇 배를 잃기도 하고 아내 몰래 매독을 치료하기도 했지만 안전한 일상의 권태를 벗어던지던 순간의 짜릿한 쾌감을 떠올리면 그깟 대가쯤 대수롭잖았다. 오히려 분을 삭여가며 도박 상대에게 하루치 이익금을 건네고 은근한 눈길로 옆구리를 찔벅거리는 아내의 곁을 피해다니며 매독약을 먹는 순간에도 나는 살아서 펄떡거리는 내 생을 확인한 것만 같아 과히 기분이 나쁘지 않았다. 뿐만 아니라 돈을 잃고 매독을 치료하는 와중에 느끼는 비릿한 슬픔은 사람살이가 다 그렇지 누구 하나 별수 있겠느냐는 자의식과 맞물려 세상을 싸잡아 비웃을 수 있는 오기를 빚어내기도 했는데 장수도 그 대상 가운데 하나였다. 나와는 판이하게 다른 지평을 바라보며 살아가는 장수를 대할 때마다 나는 푸석푸석한 몰골로 일상의 하늘을 그냥저냥 바라보는 이가 트랙을 도는 육상선수의 탄탄한 근육을 보았을 때 느끼는 경이로움과도 같은 감정에 사로잡히곤 했다. 그러면 나는 어디 너만 잘났느냐고, 세상의 어느 누구 하나 너만큼 잘나지 않은 놈이 있다냐고, 속으로 외쳐대며 장수를 룸살롱으로 잡아끌었다.

일상의 틀을 벗어나 봐야 내기바둑과 오입이 고작이던 내게 컴퓨터는 그야말로 혁명이나 다름없었다. 사이버 세계에 첫발을 내딛던 순간의 경이로움을 나는 아직도 잊지 못한다. 미국으로 이민간 동창과 바둑을 두고, 얼굴도 모르는 약사들과 답답한 속내를 나누고, 영화감독이 꿈이었던 사람들이 모인 방에서 꿈을 상실해가는 슬픔에 대한 토론을 벌이고…… 나는 시간과 공간의 제약이 존재하지 않는 세계를 누비고 다니면서 이제껏 느끼지 못했던 자유를 맛보았는데 그건 마치 꿈속에서 하늘을 날아다닐 때의 기분과 흡사했다. 사이버 세계에 군눈을 뜬 뒤로 나는 기원은 물론이고 룸살롱과도 발길을 끊었다. 내기 바둑을 둘 때의 팽팽한 긴장감은 없을지라도 천여 명에 달하는 애기가들이 모인 터에 굳이 기원을 찾을 필요가 없었고, 맺지 못할 인연이 없는 사이버 세계를 알아버린 마당에 룸살롱에서 말도 통하지 않는 나어린 처녀애들을 붙잡고 던적스러운 짓을 할 필요는 더더욱 없었다.

약국문을 닫고 귀가를 하자마자 내 발걸음은 마약을 찾아 떠도는 중독자처럼 컴퓨터가 놓인 서재로 향했고, 광통신망에 접속이 되고 나면 아내의 지청구 따윈 귓등으로도 들어오지 않았다. 나는 아내가 잠들기를 기다리는 동안 스타크래프트를 했다. 한 시간 남짓 오락으로 소일하다 보면 아내는 깊은 한숨을 내쉬며 잠들기 마련이었고 물을 마시는 척 거실로 나와 아내가 잠든 걸 확인한 나는 마음놓고 채팅을 즐겼다. 그러나 채팅을 하면서도 컴퓨터에게 남편을 빼앗긴 아내의 처지를 생각하면 마음이 썩 편하지 않았고, 가족일랑 아예 뒷전으로 팽개쳐두고 통신중독에 발목을 붙잡혀 인생을 낭비하는 스스로의 꼴도 한심스러웠다. 아내는 그런 내 등뒤에서 사네 못 사네 잔소리를 퍼부어대거나 더러는 눈물을 찔끔거리기도 했고 참다 못한 하루는 모니터를 불끈 들어올려 방바닥에 패대기치기까지 했다. 그러나 컴퓨터를 가운데 놓고 벌인 반 년간의 싸움 끝에 백기를 든 쪽은 아내였다. 가장으로서의 책임감을 들먹이는 아내를 향해 나는 도박을 하거나 바람을 피우는 것도 아니요 고작해야 하루 종일 환자들 상대하면서 쌓인 스트레스 좀 풀자는 것뿐인데 그마저도 못 하게 하면 하루하루 쌓이는 스트레스는 어찌 감당하며 막말로 그로 인해 내가 쓰러지기라도 하면 그때는 어떡할 테냐는 주장을 폈다.

바람 운운할 때는 내심 찔리는 구석이 없지 않았으나 지레 발을 저려할 만큼 가책은 크지 않았다. 돌이켜보건데 어쩌면 나는 아내 모르게 외도를 하고자 최대한 조심을 하는 와중에도 차라리 바람을 피운 사실이 들통이 나서 한바탕 회오리가 몰아쳤으면 하고 바랐는지도 모른다. 비록 서로가 크나큰 상처를 입고 나 자신은 허섭스레기 같은 위인 취급을 당할지라도 그 생채기를 통해 목젖이 타들어가는 갈증을 해소하고 고궁의 연못처럼 평화로운 일상을 되찾을 수만 있다면 나로서는 감당 못 할 바도 아니었다. 설사 자기애를 가장한 이기주의자라는 비난을 받는다손 치더라도 당시의 내 삶 자체가 이기심으로 꽉 차 있었던 탓에 그만한 손가락질쯤 대수로울 것도 없었다.

어쨌건 그 뒤로 아내는 남편이란 작자가 서재에 처박혀서 새벽녘까지 나오거나 말거나 무관심으로 일관했고 나는 나대로 가족들에게 면목없다는 생각을 하면서도 컴퓨터 앞을 떠나지 못했다. 못내 뒤꼭지가 켕기는 와중에서도 이메일을 확인하고 영화나 음악 같은 동아리방에 들어가 채팅을 하고 스타크래프트나 바둑을 두다가 그마저 지겨우면 후식처럼 동영상으로 다운 받은 몰래 카메라를 감상하고 나서야 나는 잠자리에 들 수 있었다. 그 가운데 어느 것 하나라도 생략하면 등뒤가 허전해서 잠이 오지 않았다. 하다못해 상가집에 가서도 피시방에 들러 최소한 이메일을 확인하고 가볍게 채팅이라도 해야만 마음이 놓였다.

그러나 작년 늦가을부터 나는 채팅에 부쩍 흥미를 잃었다. 뻔하게 되풀이되는 일상의 자질구레한 이야기와 속내를 얼굴 없는 사람들과 장황하게 주고받아봐야 내 막막한 외로움과 고독을 잠시 잊을 수 있다는 만족감이나 얻을 수 있을까 통신에 매달리는 시간이 늘어나면 늘어날수록 실제 삶은 나날이 황폐해지고 피폐해져가는 걸 피부로 느낄 수 있었다. 예닐곱에 달하는 여자들과의 단선적인 만남도 채팅에 대한 흥미를 잃는 데 크게 기여를 했다. 서로의 삶에 아무런 이바지도 되지 못하고 말초적인 욕망만 무덤덤히 주고받는 만남이 이루어질 때마다 나는 제 살을 파먹어가며 잇달아 허방만 내딛는 기분이었다. 삶의 활력소와 자양분이 될 수 있는 동아리에 가입해서 답답하기 짝이 없는 일상의 지평을 넓힐 수도 있겠으나 나는 부러 자극적인 사이트만을 찾아서 드나들었다.

내가 온라인의 세계에 발을 들인 애초의 목적은 오전 여덟시부터 밤 열시까지 열 평 남짓한 약국에 갇혀 동전 따먹기나 다름없는 약장사에 목을 매달고 살아야 하는 나날의 권태를 덜기 위함이었다. 과장된 자의식일지 모르겠지만 나는 이십대의 정열을 잃어버린 뒤로 한 달에 얼마를 벌든지 간에 약사라는 직업이 슈퍼나 채소가게 주인과 별반 다를 게 없다고 여기며 젊지도 늙지도 않은 어중간한 생의 하루하루를 연기처럼 날려보냈다. 따지고 보면 나는 슈퍼 주인이 음료수를 팔 때 박카스를 팔고 야채주인이 배추를 팔 때 파스 등속을 팔면서 살아왔을 따름이며 이런저런 상인이 오글거리는 골목 안에서 죽어가지도 아프지도 않으면서 그저 이 세상의 일부로 존재할 뿐이었다. 있어도 그만 없어도 그만인 무기력한 존재로서의 나를 의식할 때마다 나는 세차게 도리질을 쳐가며 아니라고, 내게는 아직 못다 이룬 꿈이 있노라고 스스로에게 항변을 했다. 그러나 그 꿈이 대저 무엇이냐는 자문 앞에서는 말문이 턱 막혔다. 말이 좋아 꿈이지 그 꿈의 이면을 들여다보면 신분상승에 대한 막연한 갈망과 세상에 존재하는 모든 쾌락을 맛보고 싶어하는 욕망과 그 욕망을 자유로이 분출시킬 수 있는 방종만이 또아리를 틀고 있을 뿐이었다. 채팅을 즐길 때 한 발짝 떨어져서 나 자신을 바라다보면 지극히 속물적인 자신을 교묘히 은폐시킨 채 적당한 자애로움과 포용력과 사유와 냉소를 대충 얼버무려서 지구의 중심이 내게 있는 양 허세를 떠는 모습이 빤히 읽혔다.

내가 채팅에 싫증을 내기 시작한 것도 따지고 보면 그런 내 한계를 확연히 느꼈기 때문이다. 세상이 온통 들고 일어나서 사이버 세계를 찬양한다 해도 그와 무관하게 나 자신은 초라한 존재일 수밖에 없다는 자각과 함께 나는 컴퓨터가 안겨다준 환상에서 서서히 깨어났다. 자연히 채팅을 즐기는 시간도 줄어들었고 하루에 열 판가량 두던 온라인 바둑도 두어 판에 그쳤다. 대신 손님이 뜸한 낮시간에는 스타크래프트 같은 오락과 무료영화를 즐겼고 약국문을 닫은 뒤에는 유료 포르노 사이트에 접속해서 몰래 카메라에 찍힌 동영상을 감상했다. 그뿐이었다. 인간의 삶을 획기적으로 개선해준다는 초고속 광통신

188

망이 내게는 그저 오락과 포르노를 손쉽게 접할 수 있는 수단에 지나지 않았다. 돌이켜보면 나는 전 세계의 정보와 사람들을 연결해준다는 온라인의 무한한 효능 가운데서 내게 꼭 필요한 것만을 취한 셈이었다. 그중에서도 개개인의 사생활을 점령하다시피 한 몰래 카메라는 내 뒤틀린 욕망과 딱 맞아떨어져서 몰래 카메라가 없는 세상은 상상도 할 수 없었다.

언젠가 나는 약국으로 놀러 온 장수에게 몰래 카메라로 촬영한 동영상을 보여준 적이 있다. 두어 시간은 좋이 모니터를 들여다보던 그는 좋은 구경을 시켜준 내게 감사는 못할망정 고개를 갸웃거려가며 허구한 날 물리지도 않느냐는 질문을 해왔다. 금방이라도 공자님 말씀을 늘어놓을 듯한 장수의 표정에 밸이 꼴린 나는 이 좋은 게 왜 질리냐고, 시간이 없어 더 많이 볼 수 없는 게 천추의 한이라고 비꼬았다. 주위에서 제아무리 귀 따갑게 컴퓨터 좀 배우라고 성화를 부려대도 필요할 때가 되면 어련히 알아서 배우잖겠느냐고 짐짓 딴청을 부려가며 컴퓨터 쪽으로는 숫제 눈길을 주지 않고 살아온 장수에게 눈요기를 겸해서 현대인의 필수품인 컴퓨터의 효용성을 몸으로 느끼게 해주려던 배려를 묵살당한 나는 여간만 화가 나지 않았다. 차마 입 밖으로 꺼내놓지는 못했지만 무지한 놈 앞에서는 장사 없다는 소리가 입 안에서 공처럼 굴러다녔다. 쇠귀에 경 읽기도 정도가 있지 이런저런 사례를 들어가며 그토록 컴퓨터의 유용성을 강조해도 장수는 귓등으로도 듣지 않았다. 고심 끝에 나눔의 집에서 봉사활동을 하더라도 인터넷을 통하면 더욱 광범위하고 심도 깊게 봉사활동의 영역을 넓혀나갈 수 있지 않겠느냐는 논리도 펴봤으나 장수는 그런 건 다른 사람들이 알아서 하고 있으니 자기는 도배만 열심히 해주면 된다고 천연덕스럽게 대꾸를 했다. 하, 말문이 막힌 나는 약국의 단골손님이던 장수가 우리집 도배를 맡은 뒤로 그와 친구가 된 과거를 탓했다. 그러나 내가 친구의 인연을 탓해가면서까지 불쾌해했던 속뜻은 정작 따로 있었다.

나는 마뜩찮은 눈길로 내 얼굴을 건너다보는 장수의 시선을 느낄 때마다 소소하게 기분나쁜 이상의 모멸감을 느꼈는데 그때마다 내 입 속에선 제 까짓 게 감히, 하는 소리가 뱅뱅 맴돌았다. 그러다가 문득 친구에게 이 무슨 망발인가 싶어 화들짝 놀라기는 했지만 장수를 상대로 한 우월감은 눈곱만큼도 가시지 않았다. 특히 이따금씩 술자리에서 만나게 되는 장수의 친구들을 대할 때면 나는 그 우월감을 즐기기까지 했다. 장수의 친구들은 내남없이 몸으로 먹고사는 처지였는데 그중의 태반은 결혼은커녕 애인조차 없어 치맛자락 스치는 소리만 들려도 눈들이 벌게졌고 특별한 일이 없는 한 퇴근하자마자 당구장에 모여서 술내기 시합을 벌인 뒤 자정이 넘도록 인근 술집을 순회하고 돌아다니면서 술집 주인들과 눈도장을 찍는 게 하루 일과였다. 나는 썩 내켜하지 않으면서도 달리 술친구가 없는 탓에 한 달에 두어 번꼴로 장수를 좇아 그들과 합석을 하곤 했는데 몇 년간 그렇게 어울리다 보니 불알친구나 다름없이 허물이 없어졌다. 나는 일 년 내내 당구장과 술집 주변만 맴도는 그들을 꽤나 딱하게 생각해서 서로 얼굴 맞대고 노총각으로 늙어죽기로 결의한 게 아니라면 어디 등산

회라도 쫓아다니면서 애인을 꿰찰 궁리라도 해봐야지 군내나는 놈들끼리 이 무슨 한심한 짓이냐고 술자리마다 잔소리를 늘어놓았다. 그러면 그들은 약속이나 한 듯이 내게 장인 운운해가며 농을 했다. 그러면 나는 술좌석 분위기에 맞춰 적당히 농담을 받아주다가 컴퓨터를 배워보라고, 채팅을 통해 짝을 구한 사람들이 얼마나 많은 줄 아느냐고 사뭇 진지하게 조언을 했다. 그러나 그들은 장수와 사전에 입을 맞추기라도 한 듯 때가 되면 배워보겠노라는 공수표만 남발할 뿐 어느 누구 하나 귀담아듣는 시늉도 하지 않았다. 그러면 나는 또다시 별수 없는 놈들이란 생각에 끌끌 혀를 차댔다.

몰래 카메라를 통해 타인의 사생활을 엿보는 재미에 흠뻑 취한 나를 장수 못잖게 못마땅해하는 사람이 또 있었는데 다름아닌 아내였다. 약국문을 닫고 퇴근하자마자 서재에 틀어박혀 동영상을 들여다보고 있노라면 아내는 경멸스런 눈초리로 그렇게 할 짓이 없느냐고, 최소한의 자기 개발은 하지 못할망정 이 무슨 추잡한 짓이냐고 언성을 높였다. 그러면 나는 남들 다 보는 것좀 봤기로서니 까짓 무에 대수냐고 응수를 했다. 그러나 아내는 물러서지를 않았다. 화살 같은 말들이 몇 차례 오고간 끝에 아내의 두 눈에서 퍼런 불꽃이 이는가 싶더니 아내의 곁에 있던 책꽂이가 핑음을 내며 쓰러졌고 책들이 사방으로 튀어서 널브러졌다.

야, 이 새끼야. 겨우 이 정도였니? 너란 새끼가 이 정도밖에 안 되는 놈이었냐구. 너는 모르겠지만 네가 얼마나 더럽고 한심하게 변했는지 알아? 눈깔이 달렸으면 가서 거울을 봐봐. 세상에 다시없을 속물의 낯짝이 거기 있을 테니까. 왜, 내 말이 틀렸니? 지금이라도 늦지 않았으니까 옛날의 너를 한 번만이라도 생각해봐. 제발 부탁이다.

아내는 내가 뭐라고 대적할 틈도 없이 일방적으로 퍼부어댄 뒤 방문을 요란하게 닫으며 나가버렸고 뒤이어 놀란 아이들의 울음소리가 들려왔다. 예기치 못한 아내의 공격에 어안이 벙벙해진 나는 한동안 널브러진 책들만 물끄러미 바라보았다. 『중국의 붉은 별』부터 시작해서 『세계 철학사』와 『전태일 평전』과 『자본론』을 비롯해서 『노동법』까지 학창 시절 내내 내 영혼의 불을 밝히고 피를 끓게 만들었던 책들을 한 권 한 권 눌러보던 나는 입술을 감쳐물었다. 정체를 알 수 없는 열기가 가슴속 밑바닥부터 끓어오르며 온몸으로 번져왔다. 나는 눈가에 막 맺히려는 물기를 손등으로 훔친 뒤 거실로 나왔다. 굳게 닫힌 안방문을 향해 내가 돌아올 때까지 서재를 원상복귀시켜 놓지 않으면 가만두지 않겠노라고 나지막이 강다짐을 준 뒤 나는 집을 나섰다. 그날 밤 나는 처음으로 혼자서 룸살롱으로 향했다. 룸살롱에서 무슨 술을 어떻게 먹었는지 아침에 눈을 떠보니 나는 약국 안 소파에 누워 있었고 주머니속에는 백만원에 달하는 카드 영수증이 들어 있었다. 빠개질 듯이 아픈 머리를 흔들어가며 간밤의 기억을 되작여봤지만 스트레이트잔을 연거푸 들이켜대던 모습만 선명하게 떠오를 뿐 이후의 기억은 도통 손아귀에 잡히지 않았다. 파장을 앞두고 아가씨 둘에 마담과 웨이터까지 불러들여 별의별 쇼를 다 벌인 듯한데 유년 시절에 보았던 흑백영화처럼 눈앞에 가물거리기만 할 뿐 이렇다 할 만한 기억은 떠오르지 않았다. 그렇게 퍼마시고도 모자랐던지 소파 밑바닥에는 반나마 빈 소주병과 오징어가 놓여 있었다. 두통약을 먹으며 까무룩히 잦아드려는 의식을 수습하려고 애쓰는 와중에 셔터를 드르륵, 올리고 약국 안으로 들어선 아내는 초췌한 내 몰골을 물끄러미 쳐다보더니 집에 가서 쉬라는 소리만 한숨처럼 내뱉은 뒤 청소를 시작했다. 말없이 집으로 돌아와 서재의 문을 여니 책들은 어제와 다름없이 널브러져 있었다. 쓰러진 책장을 일으켜세운 뒤 책들 위에 털썩 주저앉아 멍하니 허공을 응시하던 나는 몇 차례의 헛구역질 끝에 술냄새가 진동하는 토사물을 책으로 어지러운 방바닥에 토해내고 말았다.

내가 능소화라는 아이디를 가진 여자와 만난 것이 그 무렵이었다. 한 달 만에 대화방에 들른 나는 꿈으로 고단한 사람들이 깃들인 방들을 구경꾼의 눈으로 기웃거리며 돌아다니다 무심코 '가끔, 잊혀진 나날이 간절한 새벽'이란 대화방에 발을 들여놓게 되었는데 아마도 내가 첫 방문객이었던 모양으로 능소화란 아이디의 방장 혼자서 손님을 기다리고 있었다. 사실 그 방에 발을 들여놓을 때까지만 하더라도 나는 슬쩍 얼굴이나 들이밀고서 대저 뭐하는 사람이기에 잊혀진 나날을 부여잡고 잠 못 드는지 얘기나 몇 마디 나눠보다가 돌아나갈 요량이었다. 그러나 능소화란 아이디를 가진 여자와 십 분 남짓 대화를 주고받던 나는 나도 모르게 자세를 고쳐앉으며 마치 늪에 발을 들여놓은 것처럼 그 여자와의 대화 속으로 빨려들어갔다. 우리의 대화는 먼동이 번해오도록 이어졌는데 얼마나 많은 대화를 나누었던지 종당에는 손목에 경련이 와서 더이상 타자를 칠 수 없을 지경에 이르렀다. 서로의 이메일 주소를 교환한 뒤 온라인의 세계에서 빠져나온 나는 창틀에 턱을 고인 채 담배를 태웠다.

저만치 물러앉은 동산이 자오록한 안개를 풀어헤치며 막 뻗치기 시작한 햇살에 싱싱한 알몸을 내맡기고 있었다. 밤새 잠들었던 생명들의 기지개로 부산한 앞산에 눈길을 풀어놓은 나는 흐뭇한 미소를 입가에 머금은 채로 능소화란 아이디를 가진 여자의 모습을 상상해보았다. 옅은 구름 속에서 희미하게 빛나는 달 같은 얼굴이 눈앞에 어른거리면서 내밀한 설레임이 가슴을 적셔왔다. 참으로 알다가도 모를 일이었다. 컴퓨터를 통해 밤새 대화를 나눴다고는 하나 얼굴도 모르는 여자에게 연정을 느끼다니 스스로 생각해도 그저 어리둥절할 따름이었다. 내가 그 여자에 대해 아는 것이라곤 나와 비슷한 종류의 슬픔과 기억을 간직하고 있다는 게 고작인데 그 여자는 마치 오랜 세월 동안 동고동락해온 애인처럼 내 가슴속에 깃들였다. 채팅을 통해 여러 여자들과 사귀어왔어도 이런 경험은 처음이었다. 나는 글 뛰는 가슴을 가만가만 다독여가며 그 여자와의 인연이 앞으로 어떻게 펼쳐질지 나름대로 상상해보았는데 어인 까닭인지 물밀려오는 기대감 속에 불길한 기운이 느껴졌다. 그러나 나는 기혼자들의 만남이라서 그럴 거라고 끈적끈적 달라붙는 불길함을 애써 외면했다.

그날 이후로 능소화라는 아이디를 가진 여자와 나는 무시로 만났다. 그 흔한 전화를 이용해 서로의 목소리라도 확인할 수 있었지만 우리는 온라인상에서의 만남만으로도 충분히 족했다. 온라인상에서의 만남만으로도 직접 만나 연애하는 이상의 감정을 느낄 수 있었고 무엇보다 우리는 서로의 외모와 목소리는 물론이고 성격과 세계관까지 환히 꿰뚫어보고 있다고 믿었기 때문에 굳이 그럴 필요성도 느끼지 못했다. 그러나 이른 시일 안에 직접 만나야만 한다는 사실은 서로가 잘 알고 있었다. 만나서 제일 먼저 하고 싶은 게 뭐냐는 질문에 우리는 거의 동시에 설사 광장 한복판에서 만남이 이루어지더라도 아무 말 없이 다가서서 뜨겁게 포옹을 하고 싶다고 대답했고 우리는 정말로 그렇게 할 수 있으리라고 믿어 의심치 않았다. 비록 불륜이라 할지라도 우리는 사모하는 마음에 나름의 자긍심을 지니고 있었다. 그 여자야 어떨지 몰라도 나는 사랑에 빠진 자신을 누구에게라도 자랑하고 싶어 하루 종일 입이 근질거렸고 종당에는 장수를 술집으로 불러내고야 말았다.

소주 서너 병이 비도록 쉬지 않고 이어지는 내 사랑타령 앞에서 장수는 시종일관 걱정스러운 낯빛을 풀지 않더니 뻔한 결말 놓고 공연히 피 보지 말고 이쯤에서 적당히 끝내라는 한마디로 종달새처럼 재재거리는 내 입을 틀어막았다. 예상한 반응이었지만 막상 찬물을 뒤집어쓴 나는 네까짓 놈이 사랑을 아느냐고, 너 같은 놈은 일생 총각으로 늙어죽어도 할말이 없다고 쏘아붙이고 싶었지만 어차피 누구의 허락이나 이해를 구할 목적이 아닌 자랑을 하러 나온 마당에 생판 틀린 소리도 아닌 장수의 말꼬리를 붙잡고 티격태격 다툼을 벌일 필요는 없다는 생각에 고만 뒤틀린 심사를 접었다. 대신에 나는 컴퓨터를 사서 인터넷을 해보라고, 그곳에만 가면 까짓 연애쯤 일도 아니라고 해묵은 충고를 해주었다. 그러자 장수는 그러잖아도 컴퓨터를 배울 일이 생겨서 내게 도움을 청할 요량이었다며 하루에 삼십 분이라도 좋으니 시간을 내서 컴퓨터를 가르쳐줄 수 없겠느냐고 사뭇 진지한 표정으로 내 의사를 물어왔다. 때가 되면 어련히 알아서 배우잖겠느냐는 틀에 박힌 소리만 일삼던 장수의 입에서 컴퓨터를 배우는 것은 물론이고 이미 국민 PC까지 신청해놓았다는 말을 듣게 되자 나는 조금 어리둥절한 기분이었다. 차마 믿기지가 않아서 혹시 농담하는 거 아니냐고 되묻기까지 했다. 그러나 장수는 여전히 진지했다. 반가움보다도 호기심이 앞선 나는 돌도끼 들고 뛰어다니면서 평생 원시인으로 늙어죽을 태세더니 어인 바람이 불어 돌연 개명을 하기로 작정했느냐고 속내를 캐물었다. 돌도끼 운운한 소리가 우스웠던지 장수는 피식 웃어 보인 뒤 혹시 지역통화운동에 대해서 들어본 적이 있느냐는 질문을 던져왔다. 내가 고개를 가로젓자 장수는 지역통화운동에 대한 설명부터 시작했다.

아마도 시민단체에서 활동하던 중에 연류가 되었겠지만 장수는 그간 생전 보지도 듣지도 못한 지역통화운동에 꽤나 심취했던 듯 설명에 막힘이 없고 무엇보다 확신에 차 있었다. 그의 설명에 따르면 지역통화운동이란 자본주의의 모순을 극복하기 위해 도입된 새로운 개념의 경제 시스템으로 그 중심에는 미래화폐가 있고 미래화폐의 본질은 화폐 자체가 아니라 화폐가 생산하고 교환하는 재화와 용역 그 자체이자 그것을 생산해내는 우리의 몸에 있다는 것이다. 내가 도통 못 알아먹겠다는 표정을 짓자 장수는 나를 포함한 동네 친구들이 그가 속한 '미래를 내다보는 사람들'의 회원이란 가정을 하고 실제로 그 속에서 미래화폐가 어떻게 쓰이게 되는지를 설명해나갔다. 장수는 그 출발점으로 자신이 우리집의 도배를 해주는 것을 예로 들었다. 장수가 우리집을 도배했을 경우 나는 그에게 절반의 대가만을 현찰로 지불하는데 나머지 절반은 등록소에 있는 계좌를 통해 장수에게 미래화폐로 입금이 되고 내 통장에는 마이너스 입금이 된다. 그렇게 적립된 돈으로 장수가 우리 약국에 와서 약을 사면 역시 약값의 절반만 현금으로 지불을 하고 나머지 돈은 역시 같은 방식으로 계좌간 이체가 된다. 나는 나대로 그렇게 적립된 돈으로 이발도 하고 아이들 과외도 시키고 병원에도 갈 수 있다는 것인데 장수는 미래화폐의 강점이 직접적으로 거래를 한 사람에게 무엇을 갚아야 되는 게 아니라 회원 중의 아무에게나 갚아도 된다는 점에서 채무변제와도 다르고 과거 일대일의 물물교환과도 다르다는 설명을 덧붙였다. 그러나 지역통화운동 시스템에서 가장 난감한 문제는 노동의 가치를 측정하는 문제인데 현재로서는 노동력의 가치가 지나치게 벌어진 자본주의의 시스템이 옳지 않다는 것을 서로가 인정을 하고 당분간은 육체노동에 대한 값을 더 쳐주는 쪽으로 나아갈 수밖에 없다는 설명과 함께 일단 서로의 몸이 화폐를 발행하는 시스템에 적응을 하면 손발을 움직이는 일에 더 높은 가치를 매겨주고 싶은 마음이 저절로 우러나기 때문에 그다지 문제가 되지 않는다는 소리를 끝으로 얘기를 마쳤다.

얘기를 마친 장수는 마치 내가 능소화라는 아이디를 가진 여자와의 사랑을 고백할 때처럼 두 눈을 빛내가며 꿈꾸는 표정을 지었는데 나는 그런 장수가 참으로 허무맹랑하게 보여 뜨악하기만 할 따름이었다. 나는 내 얼굴을 조심스레 들여다보며 반응을 살피는 장수를 향해 차라리 만화를 그리라며 조소를 했다. 그러자 장수는 지역통화운동은 원래 실업문제를 해결하기 위해 도입된 개념으로 현재 세계적으로 천여 곳에서 실행중이며 국내에서만도 삼십여 곳에서 운영되고 있다고 운을 뗀 뒤 자신의 얘기가 결코 공상이 아님을 강조했다. 그러거나 말거나 나는 손사래를 쳐가며 공상이든 몽상이든 아무래도 좋으니 철부지 애들 소꿉놀이 같은 얘기는 그만 하자고 잘라 말했다. 내 얼굴에 귀찮아하는 빛이 역력하자 장수도 더이상 지역통화 운운하는 얘기는 꺼내지 않았다. 그러나 얘기를 아주 접기에 앞서 돈에 눈이 멀어 살았던 자신의 과거를 짤막하게 회고한 뒤 돈으로부터 비롯된 그 모든 근심과 갈등으로부터 해방된 지금 그가 느끼는 자유로움에 대해 언급하더니 나 같은 사람들은 절대로 그 자유를 맛보지 못하리라고, 쾌락과 방종이 자유라고 자위하면서 자기만을 사랑하고자 애쓰는 사람들은 만인을 위할 때 비로소 자유라는 소리가 무슨 뜻인지 무덤에서조차 모를 거라고 단호한 태도로 말했다.

컴퓨터를 가르쳐주기로 약속을 한 뒤 술자리를 파하고 집으로 돌아오는 길에 나는 자유 운운한 장수의 말이 생선가시처럼 목에 걸려 마음이 편치 못했다. 비록 장수 앞에서는 태연한 척 의뭉을 떨었지만 장수가 지역통화운동에 대해서 숫제 강의를 하다시피 했을 때 나는 내심 충격을 받았다. 장수가 주장한 내용은 자세히 귀담아듣지를 않

아 뭐라고 논할 수 없지만 자신의 의견을 개진해나가던 그의 박식함
과 세계와 사람을 바라보는 시선의 깊이는 나를 주눅들게 하기에 충
분했다. 나는 집으로 향하는 내내 과거 장수의 모습을 떠올려가며
허, 참, 소리를 연발했다. 사람이 그토록 짧은 기간에 성장에 성장을
거듭할 수도 있다는 사실이 경이롭기도 했지만 무엇보다도 장수 앞
에서 나 자신이 이루 헤아릴 수 없이 초라할 수도 있다는 자각이 못
내 슬프고 괴로웠다. 기꺼이 응하기는 했지만 컴퓨터를 가르쳐주기
로 약속을 하고 헤어질 때도 나는 뭔가 어긋나는 느낌에 못내 뒤꼭지
가 켕겼었는데 따지고 보면 그 또한 남모르게 한 세계를 한이랑 한이
랑 몸으로 일궈온 사람 앞에서 그간 쓸데없이 잘난 척만 해왔다는 자
괴감에서 비롯된 것이었다. 그러나 그 자괴감 속에는 장수 같은 놈이
저렇게 되기까지 나는 도대체 무얼 했나 하는 억울함이 도사려 있
다. 컴퓨터의 컴자도 모르는 놈이 컴퓨터를 이용해 자기가 꿈꾸는 세
계를 확산시켜보겠다고 달려들기까지 나는 고작해야 바둑이나 두고
포르노나 들여다보고 여자 구워삶을 궁리나 하고 있었다니 참으로
입맛이 썼다.

　집으로 돌아온 나는 어수선한 마음도 달랠 겸 컴퓨터를 켰다. 부팅
이 되기를 기다리는 동안 나는 능소화란 아이디를 가진 여자를 떠올
리다 문득 그래도 나는 사랑을 얻었잖은가란 반문을 해보았다. 그러
자 종전의 억울함이 어느 정도 가시면서 마음의 응어리가 풀어졌다.
마음에 여유가 생기자 이내 처자와 처자를 든든히 먹여살릴 가게를
배경으로 둔 내 삶과 고작해야 도배지 널린 자취방에서 쓸쓸히 잠들

장수의 처지가 비교되면서 저절로 코방귀가 뀌어졌다. 쥐뿔도 없는 자식이 자유 좋아하고 있네. 나는 냉소 어린 미소를 머금으며 통신망에 접속을 했다. 인터넷에 들어간 나는 그 여자부터 찾았다. 그러나 그 여자는 시댁 제사 때문에 접속을 할 수 없다는 이메일을 남겨놓고 진작에 자리를 뜬 뒤였다. 한껏 기대감에 부풀었다가 고만 떡심이 풀린 나는 조만간에 직접 만났으면 좋겠다는 이메일을 그 여자에게 보낸 뒤 포르노 서버에 접속을 했다. 그러나 화장실과 목욕탕과 여관 등속의 풍경을 몰래 촬영한 동영상을 보는 일도 어쩐지 시큰둥해서 고수들 바둑 한 판 구경한 뒤 컴퓨터를 끄고 말았다.

내가 능소화란 아이디를 가진 여자와 직접 대면을 한 것은 그로부터 며칠 뒤였는데 약속 장소로 정한 양수리 카페촌은 쏟아지는 빗줄기에 잠겨 나 같은 성향의 사람이 데이트하기에는 안성맞춤이었다. 일찌감치 길을 다잡아 한 시간은 좋이 약속 장소에 먼저 도착한 나는 북한강변이 한눈에 내려다보이는 카페 창가에 자리를 잡고 앉아 그 여자를 기다렸다. 푹신한 소파에 상체를 깊이 파묻은 채로 스피커에서 흘러나오는 레너드 코엔의 저음을 음미하던 나는 잠시 그 여자를 잊고 과거의 한때를 떠올렸다. 참으로 많은 기억이 뇌리를 스치고 지나갔으나 어느 기억 하나 이렇다 할 만하게 손에 잡히는 게 없었다. 나는 비 오는 날엔 코엔의 음악이 제격이지 하는 투로 눈앞에 펼쳐지는 과거를 멀거니 바라보며 아무런 뜻도 없이 옛날이 좋았지 하는 소리를 무심코 내뱉었다. 그 여자가 카페 문을 열고 안으로 들어선 것은 내가 마악 과거도 앞으로 나아가려는 이들에게나 의미가 있지 나

같은 놈에겐 무슨 소용이람, 하는 푸념을 한숨처럼 내뱉을 때였다.

출입문 열리는 소리에 뒤를 돌아보던 나는 해바라기 무늬가 수놓아진 원피스에 샌들을 받쳐신은 여자와 눈이 마주쳤는데 눈이 마주치는 순간 아 저 사람이다, 하는 탄성이 입 밖으로 새어나왔다. 그 여자도 단박에 나를 알아보고서 곧장 내게로 걸어왔는데 내게로 걸어오는 그 모습이 어찌나 친근하고 익숙하던지 친정에서 며칠 유하고 돌아온 아내를 맞이하는 느낌과 비슷했다. 그 여자는 탁자 맞은편 소파에 앉으며 미소를 지었는데 입가를 손으로 살짝 가리는 폼이 조금은 쑥스럽고 어색해 보였다. 나 역시도 막상 탁자를 사이에 두고 그 여자와 대면하자 오래 사귀어온 사람을 대한 듯 자연스러운 가운데서도 긴장을 느꼈다. 우리는 만나자마자 뜨겁게 포옹을 하자는 약속을 멋쩍은 악수로 대신했다. 그러나 블랙 러시안을 두 잔 마시고 나자 긴장의 끈이 툭, 풀리면서 우리는 온라인에서의 만남과 다름없이 많은 이야기를 편하게 주고받았다.

뭉근한 취기 속에서 카페를 나선 우리는 우산 속에서 손을 마주 잡은 채로 강변을 산책했다. 십여 분쯤 빗속을 걸었을까, 유럽풍의 성을 흉내내 지은 미로모텔이 눈앞에 나타났고 우리는 누가 먼저랄 것도 없이 팔짱을 끼고 모텔 안으로 들어갔다. 빈 방이 없다는 웨이터의 안내에 따라 우리는 카운터 한쪽에 마련된 대기석에서 객실이 나기를 기다렸다. 삼십 분을 기다린 끝에 우리는 온갖 조명으로 멋을 부린 객실로 안내되었는데 객실에 들자마자 우리는 이 순간만을 기다려왔다는 듯이 덥석 포옹을 하고서 격렬하게 입을 맞추었다. 객실

문을 등지고 선 채로 키스 세례를 퍼붓던 나는 그 여자를 번쩍 들어 올려 침대로 향했다. 침대에 뉘어진 그 여자는 수줍은 듯 낯을 붉히며 불을 꺼달라고 청했다. 나는 그 여자의 요청대로 불을 끄기 위해 스위치를 찾았으나 어인 까닭인지 스위치는커녕 스위치 비슷한 것도 보이지 않았다. 사방 구석구석을 짯짯이 뒤지고 다니던 나는 마침내 화장대 거울 뒤쪽 손 하나 겨우 들어갈 만한 틈바구니 속에서 전기 스위치를 찾아냈다. 이래서 미로모텔인가, 하는 생각을 하며 나는 거울 뒤 틈바구니로 간신히 손을 넣어 전기 스위치를 모두 내렸다. 그러나 천장 중앙에 매달린 전등과 사방 벽에 붙박인 장식등만 꺼졌을 뿐 천장 사귀에서 침대방향으로 고정된 조명은 객실 외부에서나 조작이 가능한 모양으로 도무지 꺼질 줄을 몰랐다. 손쓸 방법이 없다는 뜻으로 내가 어깨를 으쓱해 보이자 그 여자는 별 이상한 모텔도 다 있다며 타월을 들고 욕실로 들어갔다. 나는 그 여자가 욕실에서 나오기를 기다리는 동안 담배를 태우며 방 안을 휘둘러보았다. 조명을 끌 수 없다는 게 영 찜찜하면서도 촛불 서너 개를 밝혀놓은 듯 침대 위로 우련히 부어내리는 조명빛이 과히 싫지는 않았다.

우리는 빗낱이 긋고 산 머리에 노을이 번질 무렵 모텔을 나섰다. 그 여자는 모텔을 나설 때 주위에 아무도 없는 걸 번히 알면서도 내 뒤에 처져서 고개를 숙였다. 부러 헛기침을 하며 성큼성큼 앞장서 모텔을 벗어난 나는 뒤처진 그 여자를 기다리는 동안 담배를 입에 물었다. 내게로 다가오는 내내 그 여자는 죄를 지은 사람처럼 주변을 할기족거려가며 살폈다. 그러나 한길로 나선 뒤로는 타인의 시선쯤 아랑곳없다는 듯이 내 곁에 바짝 붙어서서 팔짱을 꼈다. 나는 그 여자의 이중적인 태도를 눈여겨보며 조금 마음이 아팠는데 새삼 그 여자가 남의 아내라는 사실에 생각이 미쳤기 때문이었다. 객실을 나서기 전만 하더라도 나는 마치 우리가 결혼을 약속한 연인 사이라도 되는 양 황홀한 몽상에 빠져 본래 그 여자가 있던 자리를 까마득히 잊고 있었다. 그 여자도 나와 똑같은 생각을 했는지 카페 주차장을 향해 팔짱을 끼고 걷는 내내 말이 없었다. 하기사 멋쩍은 태도로 헛기침을 큼큼거리며 황급히 모텔을 벗어나던 내 뒷모습을 그 여자도 보았을 터이고 그 뒷모습이 눈에 들어오는 순간 사랑의 감정보다는 서로 돌아가야 할 자리가 훨씬 크게 비쳤을 것이다.

강변을 되밟아 카페 주차장에 도착한 우리는 잠시 어색한 침묵을 지켰다. 그 여자는 갈구하는 눈길로 내 얼굴을 물끄러미 올려다보았다. 그러나 나는 그 어떤 태도도 취할 수 없었다. 사랑한다는 소리가 입 안에서 뱅뱅 맴돌기는 했지만 차마 입 밖에 낼 수가 없었다. 내 가슴속에 존재하는 감정이 사랑이라는 확신이 없기도 했지만 무엇보다 겁이 났다. 사랑한다는 소리를 입 밖에 내자마자 그 어떤 책임감과 정면으로 맞닥뜨리게 되리라는 서늘한 예감 앞에서 나는 고만 그 여자의 갈망하는 눈길을 외면하고 말았다. 그 여자는 다 이해한다는 표정으로 쓸쓸히 미소지은 뒤 돌아섰다. 자가용을 향해 마악 발걸음을 떼어놓던 그 여자는 무춤하니 멈춰 서서 뒤를 돌아보며 채팅방에서 기다리겠노라는 말을 남겼다. 비겁한 새끼, 나는 애잔한 여운을 남기며 멀어져가는 그 여자의 뒷모습을 눌러보며 나직이 부르짖었다. 살아서 생동하는 삶을 느낄 수만 있다면 그 어떤 대가도 달게 치르겠노라고 장담해온 나날들이 가슴을 치받고 올라오면서 나 자신이 더할 나위 없이 비천하게 여겨졌다. 나는 그 여자를 불러세웠다. 카페의 이층 창가에 앉은 사람들의 시선을 의식하며 그 여자에게 다가간 나는 한참을 머뭇거린 끝에 그 여자를 가볍게 끌어안았다. 스치듯 짧은 포옹을 푼 나는 채팅방에서 다시 만나자는 뜻으로 고개를 끄덕여 보였다. 그 여자는 빙그레 미소를 지으며 운전석에 올랐고 출발하기 직전 손을 흔들어 보였다. 그러나 손을 흔들어 보이는 모습이 썩 밝아 보이지는 않았다. 차창 사이로 그 여자의 쓸쓸한 얼굴을 엿본 나는 치기로라도 좋으니 그 여자를 붙들고서 가지 말라고, 나와 함께 저 강가에서 날을 지새우자고, 그 때문에 낭패를 본다 한들 우리가 이토록 간절히 원하는데 그 무슨 상관이냐고 외치고 싶었다. 그러나 내 입에서 나온 소리는 운전 조심하라는 소리가 고작이었다. 나는 그 여자가 떠난 빈자리에 우두커니 서서 사랑한다고 외치며 그 여자를 으스러지게 끌어안는 내 모습을 허공에 대고 오랫동안 그려보았다.

그 여자와 헤어져 동네로 돌아온 나는 약국을 맡겨놓은 후배에게 전화를 걸어 모임이 길어지게 생겼다는 핑계와 함께 뒷마무리를 부탁한 뒤 이따금씩 혼자 들르곤 하던 단골카페로 향했다. 창가 자리에 오도카니 앉아 홀로 가게를 지키고 있던 마담은 나를 보자 반색을 하였으나 나는 혼자 있게 해달라고 청한 뒤 구석에 자리를 잡고 앉았다. 나는 메뉴판을 내미는 마담에게 〈사랑 그 쓸쓸함에 대하여〉란 노래를 딱 열 번만 틀어줄 수 없겠느냐고 부탁을 했다. 마담은 내가 청한 곡이 반복재생되도록 오디오를 조작한 뒤 보드카를 내왔다. 나는 보드카를 스트레이트잔으로 안주도 없이 홀짝홀짝 비웠다. 눈물이 나도록 서러운 곡조를 음미하며 보드카를 절반 남짓 비워낸 나는 용기라고는 쥐뿔만큼도 없는 놈, 하고 어금니를 앙다물었다. 자꾸만 그 여자의 쓸쓸한 얼굴이 눈에 밟혔다. 아니, 그 여자가 한심하게 여길지도 모를 내 모습이 자꾸만 가슴에 사무쳤다. 노래에 취했는가 술에 취했는가 눈물이 주르륵, 쏟아져내리면서 나는 나 자신이 가여워 견딜 수가 없었다. 얼마나 울었을까, 내가 울음을 그칠 즈음 마담이 조심스럽게 다가왔고 나는 그에게 술을 쳤다. 보드카 한 병이 금세 바닥이 났고 두번째 병도 빠른 속도로 비워졌다. 혀가 풀릴 정도로 취한 나는 게슴츠레한 눈을 치켜뜨며 마담을 향해 내가 얼마나 꿈이 많은 놈인 줄 아느냐고, 사랑뿐만 아니라 그 어떤 일도 너끈히 해낼 만큼 내 가슴은 꿈으로 가득 차 있으며 죽을 때까지 그 꿈을 잃지 않을 자신이 있노라고 텅텅거리며 주정을 해댔다. 그 뒤로 무슨 술을 어떻게 마셨는지 이튿날 눈을 떠보니 나는 희부연 새벽빛에 잠긴 동네 공원 벤치 위에 누워 있었고 벤치 밑에는 빈 맥주병이 나뒹굴고 있었다.

쓰린 속을 달래며 집으로 돌아온 나는 서재로 가서 컴퓨터부터 켰다. 나는 온라인에 접속한 뒤 이메일부터 확인했다. 짐작대로 보관함에는 그 여자의 편지가 있었다. 보관함의 편지를 클릭하자 북한강의 사진이 코엔의 음악과 함께 펼쳐졌고 그 밑에는 사랑하는 사람과 함께한 시간이 너무도 행복했으며 이 사랑이 부디 깨어지지 않기를 간절히 기원한다는 사연과 함께 서두르지 말자는 추신이 담겨 있었다. 나는 그 여자의 편지를 오래도록 들여다보았다. 편지를 들여다보고 있노라니 혼자만의 옥생각에 사로잡혀 술주정을 해댄 나 자신이 부끄러워 낯이 뜨거웠다. 나는 그 여자에게 당신을 만나서 더할 나위 없이 행복하며 우리의 사랑을 소중히 가꿔나가고 싶다는 내용의 답장을 띄운 뒤 서재를 나와 아내의 곁에서 부족한 잠을 청했다.

능소화라는 아이디를 가진 여자와 북한강에서 만난 며칠 뒤부터 나는 장수에게 컴퓨터를 가르쳐주었다. 장수는 약국문을 닫을 시간이면 어김없이 나타나서 한 시간 남짓 컴퓨터의 사용법을 익히고 돌아갔는데 배우고자 하는 열의가 어찌나 강하던지 내게 컴퓨터를 배우기 시작한 보름 만에 나와 대등한 수준에 도달하고 말았다. 컴퓨터를 접하기 시작하고부터 장수는 온라인의 세계를 헤매고 다니는 재미에 푹 빠져 날밤을 새우기 일쑤였고 덕분에 한 달쯤 지난 뒤에는 몸무게가 오 킬로그램이나 줄어들고 말았다. 뿐만 아니라 장수는 포르노 사이트에 유료회원으로 가입까지 했다. 문득 지난날 장수가 포르노 사이트를 들락거리던 나를 마뜩찮게 여기던 생각이 나서 공자님도 타락할 때가 다 있냐는 농을 그에게 건넸다. 그러자 장수는 몹시 쑥스러운 낯빛으로 몇 번 포르노 사이트를 접하다 보니 도대체가 사람 감질나서 못 견디겠더라고 운을 뗀 뒤 궁여지책의 일환으로 한 달간 포르노를 물리도록 봐서 졸업을 해버리기로 작정했다고 털어놓았다. 어쨌건 나로서는 반가운 얘기였는데 무엇보다 이따금씩 갖는 둘만의 술자리에서 말이 통해서 좋았고 우리의 사이는 그만큼 친밀해졌다. 그러나 술자리에서의 화제가 컴퓨터를 벗어나 세상살이로 흐르다 보면 나를 딱하게 여기는 장수의 시선이 여지없이 되살아났고 냉소주의가 밑바닥에 깔린 내 독설도 가만있지를 않았다. 장수는 주로 냉소주의로 무장한 나의 위악과 그 위악을 위로받기 위해 질퍽거리는 연애를 추궁해왔는데 그때마다 나는 너같이 무식한 놈이 존재하는 것들의 슬픔을 어찌 알겠느냐고 응수를 했다. 그러면 장수는 대꾸할 말을 찾지 못해 묵묵히 술잔이나 기울이던 예전과 달리 철부지 같은 소리 하지도 말라고, 자기애에 취해 세상을 바라보지 않는 사람은 존재는커녕 진정한 슬픔이 뭔지 알 수도 없을뿐더러 자기애에 취한 사람에게 진정한 슬픔은 자기의 죽음밖에 없는 법이라고 일갈을 해왔다. 예기치 못한 공격에 고만 말문이 막힌 나는 예전의 장수처럼 술잔이나 만지작거리다가 아무래도 억울한 생각이 들어 이 세상에 진정한 사랑은 자기애밖에 없다는 걸 왜 모르냐고 턱없는 오기를 내세웠다. 그러자 장수는 더이상 할말이 없다는 듯 고개를 가볍게 가로저었고 그런 그의 두 눈엔 연민이 담겨 있었다.

그러던 하루는 컴퓨터를 배우러 약국으로 찾아온 장수가 컴퓨터는 거들떠도 안 보고 깊은 시름에 잠긴 얼굴로 내 얼굴을 힐끔거려가며 곤혹스런 한숨만 내쉬었다. 연유를 캐물어도 그는 망설이는 기색만 내비칠 뿐 좀처럼 입을 열지 않았다. 나는 어리둥절한 표정으로 그의 입이 열리기만을 기다렸다. 마침내 장수는 모종의 결심이 선 듯 나를 밀쳐내고 컴퓨터 앞에 앉아 인터넷에 접속을 했다. 포르노 사이트에 접속을 해서 로그인한 다음 동영상을 모니터에 띄운 장수는 직접 보라는 눈짓과 함께 의자에서 일어나 나를 그 자리에 앉혔다. 장수가 띄워놓은 동영상은 모텔을 촬영한 몰래 카메라였는데 막 돌아가기 시작한 동영상을 쳐다보던 나는 하마터면 기절을 할 뻔했다. 나체로 침대에 누워 애무를 주고받는 남녀는 다름아닌 능소화란 아이디를 가진 여자와 나였다. 비록 모텔 안 조명이 어둡고 화질이 떨어지는 까닭에 얼굴 윤곽이 뚜렷하지는 않았지만 그 얼굴의 주인공이 나라는 사실은 의심의 여지가 없었다. 남녀가 뒤엉킨 동영상과 함께 스피커에서는 그들이 내지르는 모든 소리가 여과 없이 흘러나오고 있었는데 어지간한 사람이라면 그 목소리만으로도 어, 하고 내 얼굴을 떠올릴 수 있을 지경이었다.

참으로 무서운 세상이다. 등뒤에서 담배를 뻑뻑 빨아대던 장수가 고개를 절레절레 저어가며 장탄식을 했다. 위아래 입술을 감쳐물고 모니터에서 눈길을 떼지 못하던 나는 의자를 돌려 장수에게 담배를 빌렸다. 나는 글뛰는 마음을 진정시키기 위해 눈을 감은 채로 담배연기를 길게 뱉어냈다. 그런 내 모습을 물끄러미 지켜보던 장수는 몇 차례 한숨을 내쉰 뒤 도울 일이 있으면 연락하라는 말을 남기고 돌아갔다.

약국에 혼자 남은 나는 셔터를 내린 뒤 내가 주인공으로 나온 동영상을 몇 번이고 되돌려 보았다. 삼십 분에 달하는 동영상을 서너 번쯤 되돌려 보았을까, 최초의 충격이 서서히 가시면서 현실적인 문제로 대두될 수 있는 걱정거리들이 봇물처럼 밀려왔다. 제일 먼저 떠오른 얼굴은 아내와 처가 식구들이었는데 그들이 내게 퍼부어댈 악다구니가 귓가에 들리는 듯했다. 뒤이어 떠오른 얼굴은 능소화란 아이디를 가진 여자와 그 집 가족들이었는데 어찌어찌 일이 틀어져서 그 가족들이 내게로 달려와서 위해를 가할지도 모른다는 두려움이 가슴을 옥죄어왔다. 터질 듯 가슴이 부풀어오르면서 현기증이 일었다. 우황청심환을 먹기 위해 의자에서 몸을 일으키던 나는 바람이 셔터를 흔드는 소리에 소스라치게 놀라 털썩 주저앉고 말았다. 나는 우둔우둔 뛰는 가슴을 손바닥으로 감싸며 숨을 골랐다. 간신히 일어서서 액체로 만들어진 우황청심환을 마신 나는 아무 일도 없을 거라는 소리를 반복해서 웅얼거리며 약국 안을 서성거렸다. 별일 없을 거야. 그래 별일 없을 거야. 다 쓸데없는 걱정일 거야. 아무 일도 일어나지 않을 거야. 나는 주술을 외듯 똑같은 소리를 끊임없이 되풀이해가며 약국 안을 돌아다녔다. 그러다 문득 나는 약국 안에 있는 누군가와 눈길을 마주치고서 자지러졌는데 그것은 다름아닌 문가 기둥에 붙박인 대형 거울에 비친 내 모습이었다. 어찌나 놀랐던지 나는 다리가 후들거려 더이상 서 있을 수가 없었다. 나는 거울 앞 바닥에 털썩 주저앉았다. 이마에 맺힌 식은땀을 훔쳐낸 나는 거울 속의 나와 눈을 맞춘 뒤 다시금 웅얼거리기 시작했다. 별일 없을 거야. 그래 별일 없을 거야…….

적설주의보

어느 집에서고 텔레비전을 켜면 똑같은 방송이 흘러나오듯 석호는 이웃들의 평범한 일상을 엿보면서 그럼 그렇지, 사람 사는 게 뭐 특별하다고, 잘났니 못났니 시비를 가려봐야 종당엔 똑같은 사람인걸, 해가며 고개를 주억거렸다. 그런 마음가짐 때문일까, 석호의 눈에는 수십 가구의 삶을 떠받치고 있는 맞은편 아파트가 한 채의 집으로 보였다.

해가 지려면 아직 멀었는데도 날이 충충하다. 슬쩍 올려다본 하늘
은 먹장구름으로 덮였고, 아파트 단지를 훼흔드는 맵짠 바람에도 습
기가 묻어 있다. 눈이 오려는 모양이다. 석호는 세면도구가 담긴 손
가방을 휘휘 흔들며 아파트 입구에 서서 잠시 허공을 살폈다. 한바탕
눈보라가 몰아칠 조짐으로 싸락눈꽃이 콕콕 찍어놓은 점처럼 건듯
건듯 허공에 피고 진다.

석호는 단지 내 이차선 도로를 건너 스포츠 센터 지하에 있는 대중
사우나로 향했다. 아내는 텔레비전에서 모모 박사들을 동원해 맥반
석의 특효를 과학적으로 입증해 보였다며 맥반석 찜질방을 권했지
만 석호는 귓등으로도 듣지 않았다. 백년 천년 댁이나 오래 사셔, 하
고 그는 건강만이 지상 최대의 과제인 양 유난을 떠는 아내의 태도가

못마땅해서 핀잔을 주기까지 했다. 그는 사우나에서 나올 때쯤 눈이 쌓였으면 좋겠다고 생각하며 요금을 치렀다.

　토요일 오후라 목욕탕 안은 때를 벗기는 사람들로 부산스러웠다. 열탕과 온탕은 물론이고 사우나실 안까지 머리통이 시글시글 찼다. 그중 절반은 불알이 채 영글지도 않은 소년들인데 그들은 좁은 목욕탕 안을 떼로 몰려다니며 자유분방하게 웃고 떠들어댔다. 반면에 살날이 얼마 남지 않은 노인들은 구석자리에서 가급적이면 남의 눈에 띄지 않도록 조심해가며 힘없이 타월질을 해댔다.

　석호는 빈 샤워기를 찾아 목욕탕 안을 휘 둘러보았다. 그러나 샤워기마다 머리통이 어김없이 달라붙어 있다. 석호는 하는 수 없이 바가지로 물을 끼얹은 뒤 온탕에 몸을 담갔다.

　석호는 물 밖으로 목만 내놓고 앉은 채로 온탕 복판에 가부좌를 틀고 앉아서 웅얼웅얼 염불을 외는 노인을 무심히 지켜보았다. 꼬장꼬장하면서도 기름기가 자르르 흐르는 폼이 젊어서 세도깨나 부렸을 관상이다. 그러나 젊은 축들 사이에 끼어서도 주눅드는 법 없이 고개가 뻣뻣한 저런 노인은 자지가 말의 그것처럼 크고 실하다. 밖에서 제아무리 세도가 좋아봐야 만인이 평등한 목욕탕 안에서는 딱 두 종류만 행세를 한다.

　전신에 용 문신이 있거나 팔뚝만한 물건이 달린 자들은 드르륵, 목욕탕 문을 밀고 들어오는 태도부터가 남다르다. 전신에 문신을 한 화상들은 목욕탕 입구에 우뚝 버티고 서서 목뼈를 우둑우둑 꺾어가며 위협적인 눈초리로 목욕탕 안을 휘 둘러보게 마련이고, 자지가 남들

214

두 배만한 이들은 무어 그리 자랑스러운지 득의만만한 표정으로 다리를 쩍 벌리고 서서 여봐란 듯이 목욕탕 안을 천천히 둘러보는 게 아주 공식이었다.

"아니, 이게 누구야? 은비 아빠 아냐?"

염불을 외우는 노인을 계속 쳐다보기도 민망해서 막 눈을 감으려던 석호는 우렁우렁한 목소리에 뒤를 돌아다보았다. 옆집 506호에 사는 하나 아빠였다. 하나 아빠는 목욕탕에서의 우연한 만남이 퍽 유쾌하다는 듯이 벌쭉거렸으나 석호는 다른 곳도 아닌 목욕탕에서 그를 만난 게 떨떠름하기만 했다.

석호는 억지로 미소를 지어 보이며 흘끗, 하나 아빠의 사타구니를 훔쳐보았다. 씨알 굵은 가지가 그곳에 떡 하니 매달려 있다. 석호는 기죽은 내색을 하지 않으려고 언제 요 앞에 새로 생긴 맥반석 찜질방에나 한번 가자고 마음에도 없는 말을 주워섬기며 딴청을 부렸다.

문득 온탕 복판에서 들려오던 염불 소리가 뚝, 끊겨 돌아보니 내 것이 제일이다, 하는 태도로 젊은 축들 앞에서 목에 깁스를 했던 노인이 놀란 토끼 눈으로 하나 아빠의 사타구니를 쳐다보고 있었다. 노인은 누가 무안을 주지 않았는데도 제풀에 기가 죽어서 큼큼, 헛기침을 해가며 온탕 가장자리로 물러나 앉았다. 온탕에 목만 내놓고 죽 둘러앉은 이들도 감탄스러운 눈길로 하나 아빠의 사타구니를 흘끗흘끗 훔쳐보았다. 부러움이 담뿍 담긴 주위의 시선을 느낀 하나 아빠는 자기가 무슨 맹수의 제왕이라도 된 양 한껏 거들먹거리며 있지도 않은 물건의 물기를 툭, 툭, 털어내었다.

"은비 아빠, 아직 때 안 밀었지? 잘됐다. 오랜만에 등짝 좀 벗겨보겠는걸. 그럼 기다릴 테니까 이따가 저기로 와."

하나 아빠는 석호에게 다짐을 준 뒤 팔자걸음으로 어슬렁어슬렁 멀어져갔다. 석호는 눈으로 그를 좇았다. 하나 아빠는 젖버듬한 자세로 뒷짐을 진 채 목욕탕 안을 어슬렁어슬렁 돌아다니며 어디 나보다 큰 놈 있는고, 하고 사람들의 사타구니를 기웃거렸다. 시찰하듯 목욕탕 안을 누비던 그는 적이 만족한 표정으로 냉탕 앞 빈 공간에서 헛둘 헛둘, 구령을 붙여가며 팔굽혀펴기를 했다.

석호는 하나 아빠의 턱없이 거들먹거리는 태도보다도 사람들의 반응이 우스워서 쿡, 하고 웃음을 베어물었다. 하나 아빠 앞에서 허둥대며 물건을 감추던 사람들은 그가 멀어지자 자기들끼리 서로의 물건을 눈대중으로 가늠해보며 적이 안심하는 눈치였다. 목욕탕에 들어설 때부터 수건으로 사타구니를 가리는 왜소 콤플렉스 환자를 빼고는 모두들 하나 아빠의 존재를 잊고 느긋한 표정으로 목욕을 즐겼다.

온탕에서 나온 석호는 사우나실로 향하며 사람들의 마음이 다 거기서 거기인 모양이라고 생각하면서 빙그레 미소지었다. 그러나 사우나실 앞 냉탕에서 힘이 남아도는 태도로 활개를 치는 하나 아빠를 보자 짠한 마음이 앞섰다. 거방진 태도로 목욕탕을 누비고 다니는 그의 태도가 오늘따라 유별나 보였는데 실직당한 상실감을 감추기 위해 부러 걱실거리는 눈치다.

하나 아빠의 딱한 처지를 떠올린 석호는 쇠불알처럼 큼직하게 덜렁거리는 물건 때문에 주눅들었던 자신감을 이내 되찾았다. 얼마나 다행인가. 대기업에서 명퇴를 당했을망정 나름대로 탄탄한 중소기업에서 입지도 굳혔겠다. 사표를 던지면서 받은 퇴직금으로 고율의 이자를 부담해야 되는 아파트 융자금까지 말끔히 껐으니 깔딱깔딱 숨만 쉴 수 있어도 다행인 요즘 시대에 그만하면 축복받은 셈이다.

　수건으로 이마를 질끈 동여매고 필승의 자세로 모래시계까지 뒤집어가며 땀을 빼는 사람 곁에서 겨우 담배 한 대 필 짬을 버티다 사우나에서 뛰쳐나온 석호는 냉수로 열을 식힌 뒤 하나 아빠 곁으로 다가갔다. 서로 번갈아가며 등짝의 때를 벗겨준 뒤 하나 아빠는 저녁 때 소주 한잔 어떠냐며 석호의 눈치를 살폈다.

　"그럼 식구들 데리고 우리집으로 와. 그러잖아도 집사람이 저녁 때 삼겹살을 구워먹자고 해서 한잔 할 참이었거든. 고기는 내가 낼 테니까 술은 하나 아빠가 준비하면 되겠네."

　석호는 선선히 응했다. 하나 아빠는 오랜만에 몸보신을 하게 생겼다고 반색을 하며 장모가 보내온 오디주를 개봉하겠노라고 엉너리를 쳤다. 화통하고 뒤끝이 없는 성격의 하나 아빠는 내친김에 504호 보람네까지 부르자고 꾀송거렸다. 석호는 괜찮은 제안이라고 생각하면서도 고개를 가로저었다. 밤새 쿨럭쿨럭 기침에 시달리던 보람 아빠는 피자집 문을 닫아가면서까지 몸을 보살폈으나 오후에 접어들면서부터 감기가 부쩍 심해져 아예 푹 퍼지고 말았다.

　"보람 아빠 감기가 된통 걸려서 꼼짝도 못할걸."

　"그래? 그럼 문병이라도 가봐야 되는 거 아냐?"

"아서. 그깟 감기가 무슨 병이라구. 그리고 보람 엄마 어제부터 줄 곧 저기압이야. 보람 아빠가 친구 보증을 선 게 단단히 말썽이 나가 지고 여간 복잡하지 않은가 봐."

"쯧쯧. 딱하게 됐구만. 그나저나 은비 아빠. 요즘 어째 몸이 안 좋 은 거 아냐? 보아하니 날마다 방귀를 달고 살던데 혹시 모르니 병원 에라도 한번 가봐."

"병원은 무슨. 술 때문에 그래. 요 며칠 신년회다 뭐다 해서 줄창 마셔댔더니 위가 부어가지고 더부룩해 죽겠어."

석호는 하나 아빠의 뜬금없는 충고에 낯을 붉히며 변명을 늘어놓 았다. 하나 아빠는 그런 속사정이 있었구만, 하고 대수롭잖게 지나 갔지만 석호는 입맛이 썼다. 그는

'망할 놈의 아파트, 팔아치우고 이사를 가든가 해야지 원.'
하고 속으로 투덜거렸다.

생각하면 생각할수록 언짢고 불쾌하다. 어떻게 생겨먹은 놈의 아 파트가 비밀이 없다. 말이 좋아 콘크리트 벽이지 이건 종이짝이나 다 름없다. 방음이 전혀 안 되는 탓에 집 안에 가만히 앉아서도 옆집 사 람들이 뭘 하고 있는지 환히 들여다볼 수가 있다. 방귀 소리는 말할 것도 없고, 기침 소리, 수저 딸그락거리는 소리, 신문 펼치는 소리, 집 안을 돌아다니는 발소리, 컴퓨터 자판 두드리는 소리, 하다못해 부부가 밤일하는 소리까지 생생한 원음으로 귓속으로 파고들어온 다. 오디오나 텔레비전의 볼륨을 조금만 높이면 이건 숫제 우리집에 서 나는 소린지 옆집에서 나는 소린지 분간이 가지 않을 정도다.

석호가 별로 친하지도 않은 보람네 속사정을 줄줄 꿰고 있는 내막도 바로 거기에 있다. 하나 아빠도 석호가 방귀를 붕붕 뀌어댈 때마다 이야, 무지하게 뀌어대누만, 하고 은근히 비웃었을 것이다.

그나마 석호네는 윗집에 애가 없으니 다행이었다. 애를 키우는 집들 아래층에 사는 사람들은 내남없이 신경쇠약에 시달렸다. 애들이 발걸음을 떼어놓을 때마다 아래층에서는 천둥소리가 났다. 한두 시간도 아니고, 하루 이틀도 아니고, 날마다 온종일 천장이 쿵쿵쿵 울려대니 그야말로 미치고 폴짝 뛸 노릇이었다. 하나 엄마는 그 때문에 신경과 치료를 받으러 다니고 있는데, 안정제 없이는 집 안에서 한나절도 버티지를 못했다. 하나 엄마뿐만 아니라 인근 신경과에는 개나리아파트 주민들로 발 디딜 틈이 없었다.

속 모르는 사람이 들으면 설마, 하고 믿지 않겠지만 위층에서 뛰노는 애들 발소리는 거의 공포스러울 지경이었다. 607호에서 애들 뛰노는 소리가 505에 사는 석호네 아파트 천장을 울릴 정도니 바로 아래층에 사는 이들이 미치지 않는 게 용했다. 사정이 그만하다 보니 아래위층에 사는 이웃들 간에 분란이 끊이질 않았다. 아래층에서는 애새끼들 발모가지를 댕강댕강 분질러놓겠다고 이를 빠드득 갈아대며 하루에도 몇 번씩 위층으로 뛰어올라가고, 위층에서는 그럼 애들을 쇠사슬로 채워놓으란 소리냐며 삿대질로 맞섰다. 사태가 그쯤 되면 배를 째네 마네 해가며 차마 입에 담기 어려운 육두문자가 오고 가고 멱살잡이쯤 예사로 벌어졌다. 지난달에는 그로 인해 망치로 사람을 때리는 끔찍한 사고까지 발생했었다.

방귀 운운하는 소리에 기분을 잡친 석호는 화풀이 삼아 벅벅 때를 문질러댔다. 태연하려고 애를 써봐도 불쾌감이 쉬 가시지를 않는다. 석호의 낯빛이 변한 것을 눈치챈 하나 아빠는 아차 싶었던지 무안한 얼굴로 뭉그적거리다가 저녁 때 보자는 말만 남겨놓고 슬그머니 목욕탕을 빠져나갔다. 머쓱해서 자리를 피하는 와중에도 하나 아빠는 쇠불알처럼 덜렁거리는 물건을 앞으로 쑥 내밀고 어슬렁어슬렁 팔자걸음을 걸었다.

　죄지은 사람처럼 서둘러 자리를 피하는 하나 아빠의 뒷모습을 물끄러미 눌러보며 석호는 한숨을 내쉬었다. 미안했다. 날림으로 지어진 아파트에서 피차 감내하고 살 수밖에 없는 것을 하나 아빠가 무슨 잘못이란 말인가. 사사건건 이런 식으로 부딪쳐야만 하니 이웃간에 만정이 가실 수밖에 없다.

　목욕을 마친 석호는 탈의실에서 손톱 소제를 하다 말고 늘어지게 하품을 했다. 오랜만에 목욕탕에서 몸을 지졌더니 온몸이 노곤노곤 늘어졌다. 팔다리가 축축 늘어지고 하품을 할 때마다 눈물이 찔끔찔끔 배어나온다. 석호는 깜북깜북 밀려드는 졸음을 몰아낼 요량으로 세차게 체머리를 흔들어댔다. 그러나 졸음이 달아나기는커녕 되레 끈끈이처럼 사지를 붙잡고 늘어진다.

　석호는 손등으로 눈을 부비며 수면실을 쳐다보았다. 모포를 덮은 사람들이 열을 지어 누운 수면실에서는 코고는 소리까지 들려왔다. 그 소리가 꿀처럼 달게 느껴졌다. 그러나 석호는 자판기에서 커피를 뽑으며 애써 잠을 쫓았다.

수면실 입구에 의자를 갖다 놓고 앉아서 감시의 눈길을 번득이는 노인을 보자 잠이고 뭐고 당장에 정나미가 떨어져서 숫제 그 앞에 얼쩡거리고 싶지가 않았다. 칠십줄을 바라보는 그 노인은 잠에 곯아떨어진 사람들을 추행하는 호모들을 감시하기 위해서 목욕탕 주인이 고용한 임시직원이었다. 수면실 입구 상단에는 아예 '수면실에서 이상한 짓을 하지 마시오'라는 아크릴 팻말까지 붙어 있었다.

석호는 커피를 홀짝이며 수면실을 쏘아보았다. 불과 몇 년 전만 해도 동성연애자들은 잡지나 영화를 통해서만 접할 수 있었다. 탑골공원 주변을 중심으로 그들의 아지트가 형성돼 있다는 얘기도 남의 나라 이야기로만 여겨왔다. 그러나 요 근래 들어서는 목욕탕마다 동성연애자 없는 곳이 없고 하다못해 공중화장실 문짝은 동성연애자를 구한다는 연락처로 도배를 했다.

석호는 담배를 피워물며 이러다간 세상이 소돔과 고모라처럼 멸망의 길로 가게 될지도 모르겠다고 생각했다. 소돔과 고모라가 멸망한 가장 큰 이유 중의 하나가 폭발적으로 늘어나는 인구를 억제하기 위해 국가에서 동성애를 권장했기 때문이라는 학설도 있지 않은가. 딱히 동성애가 아니더라도 석호는 사람들이 갈수록 이상해져간다는 느낌을 지울 수가 없다. 겉보기에는 멀쩡해도 석호를 비롯해 다들 정체를 알 수 없는 바이러스에 감염되어서 서서히 죽어가고 있을지도 모르는 노릇이다.

"그나저나 이거 장모님한테 얘기해서 개소주라도 먹던가 해야지

원."

석호는 주섬주섬 옷을 입으며 혼잣말을 중얼거렸다. 아무래도 몸이 예전만 못하다. 주량도 눈에 띄게 약해졌고 무엇보다 아침에 일어나기가 고역이었다. 오줌발도 동파를 막기 위해 살짝 틀어놓은 수돗물처럼 졸졸거리기 일쑤고 밥을 먹으면 소화가 안 돼서 숨이 턱까지 차올랐다. 그게 다 나이를 먹어가는 증거겠지만 격무에 시달리면서 누적된 만성피로와 스트레스 탓도 크다.

그놈의 구제금융이 뭔지, 지난 몇 달간 맘 편하게 쉬어본 기억이 없다. 봉급은 절반 수준으로 떨어졌는데도 업무량은 곱배기로 늘었다. 수당도 없이 일 주일 내내 야근을 해야 했고 삶의 묘미를 느끼게 해주던 보너스마저도 없어졌다. 일감이 없으면 퇴근이라도 시켜줘야 하는데 회사에서는 아홉시 열시까지 사람을 붙들고서 놔주지를 않는다. 어디 그뿐인가, 끊임없이 자기 개발을 하지 않으면 하루아침에 도태되고 만다는 위기의식에 사로잡혀서 일요일이면 영어회화와 컴퓨터를 배우기 위해 학원에서 하루 해를 보내야만 했다.

지난 일 년간을 그렇게 몸과 마음을 볶아치고 재우쳐댔으니 무쇠인들 성할 리가 없다. 언젠가 한번은 뭔가 뜨거운 기운이 등줄기를 타고 머리로 뻗치면서 길거리에서 쓰러질 뻔한 적이 있었는데 그때 석호는 태어나서 처음으로 자기도 한순간에 가버릴 수 있다는 사실을 뼈저리게 깨달았다. 그 뒤로는 아무개가 과로사로 죽었다는 소식을 이런저런 경로를 통해 접할 때마다 오싹오싹 소름이 돋았다.

아내가 만일의 경우에 대비해서 이런저런 생명보험에 가입을 한 것도 그 무렵이었다. 보험에 가입할 수밖에 없는 아내의 심정을 충분히 헤아리면서도 막상 아내가 내민 보험증서를 보았을 때, 석호는 도무지 뭐라고 표현할 길이 없는 비애를 맛보았다. 그러면서도 석호는 잘했다고, 아주 잘했다고, 아내를 격려해주었다. 어쩔 수 없는 노릇이었다. 그들 부부가 발을 딛고 살아가는 세상은 한 하늘만 바라보고서는 살 수가 없는, 불합리한 모순과 혼돈으로 버무려진 세계였다.

  사우나에서 나온 석호는 가볍게 기지개를 켰다. 묵은 때를 벗은 몸이 날아갈 듯 가뿐하다. 스포츠 센터의 회전문을 통해 거리로 나온 석호는 하늘부터 우러렀다. 함박눈을 기대했던 그는 적이 실망했다. 금방이라도 목련꽃 같은 눈송이가 펄펄 날릴 듯한데 건듯건듯 허공에 피었다 지는 건 지저분한 싸라기눈이었다. 석호는 눈꽃만 비쳤다 하면 발목까지 푹푹 빠지던 유년의 풍경을 추억하며 입맛을 다셨다.
  석호는 고추바람이 활개를 치는 도로를 가로질러 아파트로 향했다. 휘파람을 불어가며 유유히 걷던 그는 아파트 입구에서 넘어지는 아이를 발견하고 종종걸음을 쳤다. 넘어진 애는 네 살배기 하나였다. 발꿈치를 들고 사뿐사뿐 조심스럽게 걷는 독특한 걸음걸이 때문에 그애는 멀찍이서도 단박에 구별해낼 수가 있다.
  남에게 피해주는 걸 죽기보다도 싫어하는 하나 엄마는 딸애가 세 살이 되자마자 걸음걸이부터 뜯어고쳤다. 아래층 사람들에게 피해를 주지 않기 위해서였다. 그러나 하나에게는 발꿈치를 들고 걷는 자체가 중노동이었다. 그 걸음걸이를 몸에 익히기까지 하나는 코피도 많이 쏟았고 몸살도 자주 앓았다. 그래도 하나 엄마는 흔들리지 않고 자기 소신을 밀고 나갔다. 그런데 생각지도 않았던 문제가 발생했다.

하나는 집 안에서만 발꿈치를 들고 다니라는 엄마의 가르침과는 달리 밖에서도 발뒤축을 들고 다녔다. 그 때문에 하나는 걸핏하면 무릎을 깨먹었고, 하나 아빠는 아주 애를 병신으로 만들려고 작정을 했다면서 아침저녁으로 아내와 말다툼을 벌였다. 이후로 하나 엄마는 눈만 뜨면 애를 붙들어 앉혀놓고 집 밖에서는 다른 애들과 똑같이 걸어다니라고 누누이 타일렀으나 이미 앞꿈치로만 걷는 데 길들여진 하나는 들은 척도 하지 않았다. 억장이 무너진 하나 엄마는 길거리에서 넘어진 아이를 부둥켜안고 꺼이꺼이 목을 놓아 울기까지 했다.

하나를 향해 종종걸음을 치던 석호는 무춤해서 멈춰 섰다. 넘어지는 일에도 이골이 났는지 네 살배기 여자애는 몹시 아플 텐데도 낯한번 찡그리지 않고 벌떡 일어나서 옷에 묻은 흙먼지를 털어냈다.

의젓한 아이의 모습이 석호의 눈에는 안쓰럽기만 하다. 석호는 승강기로 향하는 하나와의 간격을 좁히기 위해 발걸음을 재우쳤다. 딸키우는 입장에서 하나의 손이라도 따스이 잡아주고 싶었다. 더욱이 하나는 은비의 친구이기도 했다. 작동단추를 눌러놓고 승강기가 내려오기만을 기다리는 하나에게 다가간 석호는 아이의 머리를 쓰다듬으며

"아이구, 우리 하나 어디 갔다 오니?"

하고 말을 붙였다.

"놀이터에요."

"저런, 춥지 않았어?"

"아뇨. 다른 애들은 춥다고 그러는데요, 개들은요, 약골이라서 그래요. 음, 우리 엄마가요, 나는요, 젖을 먹여 키워서 건강하대요. 그런데요, 춥지는 않은데요, 손이 막 얼라고 그래요."

하나는 말끝에 빨갛게 언 손을 석호에게 내밀어 보였다. 석호는 빙그레 미소지으며 때마침 내려온 승강기에 아이의 손을 잡고 올라탔다. 그는 승강기 안에 쪼그리고 앉아서 얼음장 같은 아이의 두 손을 꼬옥 감싸쥐고 호호, 입김을 불어주었다.

승강기는 5층까지 도달하는 그 짧은 순간에도 끊임없이 불안하게 덜컹거렸다. 아파트의 승강기 사고가 잦다는 뉴스가 아니더라도 석호는 승강기에 타고 내릴 때마다 간을 졸였다. 다세대 주택에 살다가 처음 아파트로 이사를 왔을 때, 석호는 승강기가 덜컹거릴 때마다 가슴이 철렁철렁 내려앉는 느낌이 싫어서 운동을 한다는 명목으로 5층까지 계단을 오르내렸다. 어쩌다 아파트에 사는 친구를 찾아가서 타보는 승강기하고 막상 아파트에 적을 두고 하루에도 몇 번씩 타게 되는 승강기는 그 느낌이 판이하게 달랐다. 남의 것으로만 여겨지던 불안감이 확실한 내 것으로 피부에 와 닿았다.

5층에 도착한 승강기의 문이 열리자 아이는 제 집 현관문을 향해서 병아리처럼 종종거리며 뛰어갔고, 뒤에 남은 석호는 안도의 한숨을 내쉬었다. 아이에게 문을 열어준 하나 엄마는 뒤미처 복도를 걸어오는 석호를 향해 웃는 낯으로

"오늘 은비네서 고기 굽기로 했다면서요? 좀 있다 갈게요."
하고 알은척을 했다.

　하나네를 지나친 석호는 자기 집 현관문 앞에서 주머니를 뒤져 담
배를 꺼냈다. 천식을 앓는 은비 때문에 아내는 담배연기라면 질색을
했고, 베란다에서 담배를 태워도 줄줄이 잔소리를 늘어놓았다. 몸에
좋지도 않은 걸 뭐 하러 피우느냐로 시작되는 아내의 잔소리는 폐암
과 간암을 비롯한 각종 암을 거친 뒤에, 오래 살고 싶으면 알아서 하
라는 협박으로 끝을 맺게 마련이었다. 그놈의 잔소리가 듣기 싫어서
현관문 앞에만 도착하면 담배를 한 대 피우고 들어가는 게 아주 습관
이 되어버렸다.
　석호는 복도 난간에 팔꿈치를 기대고 서서 느긋하게 담배를 즐겼
다. 허연 입김과 함께 끄무레한 허공 속으로 흩어지는 담배연기가 보
기에 좋았다. 그는 담배를 맛나게 빨면서 맞은편 아파트를 무심히 지
켜보았다.
　검기운 날씨 탓에 거실들마다 환하게 불을 밝혀놓았고, 집집마다
저녁 준비로 부산했다. 손에 잡힐 듯 가까운 이웃들의 일상을 엿보던
석호는 거실에 사람이 있든 없든 집집마다 텔레비전을 켜놓았다는
사실을 발견하고 그게 무슨 대단한 발견인 양 신기해했다. 빨래를 개
키고, 베란다에 내놓은 장독 뚜껑을 덮고, 청소기를 돌리고, 석간을
보고, 더러는 이른 저녁을 먹고, 어항에 물고기 밥을 띄우고, 손톱을
깎고, 코를 후비고, 아이들을 꾸짖고, 재활용품을 정리하고…… 그

모든 자잘한 일상을 텔레비전이 지켜보고 있었다.

문득 석호는 사람살이가 별반 다를 게 없다는 생각을 했다. 사람들은 저마다 자기가 남들과 비슷한 삶을 사는 와중에도 뭔가 특별한 구석이 있다고, 얼핏 보기에는 같아 보일지 몰라도 분명 다를 수밖에 없는 자기만의 생활이 있다고 믿을지 몰라도 내부가 환히 들여다보이는 맞은편 아파트를 찬찬히 눌러보는 석호의 눈에는 이웃들의 삶이 내남없어 보였다. 어느 집에서고 텔레비전을 켜면 똑같은 방송이 흘러나오듯 석호는 이웃들의 평범한 일상을 엿보면서 그럼 그렇지, 사람 사는 게 뭐 특별하다고, 잘났니 못났니 시비를 가려봐야 종당엔 똑같은 사람인걸, 해가며 고개를 주억거렸다. 그런 마음가짐 때문일까, 석호의 눈에는 수십 가구의 삶을 떠받치고 있는 맞은편 아파트가 한 채의 집으로 보였다.

옥생각에 사로잡혀 있던 석호는 거칠게 현관문 열리는 소리에 뒤를 돌아다보았다. 504호 보람 아빠였다. 하루 새에 얼굴이 몰라보게 떼꾼해진 보람 아빠는 뭐가 불만인지 잔뜩 성난 표정으로

"젠장맞을, 무슨놈의 여편네가 곰살맞은 구석이라곤 약에 쓰려고 해도 없다니까."

하고 게두덜거리며 밖으로 나왔다.

석호를 발견한 그는 고만 머쓱해져서 마누라쟁이들은 다 똑같다니까, 하고 말꼬리를 얼버무렸다. 석호는 빙글거리는 낯으로 그러니까 마누라지, 하고 보람 아빠가 무안하지 않도록 부러 동조를 했다.

"그나저나 감기는 좀 나았어?"

"말도 마. 이번 감기는 어찌나 지독한지 아주 죽겠어."

"잘됐네. 하루 이틀 푹 쉬었으면 원이 없겠다더니 이참에 소원풀이했구만."

"복장 터지는 소리 하지도 마. 감기하고 마누라하고 아주 사람 잡는 데는 찰떡궁합이야. 하루 종일 옆에서 깡알대는데 이건 돈말고는 약이 없어."

석호는 그만 자기도 모르게 너털웃음을 터뜨리고 말았다. 돈말고는 약이 없다니 참으로 그럴싸한 표현이었다. 보람 아빠는 남은 골이나서 죽겠는데 뭐가 우습냐는 표정으로 석호를 쳐다보았다. 그러거나 말거나 석호는 웃을 거 다 웃고 나서 자기가 웃은 이유를 설명해주었다.

"좌우지간 여자들은 남자들 입장은 눈곱만치도 생각하지 않는다니까."

"그런 남자들은 뭐 여자들 입장 챙겨주면서 사나? 피차일반이야."

"얼씨구, 인물 났네. 뭐가 피차일반이야? 불쌍하기로 치면 남자들이 더 불쌍해. 생각해봐. 우리 남자들이 얼마나 불쌍한가."

보람 아빠는 정말로 불쌍한 표정을 지었다. 석호는 그런 보람 아빠가 우스워서 키득거리다가 문득 허공을 쳐다보았다. 새털 같은 눈송이가 나폴나폴 허공에 묻어났다. 보람 아빠도 석호를 좇아 허공으로 눈길을 돌렸다. 소담한 눈송이가 싸라기눈을 몰아내며 빠르게 허공을 메워나간다. 맞은편 아파트에서 "이야, 눈 온다!" "엄마, 눈 와!"

228

하는 아이들의 외침 소리가 들려왔다.

보람 아빠는 소담한 눈발에 짐짓 기분이 풀렸는지 눈에 띄게 표정이 밝아졌다. 사우나를 갈 때부터 함박눈을 고대했던 석호는 난간 밖으로 손을 내밀었다. 아기의 꿈결처럼 부드러운 눈송이가 손바닥에 내려앉으며 사르르 녹았다.

"야, 한바탕 쏟아지겠는걸. 도대체 얼마 만에 보는 눈이야? 기념주라도 한잔 해야겠는걸."

"그럼 보람이네도 우리집으로 와. 그러잖아도 저녁 때 하나네랑 우리집에서 삼겹살을 굽기로 했거든. 잘됐네, 하나 아빠가 장모가 보내준 오디주를 딴다고 했는데 셋이서 권커니 잣거니 기분 좀 내보지 뭐."

"원 사람두, 눈님이 오시는데 답답한 집구석에서 어디 술맛이 나겠어? 애들 떠들어대지, 그만 마셔라 마라 마누라들 짱알거리지, 공연히 술맛만 버려. 그러지 말고 하나 아빠 불러내서 우리 셋이 저 앞에 새로 생긴 막창구이집에서 한잔하는 게 어때?"

보람 아빠의 제안에 석호가 귀가 솔깃했다. 그러나 아내가 걸려서 선뜻 그러마 하고 나설 수가 없었다. 아내는 모처럼 남편하고 밥을 먹게 생겼다며 입이 벙글어져서 이것저것 잔뜩 시장을 봐왔다. 지금쯤 현관문을 들어서면 아내는 콧노래를 흥얼거려가며 요리를 하고 있을 터였다. 한마디 상의도 없이 하나네를 초청한 일만 해도 찜찜한 터에 남자들끼리 밖으로 쑥 내빼버리면 졸지에 남편이 아니라 '웬수'로 낙인이 찍혀서 두고두고 원성을 살 게 불을 보듯 뻔하다. 그런데도 구미가 당긴다.

"고민할 게 뭐 있어. 여기 있어봐. 내가 하나 아빠 불러낼게."

석호가 결정을 못 내리고 미적거리자 보람 아빠는 승낙의 뜻으로 받아들였는지 얼씨구나 하고 하나네로 가서 초인종을 눌렀다. 석호는 이러면 안 되는데, 이러면 안 되는데, 하면서도 굳이 보람 아빠를 붙잡지 않았다.

현관문을 열어준 하나 아빠는 보람 아빠의 자초지종을 듣자마자 어, 그래? 하고 득달같이 점퍼를 꿰어입고 밖으로 나왔다. 남편을 붙잡기 위해 쫓아나온 하나 엄마는 살쾡이 눈으로 복도의 남자들을 노려보며

"뭐예요. 다같이 저녁을 먹기로 해놓고선? 정말 이렇게 치사하게 나올 거예요?"

하고 새된 소리를 질러댔다.

그러거나 말거나 기왕에 엎질러진 물, 보람 아빠와 석호는 복도에 하나 아빠만을 남겨놓고 옷을 갈아입기 위해 각자의 집으로 들어갔다. 석호의 예상대로 아내는 신바람을 내가며 요리에 여념이 없었다. 슬금슬금 눈치를 보며 안방으로 향하는 석호의 등뒤에 대고 그의 아내는 된장국을 끓이네 게장을 담그네 부산한 와중에도 눈이 와서 분위기가 좋다느니 연애할 때가 생각난다느니 새처럼 재잘거렸다. 뒤꼭지가 켕긴 석호는 아내 몰래 서둘러 옷을 갈아입었다. 자고로 이럴 땐 번개처럼 내빼는 게 상수라는 생각을 하며 안방에서 나온 석호는 두 눈을 땡그랗게 치켜뜨고 어리둥절해하는 아내를 향해

"나 좀 나갔다 올 테니까 은비랑 저녁 먹고 있어."

하고 신발부터 꿰어신었다.

밖으로 나와보니 하나 아빠와 보람 아빠는 승강기 앞에서 석호가 나오기만 기다리고 있는 반면, 애엄마들은 양손을 허리에 얹은 채로 복도에 버티고 서서 여자들을 따돌리기로 작당한 남정네들을 잡아먹을 듯이 노려보고 있었다. 그제야 사태를 파악한 석호의 아내는

"내가 문을 따주나 봐라. 문을 따주면 손에 장을 지진다."

후닥닥 달아나는 석호의 등뒤에 대고 꽥, 하니 소리를 질러댔다.

단단히 화가 난 여자들은 어디서 개가 짖나 보다 하는 표정으로 승강기 앞에서 멀뚱멀뚱 허공을 쳐다보며 딴청을 피우는 남자들을 향해서 구제불능의 인간들이라느니, 평생 철딱서니라느니, 늙어서 기운 없을 때 보자느니, 한마디씩 돌아가며 골풀이를 해댔다. 그러나 승강기에 올라탄 석호들은 승강기의 문이 닫히자마자 푸하하하, 웃음을 터뜨리며 의기양양해했다. 그들은 축구 경기에서 이긴 소년들처럼 서로의 손바닥을 마주 쳐가며 덜컹거리는 승강기 안에서 발까지 굴러댔다.

승강기에서 내린 석호들은 함박눈이 빽빽이 허공을 메운 아파트 밖으로 이야호, 환호성을 내지르며 뛰어나갔다. 아파트를 벗어난 석호들은 눈이 펑펑 쏟아지는 하늘을 향해 두 팔을 치켜들고 빙글빙글 맴을 돌며 좋아라 했다. 그런 그들을 5층 난간 밖으로 쪼르르 고개를 내민 애엄마들이 차례차례 불러댔다. 석호들은 일제히 난간 쪽을 쳐다보았다.

"일찍 들어와!"

"술 많이 마시지 말구!"

"너무 늦게 들어오면 문 안 열어준다!"

석호들은 서로의 얼굴을 쳐다보다가 약속이라도 한 듯이 합창을 했다.

"알았어!"

석호들은 애엄마들을 향해 손을 흔들어 보인 뒤 푸짐하게 쏟아지는 눈발을 헤치며 막창구이집을 향해 경중경중 까불며 달려갔고, 눈송이는 그들의 뒤를 쫓아가며 세상을 하얗게 뒤덮었다.

시

아버지

발을 데인 누이야

촛불

우리들의 땅이어야 할, 이곳

아버지

착취당한 사십 년의 악다귀만 남은 육신을 이끌고 아버지는 그렇게 떠나갔다 사라져간 아버지의 삶은 가족에게 또다른 한을 남겨놓았다 빼앗긴 고향을 되찾고자 울부짖으며 죽어간 모든 원혼들이 그랬듯이 아버지는 처절하게 버텼건만 이미 남의 땅이 되어버린 슬픈 노동자의 고향은 황소처럼 일만 해서는 되찾을 수 없는 것이었다

지겹기만 했던 인생살이 멸시 천대뿐인 노동으로 길들여진 노예가 되어버리고 눈시울 뜨거운 몸부림마저 빼앗긴 아버지는 패배한 삶의 터전을 떠나 끝내 돌아오지 않았다

4월이었다 착취의 독버섯을 갈아엎기 위해 일어선 맨가슴들을 짓밟고 흡혈귀로 되살아난 적들에 의해 아버지는 그 4월에 떠나 돌아오지 않았다 술과 골병으로 걸음도 제대로 못 걷는 몸으로 가출한 아

버지를 찾아 어머니는 천지사방을 헤매었지만 며칠 뒤 돌아온 어머니는 허망한 울음뿐 끝내 말이 없었다
그날 우리는 핏빛 선연한 저녁 하늘을 바라보았다

가진 자들이 일으킨 세상풍파 속에서 거친 두 손을 부르쥐고 가족의 가난을 당신의 무능으로 여기며 살아온 아버지는 그렇게 떠나갔다 열심히 전화기 수리 기술을 배워 일한 덕택으로 한때는 꽤 잘사셨다는 아버지 그러나 애초부터 잘살기는 그른 인생이었다 뼈빠지게 일해도 식구들 목구멍이나 채울 뿐 남는 것은 쥐뿔도 없어 헛헛한 가슴을 술로 달래던 아버지는 마침내 술주정꾼이 되었고 봐라 저렇게 열심히 일해서 먹고사는 사람도 있잖느냐 씨나락을 까던 귀신들은 기다렸다는 듯이 아버지를 죽일놈으로 낙인찍었고 그럴수록 아버지는 더욱 술독에 빠져들었다
야 이년아 누구랑 놀아났어 빨리 대 가진 것 없고 못 배워서 세상의 밑바닥 멸시 천대만 받던 아버지는 어머니를 의심하는 것으로 세상에 복수하려는 것 같았다 이틀이 멀다 하고 술주정 끝에 망치를 들고 도끼를 들고 때론 삽자루를 들고 아내를 패고 눈만 빠끔히 큰 어린 자식들까지 두들겨패고 욕질해대며 매질이 무서워 맨발로 뛰쳐나간 어머니를 찾아 시퍼렇게 날 선 식칼을 들고 동네를 헤집고 다니던 아버지는 이제 다시는 돌아오지 않을 잔인한 추억이었다 아버지!
아 그 원한의 시절, 아버지가 술먹고 미쳐 날뛰던 날마다 나는 방구석에 몸 도사려 떨고 그래도 다음날이면 어머니는 시퍼렇게 멍든

얼굴로 과일과 떡이 든 함지를 이고서 선진조국 환경정리 방범들을 피해 땡볕 아래 어둠을 밟으며 행상을 했고 우리는 보통 연속 이틀은 굶어도 견딜 수 있었다 주인 아줌마는 밀린 방세 독촉으로 성화였고 급기야 어느 겨울날 우리는 보호받을 길 없는 그 겨울의 매서운 바람 속으로 쫓겨나고 말았다

배가 고파 눈이 뒤집힌 자식들에게 처먹는 것밖에 모르는 거지 새 끼들이라고 주먹질하고 네년 때문에 내가 요모양 요꼴이라고 어머니를 학대하던 아버지는 미친 사람처럼 술을 마셨다 사람들은 정신병원에 보내야 한다고 하고 나는 아버지를 죽여버려야 한다고 결심했다 네 아버지도 본래는 착한 사람인데…… 말끝을 흐리며 우리를 껴안고 차마 울지도 못하던 어머니는 잠든 아버지를 넋 잃고 바라보았다 나는 그런 어머니를 바보 같다고 소리쳤지만 이제는 그것이 가난한 사람들이 나누는 사랑임을 깨닫는다 그 사랑을 보호해줄 길 없는 이 척박한 현실 때문에 아버지는 미쳐갔던가 그 세월 우린 어떻게 살아남을 수 있었을까 그 자리에서 차라리 그때 왜 죽어버리지 못했을까 삶에 대한 억울함, 삶에 대한 분노와 피보다 진한 희망 때문이었을까 우리는 살고 싶어서 사는 것이 아니라 그냥 죽어버리기에는 너무 억울하기 때문에 사는 것이라는 어느 노동자의 일기가 떠오른다

아버지의 거칠고 야윈 손은 맺히고 맺힌 사십 년의 한과 알코올중독으로 덜덜 떨렸다 아버지는 세상을 술과 욕으로 살았다 하지만 나는 안다 아버지의 그 격정이 무엇을 향한 분노의 표현이었는지를 그

처절한 몸부림이 무엇을 향해 흘린 눈물이었는가를 사랑하는 사람들을 어둠의 벌판으로 내몰았을 때 아버지는 미치지 않고는 살 수 없었으리라 노가다판으로 리어카꾼으로 길거리 채소장사로 때로는 낡은 가방을 메고 부잣집 문을 두드리며 전화 고치세요 그 가난의 세월 어느 날이었던가 얼굴이 누렇게 뜬 우리들이 배고파 울고 어머니는 행상 나갔다가 방범에게 붙잡혀 그날 번 돈을 몽땅 빼앗기고 자정을 넘겨 돌아와 오열을 토해낼 때 나는 들었다 아버지의 피끓는 절규를 이 더러운 세상! 이 때려죽일 놈들아! 집에는 연탄 한 장, 쌀 한 톨 없었고 돈이라고는 오백원짜리 동전 한 닢뿐 아버지는 그 돈으로 술을 마셨고 우리는 또 굶었다 무엇이 아버지를 그렇게 만들었는가 도대체 무엇이 노동자의 삶을 그 막다른 골목으로 몰아넣었고 마침내 우리 아버지를 죽이고 말았는가

아버지가 여느 때처럼 어머니를 때리던 어느 날 나는 견디다 못해 아버지를 두들겨팼고 아버지의 넋 나간 모습 세상에서 가장 서럽고 슬퍼 보이던 그 모습을 잊을 수가 없다 잊을 수가 없다 우리는 서로 싸우고 말았던 것이다 저 가진 자들이 우리가 서로 싸우고 미워하기를 얼마나 바라고 있는데 우리는 그 앞에서 싸우고 만 것이다 노동자인 아버지와 노동자인 아들이 서로 싸운 것이다 우리는 우리의 과거와 현재와 미래를 사랑하고 보듬어야 한다 우리의 과거인 아버지, 우리의 현재인 동료 노동자들 그리고 빛나는 미래에 살아야 할 우리 아들딸들을 사랑해야 한다 어린 아들을 앉혀놓고 애야 너는 공부 열심

히 해서 이담에 꼭 훌륭한 사람이 되거라 그래서 이 못난 아비의 한을 풀어주려므나 울면서 신신당부하시던 아버지 나는 왜 몰랐을까 아버지가 한 가정을 파괴하는 폭군이었더라도 그렇게 미친 인생을 살았다 해도 그를 결코 미워해서는 안 된다는 것을 정작 미운 것은 이 썩어버린 시대의 원흉들인 것을

내가 수업료를 못 내 학교에서 짤리고 공장에 나가 돈벌이를 하고부터는 나는 주무시는 아버지를 보지 못했다 잠든 자식들의 이불을 덮어주며 돌아누워 눈물을 흘리시던 아버지 아버지를 보고 사람들은 폐인이라 하여 욕하다 못해 혀를 찼고 아버지는 술 없인 한시도 견디지 못하였다 우리는 이미 극단적인 삶을 살고 있었다 아버지는 마지막 좌절을 어머니는 마지막 희망을 나는 마지막 방황을 그것은 이 시대가 할퀴고 간 쓰라린 흔적이었다 썩은 시대의 학대였다

그러나 신은 공평하다 앞서간 자가 쓰러지면 뒤에 오는 자가 새롭게 일어설 것이다 상처받은 만큼 우리는 강하게 일어설 수 있었다 가족의 실낱같은 미래를 위해 어머니는 어느 병원 원장집 가정부로 들어가고 우리 사남매는 이미 쓰러진 풀이었던 아버지를 냉대하기 시작했을 때 아버지는 선택을 해야 했다 다시 일어날 것이냐 그대로 죽어갈 것이냐 그러나 아버지의 좌절은 너무도 깊었고 오랜 것이었다 4월 어느 화창했던 날 할아버지의 묘소에나 가봐야겠다고 되뇌이던 아버지는 대문 밖을 나섰고 그리고 다시는 돌아오지 않았다

끔찍했던 과거를 떠올리고 싶진 않다 나는 아버지의 삶을 포용하고 사랑한다 아버지의 삶은 바로 나 자신의 아픔이기 때문이다 너무

도 따뜻하고 너무도 인간적이었기에 광란할 수밖에 없던 분 그 아픔을 누구도 받아주지 않았다 나를 두들겨패고 나를 학대했던 아버지를 나는 사랑한다 학대받는 노동자의 이름으로 사랑한다

해가 가고 또 갔다 나는 이 공장 저 공장을 떠돌아다녔고 떠돌아다닌 만큼 진실을 알았다 그리고 진실을 깨달은 만큼 싸워야 한다는 것도 알게 되었다 강제잔업 특근철야 살인적인 저임금 어딜 가나 인격말살 공장은 쓰레기나 가는 거래 어머 공돌이도 나이키 신었다 얘 오나 가나 손가락 잘린 사람들 걸리는 사람마다 핏기 없는 얼굴들 권리주장 억압 주체선언 억압 거꾸로 된 현실이 바로 보일수록 아버지가 그립다 공단엔 섹스 폭력 영화 화려한 옷가게 술집 나이트클럽 나보다 잘되는 자를 시기하지 말라 시키는 대로 살라는 온갖 구호가 벽마다 어지럽게 붙어 있고 짭새들은 골목마다 지켜 서 있다 경제는 12.8% 성장이라도 언제나 불황 대량감원 임금체불 임금동결 잔업시간은 해마다 늘고 모두가 산업전사 훈장처럼 병이란 병은 하나씩 거느리고 대접은 지렁이만도 못하더라 4천만 4천만 하지만 혹시 4천명이 우리나라 인구 수인지도 몰라 갈수록 큼지막한 도둑놈들은 물 건너 오고 땅도 하늘도 이미 우리 것이 아니다 이 땅이 어떻게 지켜온 땅인데 누가 지켜온 땅인데 우리들의 강토 우리의 산하 한줌도 안되는 자들이 차고 앉아서 지옥을 빚는구나

아버지에게 우리에게 오손도손한 저녁상조차 허용하지 않는 이 예속의 세월 아버지에겐 운명의 세월이었지만 나에게는 조만간 닥쳐올 승리의 세월임을 나는 믿는다 아버지는 죽지 않았다 흙으로 돌

아가지 않았다 오늘도 노동현장에서 선진조국의 어두운 그늘 구석 구석에서 우리들의 타오르는 가슴속에서 나는 두 눈 부릅뜨고 살아서 다가오는 아버지를 본다

내가 사는 한 아버지도 살아 있다 아버지는 내 속에서 좀더 강하게 좀더 새롭게 살아 있다 노동자계급이 사는 한 아버지는 살아 있다 우리들이 이 억압의 세월을 저 깊은 나락으로 밀쳐 떨어뜨리는 그날, 뚜벅뚜벅 발소리 울리며 아버지는 우리 품으로 되살아오리라

발을 데인 누이야

우리 식구 마실 숭늉을 끓이다
발을 데인 누이야
참아도 터져나오는
물집 부풀어오르는 다리 위를 달리는
네 신음은 흡사
가난에 미쳐버린 아버지의 의처증으로
한스런 매질을 당해야 했던 어머니의
속으로 삼키는 울부짖음 같구나
네 싸구려 붉은 치마보다
더 발갛게 부푼
네 다리를 소주에 담그며

컵라면 하나로 하루를 살던 가난한 날
외상소주를 먹던 날의
아픔을 상기한다
상처에 소주를 부은 것처럼
지독한 우리집 가난

뜨거워 오빠 뜨거워 아 내 다리
내 옷을 거머쥐며 몸부림치던
누이야
이 오빠는 내 다리가
네 다리가 아닌 것이 미안할 뿐이구나
기억 나니
라면과 삶은 감자가 희롱하던
우리들의 허기진 위장을
하지만 우리들은 쓰러지지 않았지
비명이 식은 네 다리처럼

붕대가 없어
양말을 잘라 화상 부위를 감싸는 넌
바보같이 걱정하는구나
오빠 어떡하지
생활비 쪼들리는데 약값 들게 됐으니

지금은 자정을 넘긴 새벽 세시
밖에는 바람이 지나가고
커엉 어디선가 개가 짖고
넌 벌써 몇 시간째
신음하며 여윈 몸을 뒤채는구나
네 옆에 기대앉아
밤새 늘어놓는 내 우스갯소리에
너는 힘없이 웃다가 울다가
어느새 축 처져 잠이 들었다
방 안엔 감자가 널려 구르고
빈 술병 모가지가 처량하구나

무엇 때문에 우리는 가난해야 하고
무엇 때문에 우리는 서러워야 하는지 잘 모르나
누이야 잊지 말거라
가난을 이겨온 우리들의 용기를
조금만 참으면 새살이
네 아픈 상처를 뚫고 솟아나올 거야
아버지가 술로 떠돌다 간 이 세상에서
남은 우리들이 어떻게 살아가야 하는지를
잊지 말거라 누이야
어떻게 가난했고 서러웠던지

왜 가난하고 서러웠는지
잊지 말거라

조용히 흐르는 눈물을 삼키며 네 손을 잡고
잠든 네 뺨에 내 얼룩진 눈물을 닦아본다
무슨 생각을 하는 걸까 잠시
네 얼굴이 꿈틀하더니 잠잠하구나
일어서려던 거려니
가난을 이기던 용기로 일어서려던 거려니
그리고 내게 말하던 거려니
우리들의 우리, 아픔들의 수많은 아픔
너의 수많은 너, 나의 수많은 나
서로 어깨 맞대고
탄탄히 살아나가자고

숭늉을 끓이다
발을 데인 누이야
지금,
커겅커겅 어디선가 개가 짖고
밖에는 바람이 몹시 세차다
사랑스런 나의 누이야
난 너의 손을 힘주어 잡으며

조용히 눈을 감고 울고 있다

촛불

촛불이 타고 있다
지친 노동 끝 우리들의 소망처럼
타오르는 우리들의 의지처럼
작은 불꽃이
사글세 좁은 방 안을 흔들고 있다
노동의 보람을 느끼며
땀의 정당한 대가에 기뻐하며
모여서 오손도손 살고 싶다
하지만 열심히 살려고 몸부림칠수록
더 강하게 죄어오는 압박의 사슬
촛불을 꺼버리는 세찬 바람

제국주의와 군부독재의 바람
언제나 자유롭고 평등한 인간이고자 하는
우리들의 소망 짓밟아대는
그 징그러운 군홧발들

촛불이 타고 있다
아픈 소망과 바람의 속살이 타고 있다
하지만 언제 꺼질지 모르는
가여운 불꽃 아래서 우리는
더이상 가슴 졸이지 말아야 한다
약한 불꽃은 꺼질 수밖에 없는
이 암흑의 시대에
노동자여
이 촛불이 꺼지기 전에
우리들은 더 큰 횃불이 되어야 한다
두려움에 떨지 말고
거세게 거세게 달려나가야 한다
착취와 억압에 대항하는
투사가 되어야 한다

조용히 울고 서 있는 촛불이여
이제는 정말

사람답게 살아보자고
서서히 타오르는 촛불이여
결단하라 저 압제의 벽을 부숴버릴
오, 위대한 폭탄으로
타올라라 한밤의 촛불이여

우리들의 땅이어야 할, 이곳

텅빈 도시락 가방을 들고
퇴근하는 지친 시간
거리에는 황사바람이 일고
부옇게 흙먼지 날리는 버스정류장엔
야윈 몸뚱이들이 우두커니 서 있다
몇십 년일지 모를 오랜 슬픔들을 안고
누런 사람들이 가파르게 서 있다

오늘 하루도 열심히 일했다
일 분에 오천 바퀴를 도는 기계의 소음 앞에서
하루의 삶을 땀방울로 바쳤다

250

하루 종일 웃고 떠드는 라디오 따라
뱅글뱅글 돌기만 했다

2년짜리 적금이라도 부어
전세라도 장만할거나 이 지겨운
셋방살이라도 면해볼거나
다음달엔 큰맘 먹고 카세트라도 하나
장만하자 그래
아주 잊어버리기 전에
동생들 고기 구경이라도 시켜주자 책도 사 보고
그렇지만 일당 사천원짜리, 보름을 잔업해도
십오만원도 안 돼
이걸 갖고 뭘 하나

피곤을 먹고 사는 우리들은
기계 같은 사람인가 사람 같은 기계인가
악써 고함치고 소주 맥주 섞어 마셔
억억거리고 구역질을 해도
오늘 하루 우리는 영락없는 기계다

아아, 오늘 하루도 이렇게 가는구나
미칠 것같이 불타는 취기로

돌고 도는 해처럼 떠나가는구나
가난에 지치고 노동에 지친
그러나
대지를 딛고 선 몸뚱이들은
너무도 야위었구나
하지만 깊이를 알 수 없는
그 눈빛들만은 하늘이다
죽음보다도 깊게
하루하루를 살아가는 우리들은
이 척박한 땅위에 낮게 드리워
신음하는 하늘이다
이제는 와야 할 텐데
이 슬픈 가난의 모습을 지워버리고
평생을 꿋꿋이 걸어온
우리 굳은 발바닥으로
새벽은 뚜벅뚜벅 와야 할 텐데

망할 놈의 공장 때려치우든가 해야지
김씨 아저씨는 중얼거리고
어느 누구도
저마다의 뿌리 깊은 가난을 짊어지고
쓴 소주밖에 기다릴 것이 없는

퇴근을 맞는다
황사바람은 웅웅거리며
메마른 거리를 휩쓸고 있다
이 땅, 우리들의 땅
부옇게 흙먼지 날리는 버스정류장에
빈 도시락 가방을 들고
우두커니 서 있는 얼굴들
무엇을 기다리는 것일까

해설

악다구니와 땀 냄새에 담긴 인간의 체취

권명아(문학평론가)

아무런 자정 능력 없이 뒤틀린 욕망을 향해 화살처럼 치달아가는 세상을 그리고 있는 이번 소설집에서 김한수는 생존의 절박함과 막막함에 대면한 서글픈 가장의 시선과 '일상' 속에서 부유하는 가장들의 혼란스러운 내면을 통해 오늘의 삶의 지형을 탐색하고 있다. '무한질주의 욕망'에 빠져든 세상에 자신을 맡긴 채 길을 잃고 헤맬 수밖에 없는 그들의 모습은 지금 우리의 서글픈 자화상에 다름 아니다.

1. 살아내기, 그 막막함과 준엄함 사이에서

김한수의 소설을 열면 확, 삶의 냄새가 전해진다. 마치 북적거리는 전철에서 확 끼쳐오는 땀에 전 사람들의 냄새처럼 그 삶의 냄새에는 지친 하루의 노동의 흔적과 피로가 배어 있다. 발 디딜 틈 없는 전철 속에서 맡게 되는 사람들의 냄새가 결코 즐거운 일이 될 수는 없듯이 김한수의 소설을 읽는 것은 즐거움보다는 삶의 힘겨움을 새삼 확인하는 작업이 된다. 지옥철에서 부대끼면서 타인의 냄새를 역겨운 것으로 느끼는 그 순간에 그리고 역겨운 것으로 다가오는 타인의 냄새가 결국 나의 냄새이기도 하다는 것을 느끼는 그 순간에 바로 악다구니 같은 우리 삶의 비애가 있는 것이 아닐까. 김한수 소설에서 인물들이 대면하고 있는 삶이란 되돌이킬 수 없을 정도로 무너지는 길밖에는 보이지 않는 그런 것이다.

　억울해서가 아니었다. 선 한 번 잡지 못하고 하냥 잃기만 하는 고스톱은 더이상 칠 필요가 없듯이 죽는 날까지 각다분하게 살아가야만 되는 인생이라면 그만 접는 게 나은 노릇 아닌가. 더욱이 월세로 전락할 처지에 놓인 김씨의 눈에는 세상 전체가 짜고 치는 고스톱판으로 비쳤고 자신의 인생은 한 판이라도 먹어보겠다고 죽자사자 덤벼들었다가 끝내는 고리 몇 푼에 감지덕지해가며 물러가야 하는 호구로밖에 보이지 않았다.(「양철지붕 위에 사는 새」, 32~33쪽)

「양철지붕 위에 사는 새」에서 목재공단 기술자로 평생을 몸바친 김씨는 구제금융 파동으로 해고 일순위가 되자 사직을 하고 아내의 병수발로 집마저 날려버리고 옹색한 포장마차로 하루하루를 근근이 이어나간다. "천지간에 아무도 없는 세상과 독대하고 있다는 느낌에"서 벗어나기 힘든 김씨는 "까짓 미련도 없는 세상 용트림이나 한번 해보고서 죽자는 결기"로 똘똘 뭉쳐 있지만 세상은 언제나 그의 편이 되어주지 않는다. 김씨는 가출한 딸과 병들어 생을 마감할 날만 남겨둔 아내를 위해 마지막 남은 자존심마저 버리고 살아보고자 발버둥치지만 삶은 발버둥칠수록 깊이 빠져버리는 수렁처럼 김씨 일가를 삼켜버린다.

그는 담배연기를 바람에 실려 보내며 세상이 저토록 광활하기에 삶이 힘든 것이라고 생각했다. 시작과 끝이 없는 세상에서 그가 아침에 새로 낸 창문을 통해 집 안을 들여다보면 그의 가족이 한 세월 가꾸며 살아온 이 집이 참으로 구질구질하고 남루해 보일 것이다. 그러나 김씨는 개의치 않았다. 애옥한 시간들로 얼룩진 집일망정 이 집 안에서 바라보는 세상은 얼마나 넓고 광활한가.(「양철지붕 위에 사는 새」, 72~73쪽)

김씨에게 광활한 세상은 존재의 유한함이라는 존재론적 표지보다는 살아가기의 막막함과 준엄함이라는 생존의 문제를 환기한다. 이처럼 김한수의 작품은 끝간 데 없이 밀려나가기만 하는 사람들이 대면하는 살아가기의 막막함을 담담하게 그려낸다.

LPG 가스통을 들고 설친 끝에 밀린 임금을 받아내고 오랜만에 행복에 겨워 집으로 향하던 「귀향」의 송씨는 끝내 '행복한 집'으로 돌아가지 못한 채 길에서 생을 마감한다. 그 죽음은 실상 평생 송씨를 내리누르던 생존의 무게로부터 벗어날 수 있는 유일한 길이었다. 평생 술만 마시다가 술병을 안고 "더할 나위 없이 평온한 미소를 머금은 얼굴로" 생을 마감한 당숙의 죽음은 "이제껏 어깨 위에 짊어지고 살아온 짐보따리가 터진 쌀가마니처럼 가벼워지는" 느낌으로 송씨에게 기억된다. 평생 돈벌이에 매달려 살아야 했던 송씨가 묵직한 돈봉투를 가슴에 품은 채 생을 마감하게 되는 장면은 송씨를 평생 옭아매던 생존의 무게를 역설적인 방식으로 표현하고 있다.

「만년설」의 경우는 악다구니치며 살아가는 사람들의 속내 사정을 들여다보면서 생존의 무게 속에서 마모되어가는 인간 군상의 모습을 담아내고 있다.

「양철지붕 위에 사는 새」「만년설」「귀향」과 같은 작품들이 김한수가 초기작부터 지속적으로 보여준 생존의 절박함과 막막함을 그려내고 있다면 「강은 사라져 달길 나고」나 「교미하는 사마귀의 숲」은 여성의 불륜을 바라보는 남성적 시각의 편협함을 다른 시각으로 그려내거나, 인터넷 세상에 '침몰되어버린' 남성의 일상을 그리고 있다. 젊은 시절 나름으로 인간다운 세상을 꿈꾸던 「교미하는 사마귀의 숲」의 주인공은 하루 종일 약국을 지키고 살아가야 하는 일상의 권태를 사이버 세계 속에서 해소하고자 한다. 룸살롱에서 내기 바둑으로 다시 사이버 세계로 발을 옮기는 주인공의 행태는 "안전한 일상의 권태를 벗어던지던 순간의 짜릿한 쾌감"에 대한 집착에서 비롯되는 것이다. 작품은 평생을 돈에 매달려 살다가 불현듯 그러한 삶의 허망함을 깨닫고 시민 운동에 동참한 친구 장수의 삶을 바라보는 주인공의 뒤틀린 심리를 통해서 시민운동과 사이버 세계라는 두 개의 키워드를 통해 "지금, 이곳"에서 길을 잃고 헤매는 주인공의 심리를 그려내고자 한 것처럼 보인다. 김한수의 최근작들은 생존의 절박함과 막막함에 대면한 서글픈 가장의 시선과 '일상' 속에서 부유하는 가장들의 혼란스러운 내면을 통해 오늘의 삶의 지형을 탐색하고 있다.

2. 민중이라는 아버지, 그리고 민중의 아들

착취당한 사십 년의 악다귀만 남은 육신을 이끌고 아버지는 그렇게 떠나갔다 사라져간 아버지의 삶은 가족에게 또다른 한을 남겨놓았다 빼앗긴 고향을 되찾고자 울부짖으며 죽어간 모든 원혼들이 그랬듯이 아버지는 처절하게 버텼건만 이미 남의 땅이 되어버린 슬픈 노동자의 고향은 황소처럼 일만 해서는 되찾을 수 없는 것이었다(「아버지」 중에서)

소설가가 되기 전에 발표했던 시편들 중 하나인 「아버지」는 김한수 작품의 원형적 성격을 보여준다. 「아버지」에서 사십 평생 핍박의 설움을 술과 한탄, 아내에 대한 폭력으로 해소하던 아버지는 화자인 아들에게 미움과 증오의 대상에서 연민과 동정, 혹은 동일화의 대상으로 변화된다. 평생 자식들에게 가난과 배고픔, 폭력의 상처만을 안겨준 아버지는 아들에게 증오의 대상이었지만, 아버지의 고통이 그의 탓이 아닌 "썩어버린 시대"의 탓이라는 것을 깨달은 아들은 그를 진정으로 이해하게 된다("나는 왜 몰랐을까 아버지가 한 가정을 파괴하는 폭군이었더라도 그렇게 미친 인생을 살았다 해도 그를 결코 미워해서는 안 된다는 것을 정작 미운 것은 이 썩어버린 시대의 원흉들인 것을"). 아들은 자신이 바로 아버지와 같은 가진 것 없는 노동자라는 사실을 자각함으로써 비로소 아버지를 이해하게 된다. 아니 실상 아들은 자신이 노동자라는 자각을 통해 아버지도 자신과 같은 노동자였음을 '발견하고' 이러한 발견을 통해 아버지와 자신을 동일시하게 된다. 아들은 아버지와 자신이 같은 '노동자'라는 동질성을 확인함으로써 진정한 아버지의 아들, 아니 민중이라는 아버지의 아들이 된다. 이 아들들은 민중이라는 아버지의 아들이 됨으로써 아버지의 역사, 즉 민중의 역사를 발견하고(아버지를 이해하기) 자신의 이야기를 비로소 다시 쓴다(아버지에 대한 이해를 통해 다시 기술되는 나의 이야기). 김한수를 비롯한 80년대 민중문학은 민중이라는 아버지의 이름으로 다시 씌어진 나의 이야기이다(자기 서사).

끔찍했던 과거를 떠올리고 싶진 않다 나는 아버지의 삶을 포용하고 사랑한다 아버지의 삶은 바로 나 자신의 아픔이기 때문이다 너무도 따뜻하고 너무도 인간적이었기에 광란할 수밖에 없던 분 그 아픔을 누구도 받아주지 않았다 나를 두들겨패고 나를 학대했던 아버지를 나는 사랑한다 학대받는 노동자의 이름으로 사랑한다(「아버지」 중에서)

"끔찍했던 과거"는 민중이라는 아버지를 다시 발견함으로써 "아픔"과 "사랑"의 이름으로 다시 씌어진다. 그리고 아버지의 이야기를 끔찍함이 아닌 아픔과 사랑의 이야기로 다시 써나가는 과정은 바로 아들인 나의 자기 정체성을 다시 써나가는 과정이다. 노동자 혹은 민중이라는 (상상적) 아버지와의 동일시를 통해 이 아들들은 자신의 정체성을 재구축하고 동시에 현실의 아비를 상상적 아비(민중)의 모습으로 재구성하게 된다. 이러한 다시 씌어지는 정체성의 서사를 통해

262

이 아들들은 민중이라는 아비의 아들이자 역사의 '주체'로서 자신들을 재정립한다.

　　아버지에게 우리에게 오손도손한 저녁상조차 허용하지 않는 이 예속의 세월 아버지에겐 운명의 세월이었지만 나에게는 조만간 닥쳐올 승리의 세월임을 나는 믿는다 아버지는 죽지 않았다 흙으로 돌아가지 않았다 오늘도 노동현장에서 선진조국의 어두운 그늘 구석구석에서 우리들의 타오르는 가슴속에서 나는 두 눈 부릅뜨고 살아서 다가오는 아버지를 본다

　　내가 사는 한 아버지도 살아 있다 아버지는 내 속에서 좀더 강하게 좀더 새롭게 살아 있다 노동자계급이 사는 한 아버지는 살아 있다 우리들이 이 억압의 세월을 저 깊은 나락으로 밀쳐 떨어뜨리는 그날, 뚜벅뚜벅 발소리 울리며 아버지는 우리 품으로 되살아오리라(「아버지」 중에서)

3. 상상적 아비와 현실의 아비 사이에서

　　그러나 자신을 역사의 주체로 재정립할 수 있었던 '민중'이라는 상상적 아비의 자리가 사라진 곳에서 이 아들들은 무기력한 가장의 자리로 다시 돌아와 있는 자신을 발견하게 된다. 이제 이들에게 남은 것은 가장으로서의 자신의 무능력함, 그리고 부양의 의무로 다가오는 현실의 무게뿐이다.

화려한 꿈으로 치장을 한 아이에게 가난밖에 물려줄 게 없는 아비란 있어도 그만 없어도 그만인 장식품에 지나지 않았다. 더욱이 적지 않은 돈을 제 손으로 벌기 시작하면서부터 딸애는 이 세상이 어떤 힘의 논리에 의해서 굴러가는지 그 본질을 정확히 꿰뚫었고, 그때부터 어른이란 어른은 일체의 존경이 필요 없는 한낱 속물이자 위선덩어리에 지나지 않으며 제 부모는 그러한 속물 축에도 끼이지 못하는 무능력자로 알았다.

아내는 지나친 자격지심이라며 근심스런 눈길을 보내왔지만 김씨는 단호하게 고개를 가로저었다. 하늘의 순리가 눈곱만큼이라도 남아 있는 세상이라면 모르되 자본이라는 유일무이한 가치를 중심으로 하늘의 질서 자체가 완전히 뒤집힌 세상에서 김씨와 같은 사람들의 삶은 아무런 무게도 부여받지 못한 채 이리저리 부유하다가 종당에는 흔적도 없이 지워질 운명인 것이다. 아무런 자정능력 없이 뒤틀린 욕망을 향해 화살처럼 치달아가는 세상, 그 속에서 소비가 최고의 미덕이란 교육을 받으며 자라난 아이에게 김씨가 해줄 수 있는 것이라곤 범사에 무사하길 비는 기도밖에 없다.(「양철지붕 위에 사는 새」, 40~41쪽)

「양철지붕 위에 사는 새」 「귀향」 「적설주의보」 「만년설」 등 김한수의 최근작들은 모두 '부양'의 짐을 짊어진 가장들의 시선을 통해 "아무런 자정 능력 없이 뒤틀린 욕망을 향해 화살처럼 치달아가는 세상"을 그리고 있다. 생계와 부양의 문제로 표면화되는 살아내기의 막막함과 준엄함에 대한 탐색은 실은 자신의 정체성을 구성하고 있던 '민중'이라는 상상적 아비가 사라진 자리에서 현실의 아비들의 모습이 도드라질 수밖에 없는 과정이기도 하다. '민중'의 아들이던 이들은 이제 단지 '가장'일 뿐이다. 그러나 단지 가장일 뿐인 이들의 모습에서 우리는 피로에 지치고 자신의 가족의 생계를 위해 그악스럽게 살아갈 수밖에 없는 현실의 아비들을 만나게 된다. 이제 그들이 감행할 수 있는 탈출구는 '집에서 기다리는' 아내와 아이들을 '배신하고' 잠시의 일탈을 시도하는 것뿐이다("석호들은 애 엄마들을 향해 손을 흔들어 보인 뒤 푸짐하게 쏟아지는 눈발을 헤치며 막창구이집을 향해 경중경중 까불며 달려갔고, 눈송이는 그들의 뒤를 쫓아가며 세상을 하얗게 뒤덮었다." —「적설주의보」). 생계와 부양의 의무에 시달리면서 일시적인 일탈로 그 현실의 무게를 벗어던지는 것 외에는 달리 길을 찾을 수 없는 '가장들', 그렇지 않으면 인터넷과 내기 바둑과 룸 살롱의 일탈로 상징되는 '무한질주의 욕망'에 자신을 내던지고 길을 잃을 수밖에 없는 그들, 이것이 김한수가 바라보는 오늘의 가장들의 서글픈 자화상인 것이다.

4. 악다구니와 온-라인 사이에서

김한수의 작품을 논하는 것은 소위 80년대적인 민중문학의 문제를 논하는 것과 밀접한 관련을 맺는다. 물론 주로 계급문제를 중심으로 사유되었던 80년대 민중문학의 담론구조 속에서 김한수의 문학은 민중문학적인 의미로 평가되지는 못하였다. 김한수의 작품은 계급 모순이나 계급적 전형으로 평가될 수 있는 인물들을 그려나가기보다는 생존의 장 속에서 허덕이는 인물 군상의 모습을 지속적으로 그려왔기 때문이다. 『저녁밥 짓는 마을』이나 『하늘에 뜬 집』과 같은 작품들에는 계급모순이라는 담론 구조만으로 설명할 수 없는 악다구니 같은 삶을 살아가는 일상적 인물들의 세밀한 삶들이 기록되어 있다. 그리고 김한수 작품의 원형질은 아마도 이러한 악다구니 같은 삶의 모습과 그 속에서 허덕이며 살아가는 인간 군상의 속내 사정을 들여다보는 내밀한 시선 속에 담겨 있다고 할 수 있다. 그러나 이러한 악다구니 같은 삶을 살아가는 사람들의 속내 사정을 들여다보는 작가의 내밀한 시선은 「교미하는 사마귀의 숲」에서 보이는 것처럼 사이버 세계라는 키워드로 함축되는 '새로운 세계' 속에서 길을 잃고 헤매고 있는 것처럼 보인다. 악다구니나 땀 냄새로 상징되는 김한수 작품의 세계는 삶이 직접적인 경험의 양태로 작품 속에 형상화된다는 것을 의미한다. 그러나 사이버 세계란 삶이라는 것이 땀 냄새나 악다구니 같은 직접적인 경험의 방식으로 매개되지 않는다는 것을 의미한다. 사이버 세계라는 키워드로 요약되는 현실의 변화는 바로 삶을 경험하는 방식의 전반적인 변화를 의미한다. 소위 매개된 경험이라 할 수 있는 이러한 경험 방식의 변화는 우리로 하여금 땀 냄새나 악다구니 같이 삶을 직접적인 형태로 경험하는 것과 다른 방식으로 우리 삶을 구조화한다. 그러나 김한수의 작품은 매개된 경험의 세계 속에서 분

절화되고 다원화되는 사람들의 삶의 방식을 땀 냄새와 악다구니의 형식으로 담아내려는 모순적인 시도를 보여준다. 사이버 세계에 침잠하여 소진되던 「교미하는 사마귀의 숲」의 주인공이 채팅을 통해 만나게 된 능소화라는 아이디의 여자와의 정사 끝에 몰래카메라의 피해자가 되어버린다는 설정은 매개된 경험에 의해 구조화되는 주체성의 양식들을 땀 냄새와 악다구니처럼 직접적인 경험의 양태로 담아내려는 모순된 시도의 결과이다.

땀 냄새와 악다구니로 가득 찬 세계로부터 사이버 세계, 불륜 등으로의 소재적 변화는 오늘의 삶을 구조화하는 양식들에 대한 작가의 관심 이동을 보여준다. 그것은 한편으로는 피와 살이 감돌지 않는 매개된 경험의 세계 속에서 점차 설 자리를 잃어가는 인간의 체취를 찾아보고자 하는 시도로도 보인다. 그러나 한편으로는 「만년설」처럼 시장통 사람들의 악다구니 속에 묻어나는 사람들의 체취를 담아내는 작업이 김한수 작품의 원형질이자 인간의 체취가 사라지는 세상 속에서 김한수의 작품이 어렵게 지켜내고 있는 한 영역이 아닐까 생각된다.

작가의 말

　소설가의 길을 걸어온 지 올해로 꼭 십삼 년이 되었다. 소설가로 살아온 십삼 년의 세월이야 대수로울 게 없지만 소설가가 아닌 자연인의 입장에서 그간의 세월을 돌이켜보면 그저 가슴이 먹먹할 따름이다. 딴에는 무엇인가를 이루었다고 자부하고 살아왔으나 막상 두 손을 펼쳐보면 텅 빈 허공이었다. 온몸으로 나만의 문학을 일궈냈다는 결기 어린 믿음 또한 텅 빈 허공 속에서 온데간데없이 사라지고 없었다. 차마 인정하기 싫지만 나는 내 생의 근원으로부터 너무 멀리 떠나온 셈이다. 이번 창작집을 준비하면서 나는 적당히 머물고 안주하려 했던 속물근성과 함께 겉으로는 지사연하면서 속으로는 안락한 일상에 집착해온 나의 비겁함을 온전히 보아냈다. 그러나 어인 까닭인지 그러한 나의 내면이 부끄럽기는커녕 하염없는 슬픔 속에서 정체를 알 수 없는 그 '무엇'이 간절하게 그리울 따름이었다. 어찌 그러하지 않겠는가. 온몸으로 살아낸 삶이 있어야 참담한 부끄러움도 가능할 터, 소설가로 살아온 십삼 년의 삶 속에서 나는 부끄러움조차 배우지 못한 것이다. 말짱 헛살지 않았으면서도 영영 헛살았다는 자각 앞에서 나는 소설가로서의 첫걸음을 내딛었던 밤을 떠올려가며 몇 날 며칠을 내리 울었다. 따지고 보면 그 출발점에 섰던 내게 나 자신은 물론이고 세계와 사람들은 얼마나 소중하고 거룩했던가. 이번 소설집을 거름으로 삼아서 나를 낳아준 대지에 귀의하여 대지의 목소리로 나의 수많은 나를 노래할 수 있기를 기원한다면 그 또한 욕심일까. 이번 소설집에 소설가가 되기 이전에 발표했던 시들을 함께 묶은 것은 그러한 소망의 일환이다. 그러나 출발점으로 되돌아가고자 하는 소망 속에서도 나는 여전히 너무 멀리 와버린 스스로를 온전히 느낀다. 하지만 낙담할 필요는 없다. 실천이 따르지 않는 인식의 무용함을 모르는 바 아니고 나는 아직 고향으로 향하는 기차를 기다리며 세계를 향해 뻗어나간 선로를 응시하고 있으니까. 설혹 기차가 오지 않는다 하더라도 무슨 상관이랴, 튼튼한 두 다리로 걸어가면 되는 것을……

2001년 봄어름에
김한수

문학동네 소설집
양철지붕 위에 사는 새
ⓒ 김한수 2001

| 1판 1쇄 | 2001년 4월 20일 |
| 1판 14쇄 | 2019년 11월 15일 |

지은이 김한수
펴낸이 염현숙
책임편집 김현정 김미영
마케팅 정민호 박보람 나해진 최원석 우상욱
홍보 김희숙 김상만 오혜림 지문희 우상희
제작 강신은 김동욱 임현식 | 제작처 (주) 상지사 P&B

펴낸곳 (주)문학동네
출판등록 1993년 10월 22일 제406-2003-000045호
주소 10881 경기도 파주시 회동길 210
전자우편 editor@munhak.com | 대표전화 031)955-8888 | 팩스 031)955-8855
문의전화 031) 955-3576(마케팅) 031) 955-8864(편집)
문학동네카페 http://cafe.naver.com/mhdn

ISBN 89-8281-381-0 03810

www.munhak.com